2025
창작희곡공모 선정작

목차

작가의 말

　남해 바다 소금섬. 침침한 눈망울에 반짝반짝 비치네. 신안에
서 머물던 당신이 돌아왔습니다.

　당신의 배낭에는 겨울을 나기 위한 작업복과 구겨진 옷가지들
이, 쉰내 나는 양말과 함께 꾸역꾸역 자리를 메우고 있었습니다.
당신은 무질서한 이 모든 것들을 꺼냈고, 세탁 바구니에 차곡히
쌓았습니다. 당신은 외투 주머니에 손을 넣습니다. 외투의 호주머
니를 확인합니다. 그리고 바지 주머니를 툭툭 매만졌습니다. 배낭
앞에 작은 주머니를 뒤적거리는 당신은, 무엇을 찾고 있습니까?

　"어디에 있지? 분명히 여기에 넣어 둔 것 같은데…."

　한 줌의 소금과 아주 소소한 이야기를 자랑처럼 꺼내 보입니다.
　우리가 알고 있는 신이 하늘에 점을 하나 찍었대, 라고. 옷고
름에서 반짝이던 단추 하나가 떨어지듯 하늘에서 뚝-, 떨어졌대.

모노텔(mono_tell)

이용훈

퐁-, 아주 작은 소리가 해수면의 미세한 떨림으로 퍼져 나갔나봐. 그것은 아주 오래전 일이라…, 말끝을 흐리던 당신이.

"해 질 녘 검푸른 하늘에 찍힌 점 하나가 나를 아득한 풍경으로 이끈 것은 아닌지"

정말 기이한 일들로 가득한 곳에 머물렀었다고 추억합니다.

당신은 스믜집에 머물렀고, 스믜집은 소금밭에서 일하던 염부들의 숙소였습니다. 스믜집은 달의 빛을 구걸하듯 커다란 창이 있어서, 창 밖 세상은 온통 하얌에, 펼쳐진 풍경이 몹시도 시려서 아팠다 말했습니다.

노곤한 피곤을 스믜집 구들에 맡겼던 당신 이야기에, 여기저기 기웃거렸을 당신의 모습을 상상합니다. 당신이 머물던 숙소에서 이야기를 짓던 그 모습에, 희곡 모노텔(mono_tell)의 이야기도 그렇게 시작된 것은 아닐까요?

사람들

야간 청소 노동자
프런트 안내인
당신
나
주간 청소 노동자 부부 / 남자
주간 청소 노동자 부부 / 여자
수사관 이
수사관 김
알코올 중독자
군인들
유령

무대

높고 넓은 텅 빈 공간

1. 불가능한 기념비

　　이번 연극은 아주 특별한 곳에서 시작될 것이다. 홀의 중심에는 건축 재료로 사용되는 비계 파이프(아시바)로 엮은 탑이 솟아 있다. 탑에는 붉은 기운의 네온 간판이 걸려 있다. 붉음은 내재적인 은밀함과 농밀함을, 과민한 신경증을 은연중에 퍼트릴 것이다. 네온 빛 아래 관객과 배우들은 극단으로 치닫는 고독을 느낄지도 모르겠다. 붉음은 관객과 배우 사이에 긴장감을 유지할 것이다. 긴장의 경계는 연극의 구심점이 될 것이고, 그것은 충돌이라기보다는 지금 당신이 느끼는 것은 연극에 참여하고 있기 때문이다. 여기저기 흩어져 있는 설치물은 단일한 오브제 이거나 특정한 공간을 모사(模寫)한 것이다. 이번 연극은 아주 특별한 곳에서 시작될 것이다. 하얀 벽으로 둘러싸이고 투명한 우레탄 코팅의 콘크리트 바닥을 상상해 보자. 홀은 아무 치장 없이 무심한 상태로 존재하고 있다. 대사 없는 행동의 지시문으로 연극 속의 대사는 대화를 가장한 홀 속의 고독이다. 희곡의 기본적인 설정과 분위기를 파악한 극단의 단원들은, 홀!을 외칠 것이다. 홀! 홀! 홀! 홀! 그렇게 무대가 밝아진다.

2. 연녹색 크리스털 재떨이

(프런트 데스크/안내인)

모텔 로비, 프런트에 직원이 앉아 있다. 모텔 입구의 유리문이 열리고 닫힌다. 직원은 입구 쪽을 쳐다본다. 입구에는 아무도 없다.

그거 아십니까?

동물 중에, 고래, 그 고래 있잖아요, 그들 무리도 나름의 언어 체계가 있다고 합니다. 인간의 언어를 초월한다네요, 그걸 어떻게 아냐고요? 티브이에서요.

사람으로 비유하자면 초능력 같은 거 아닐까요?

웃기잖아요. 바닷속에서 대화를 주고받는다는 게…. 바닷물이 입안으로 들어가는데 발음이나 제대로 하겠습니까? (웃는다)

시간을 죽이려니 별말도 안 되는 이야기를 하고 말았네요. (바지 주머니에서 작은 종이 뭉치를 꺼내 훑어본다. 일그러지는 표정과 기분 좋은 표정이 교차된다. 신경질적으로 종이 쪼가리를 구기며 던진다)

(주변을 둘러본다) 좁지요?

집이면서 사무실이고 원룸이라는 개념보다는 더 작은 단위의 집을 겸한 사무실이지요. 그러니까 정확하게 말하자면 나는 직장에서 먹고 자며 생활합니다. (자동문이 열리고 닫힌다. 직원은 고개를 돌려 입구를 본다. 입구에는 아무도 없다)

피곤해요. 말 많고 소리 높여 떠드는 녀석들이 싫어요, 귀 아파요, 알록달록 색깔도 싫어요, 눈 아파요, 귀찮아요. 사람 많아서 붐비는 것도 싫고요, 복잡하게 걸리적거리는 것도 싫고요, 변화도 싫어요, 힘들어요, 몸이… (손사래를 친다) 다 귀찮아요, 이제는 술 마시는 것도 재미없고요, 술도 끊을까 봐요, 담배도 끊었어요, 건강이요? 돈 쓰는 게 아까워서요, 가끔 생각나면 담배는 피워요, 아니, 매일 피워요, 그래도 많이 줄였어요, 하루 두 갑에서 반 갑으로 확… 사람도 끊었어요,

죄다 끊어 버렸어요, 모두 다 말이죠, 가족이요? 가족은 말이에요….

가족들이 나를 끊어 냈지요… 얼마나 못났으면 핏줄이 연을 끊었을까요? 줄 끊어진 연 마냥 허공을 맴돌고 있지요.

'모든 게 귀찮으면 죽어 버리지 그래?'

생각처럼 쉽지가 않아요, 어차피 다 죽잖아요, 나는 말이죠. 조금 더 깊이 있는 시간을 보내고 싶다고요, 사실은 깊이 있는 시간을 보내기보다도, 보고 싶은 거죠, 그 깊이를….

제가 프런트에 앉아 시간 죽이고 있는 거, 관찰하고 있어요, 누구를요? 저기 자동적으로 열리는 유리문을요. (인터폰 벨이 울린다. 프런트 직원이 받는다. 가만히 듣고만 있다.)

알겠어요. 야간 나오면 내가 얘기 좀 해 볼게요. 일이 있나 보죠. 낸들 알겠어요? 그런 애는 아니잖아요. 객실 마무리나 잘해 주세요. (인터폰을 내려놓는다)

누군가 그랬어요.

'당신은 눈썰미가 좋아', 내가? 눈썰미가? 이 나이에? 침침해서 아무것도 안 보이는데, 좋다고?

벽시계 있잖아요. '초침이 돈다'라고 느껴질 정도의 바늘 돌아가는 소리가 내 귀를 후벼 파요. 듣다 보니, 익숙한데, 소리가 안 들리면 불안해요. 눈까지 멀었는데, 귓구녕까지 막히면 정말 큰일이잖아요. 30년 가까이 지키니까, 침침하니 보이지 않아도 알겠더군요. 소리가 들리기도 하고, 냄새가 풍기기도 하고, 뭐, 그냥 그런 거… (입구 쪽을 한 번 쳐다본다) 그냥 나도 모르게 들린다는 거죠. 대실인지, 숙박인지. 대실이면 나중에 연장할지,

객실 열쇠를 주는 게, 내 일인데, 그걸 모를까요? 카드 말고 현금으로 계산하는 손님들 있잖아요, 오로지 현금만….

카드 가능하다 해도 현금만 내미는.

그럼 한동안 방문객을 바라봐요. 눈 보면 알아요. 침침해도 보여요.

얘, 얘, 뭔가 있네, 얘네들 뭔가 풍겨, 그럼 난 잘도 맡아요. 컹컹하면서, 내가 눈썰미가 좋다잖아요.

숙박 손님이면 대실로 보고하고 현금 절반 딱, 잘라서, 쏙, 여기, 호주머니, 있잖아요….

뭐, 그런 재미라도 있어야 이 좁은 골방에서 24시간

버티지 않겠습니까? (바지 주머니에서 종이 쪼가리를 꺼낸다. 의자에 앉아 빙글빙글 돈다. 그리고 멈춘다. 라디오의 주파수를 맞춘다. 트로트 가수 목소리, 노래가 들려온다. 노래 제목은 인생) 생각해 봤는데.

뭔가 머리를 스쳤는데…. (프런트 직원은 의자에서 일어난다. 말 탄 자세를 취한다. 말을 타고 달린다. 전속력으로. 허리를 숙이고 가속이 붙는다. 의자에 앉는다.) 시내 나갔다가 지나가는 길에 로또 명당자리가 있다 해서… 일부러 찾아다니고 그런 사람은 아닌데… 로또 한 장 구입했지요…. 하하, 이게 한 장으로 보이지는 않죠? (직원은 누군가의 눈치를 살핀다. 손에 로또 용지 뭉치를 들고 있다. 그중에 한 장을 뽑아 로또 번호를 맞춰 본다. 아쉽다는 표정을 짓는다.)

꽝이네. (의자에 앉아 빙글빙글 돌다 멈춘다)

로또는 일주일에 한 번씩, 한 달에 네 번, 일 년이면 열두 달, 십수 년 넘게… 나를 실망시켰죠. 나와 로또는 그렇게 수많은 시간을 함께했는데… 단 한 번의 기회조차 주질 않네요. 그렇다 보니 이건 짝사랑인가? 싶다가, (사이) 적절한 단어가 떠오르질 않아요. 애증인가? 싶다가, 로또 또한 나를 염두에 두고 있거나, *좋은 감정 변치 말자!* 서로서로가 존재는 알고 있어야 성립되는 것이라, 그것도 아닌 듯….

희망이라 말하고 고문받고 있다 생각 드네요.

하나님 굽어살펴 주소서! 아멘멘! 할렐루야! 전지전능하신 님이여! 하늘이여! 우주여! 나무아미따따불로! 더블 찬스! 변절하자니 허전하고. 집착은 아니지 않습니까? 욕심, 희망, 욕구, 행복. **(작은 화이트보드를 객석 방향으로 들고 보드 마커를 꺼내 숫자를 적는다. 강의하듯 설명한다.)**

내가 로또를 다루는 방식은 일단, 숫자를 연습장에 적어요. 숫자 1번부터 45번까지. 무작위로. 마음이 끌리는 10개의 숫자를 선택하고 선택한 그 열 개의 숫자를 로또 용지에 골고루 기입하고 용지 하단에 반자동을 기입하고 기계에 넣지요. 마음 편히 자동도 좋지만, 나는 반자동이 좋아요. 당첨되었을 때, 우연이 아닌 나의 노력도 들어갔다 말할 수 있는 거잖아요. 인생은 스스로 개척하는 거라고 하잖아요. 스스로 돕는 자에게 복이, 복이….

운삼기칠! 얍! (기합을 넣는다) 아니겠습니까?

그렇게 월요일에 한번, 수요일 한번 지정된 명당에서 이 방법으로 로또를 구입하면 여기서 끝나는가?

진짜는 이제부터 시작이지요. 여섯 개로 이루어진 숫자 열 개의 로또 번호를 가지고 있다면 그 열 개의 번호 열로 다시 예상 번호를 조합해서 5일 동안의 과정을 순차적으로 진행하는 거예요. 과학적이라고요?

공학 원리로 접근하는 사람도 있고, 수학적으로 접근하는 사람도 있지요. 로또 방에서 만난 사람들 각자의 방식은 오랜 수행에 따른 결과입니다. 로또를 수성 사인펜으로 표기할 때, 숫자의 위치 하나하나 선을 그어 가며 패턴으로 조합하는 사람도 있지요. 미학적으로 접근하는 사람도 있어요. 붉은색 볼펜으로 그림을 그리더군요. (기분에 취한 듯 우아하게 춤추듯 선을 긋는다) 나는 여러 가지 방법을 같이 사용해요. 혼합형 또는 복합형.

5일 동안의 열정을 토요일 하루를 위해 쏟아 내는 거지요. 그 열정 하나로… (한숨 쉰다) 추첨 방송이 끝나면….

여러분 앞에 여전히 제가 서 있지 않습니까?

온갖 저주를 퍼붓지만 그것도 잠시, 다음 날 일요일 오후가 되면 지난주의 번호와 이번 주 예상 번호를 섞어서 나름대로 분석을 시작해요. 1회부터 1,035회가 넘는 당첨 번호의 패턴을 살펴 가며… 어느덧 로또는 내 생활의 일부가 돼 버렸지요. 바둑을 두는 선수가 지난 경기를 복기하듯 나는 차분히 숫자들을 조합하고 패턴을 그려 봐요. 기계에서 숫자가 적힌 공이 하나하나 나올 때의 떨리는 심정과 묘한 흥분을 상상하면서요. (프런트 직원은 화이트보드에 숫자를 지우고 적고 선을 그어 패턴과 확률을 계산한다. 계산을 멈춘다.)

'숫자에 약하다는 말'

살아오면서 자주 들었습니다. 분수를 못해 초등학교 3학년부터 6학년까지… 수학 포기자로 중학교를, 고등학교를, 힘들게 다녔던 기억도 떠오르네요. 그렇다고 다른 과목을 잘했냐? 다른 과목은 말해서 뭐 합니까? 나에게 처음 당구를 가르쳐 준 친구가 이런 말을 하더군요.

'당구는 말이야, 수학 몰라도 돼, 자세가 중요해, 자세!' 공을 바라보는 자세, 큐대를 잡는 자세, 자세,

자세, 중요하지요. 커피를 마시는 자세, 커피 타는 자세, 로또하는 자세, 복권방에서 어르신들 대하는 자세. 연습장에 숫자 고르는 자세, 손님맞이하는 자세. 숙박 요금 호주머니에 넣는 자세…, 돈 빌리는 자세, 빌린 돈 떼어먹는 자세, 자세, 자세, 자세히 살펴볼 필요가 있는 자세. 나는 아직도 좋지 못한 자세를 가지고 있어요. 구부정한 자세 말이에요. 그게 내 자세지요. 자세도 안 좋은데, 숫자까지 약하다니. 끔찍하지요. 가끔 말이에요. 로또를 하면요, 이런 생각이 들어요. 아니요.

매일 생각나요. 결코 평범한 숫자의 나열이 아니라는 거예요. 우리가 모르는 언어 체계가 로또 안에 분명히 존재한다는 거지요. 모든 가능성을 열어 두어야 한다는 거지요. 숫자로 이루어진 암호. 나에게 주어진 평생의 과제. 내가 풀어야 할 암호 말이에요. 그것은 가령 고래와 같은 포유류의 뇌와 뇌로 전달되는 언어 같은 거 아닐까요? (직원은 마지막 로또 용지를 펼쳐 번호를 맞춘다. 실망한다.)

꽝이네.

(사이)

티브이에서 고래에 관한 다큐멘터리를 봤어요. 외국 학자가 인터뷰하는데, 그러더군요. 그들의 언어는 시라고요. 그런데 문득, 나는 지금까지 시를 쓰고 있었던 건가, 그런 생각이 들었어요. 마흔다섯 개 1부터 45, 세상에서 가장 아름다운 문장을 만드는 것이죠. 아니 그 이상의 단어를 조합해서 세상에서 가장 아름다운 문장을 만드는 것이죠. 잊힌 언어 단 하나의 시!

일치되는 단어가 없어요. 없네, 이번에도 없어. 1,
10, 12…, 표현은 진부하고, 연결은 느슨하고, 조합
은 상투적이에요. (사이)

고래들은 오묘한 음률로 단어와 단어를 나열한다
는데, 그것은 깊은 곳에서 넓은 곳으로 퍼지기도 한
다는데, 넓은 곳에서 깊은 곳으로 퍼지기도 한다는
데… 나는 이 좁디좁은 프런트 골방에 앉아 로또 번
호를 찾고 있지요.

(과장되고, 더욱 연극적으로) 고래! 너는 생의 대부
분을 넌 - - 바다에서 단어를 찾아 헤매지만, 나는
연습장 백지에 번호를 나열한다. 여섯 개의 단어를
찾아내서 완벽한 문장을 만드는 것. 고래, 너와 나
의 유일한 공통점. 한밤에 존재했던 성난 파도의 명
암이, 한낮에는 그저 평범한 소금물이라는 걸 증명
이나 하듯, 내가 찾는 숫자는 매번 일치하지 않아서
주말 밤 나의 마음은 성난 파도가 된다. 흰수염고래
도 혹등고래도 인도양코끼리고래도 여섯 개의 단어를
찾아 문장을 만들며 노래하는데…. (사이)

여섯 개의 숫자는, 우연을 가장해서, 치밀하게 때론
지독스리, 너희, 고래들이 바다에 던지는 것이냐?

누군가 낚아채기를 기다리면서….

까아악 - 그런 행운이 나에게도 일어나면 얼마나 좋
겠냐만 모두의 꿈이겠지.

고래는 차가운 얼음을 뚫고 솟아오르고 온 힘을 뿔
에 실어 하늘로 뻗겠지. 몹시도 시린 공기를 끌어안
고 밑으로 내려갈 거야.

일각수의 꿈 로또, 나의 꿈은… 나의 꿈은….

좆또, 니미(종이를 신경질적으로 찢는다) 끊던지, 끊어 내던지, 죽던지, 죽어 버리던지, 집어던져 버리던지….

프런트 여기저기를 뒤적인다. 눈치를 본다. 금고 통에서 현금을 몰래 꺼낸다. 바지 주머니에 넣는다. 담배와 라이터를 찾는다. 프런트 이곳 저곳을 둘러본다. 난초 화분을 집어 들고 연녹색 유리 받침대를 꺼낸다. 프런트 앞에 '자리 비움' 안내문을 걸고 나간다. 인터폰 벨 소리가 울린다.

스팸 A

안녕, 당신에게

조 쿠쿠아는 제 이름입니다. 저는 이곳 외곽 어딘가에 살고 있습니다. 그리고 아주 작은 모텔에 관리자로 일을 하고 있습니다. 저는 개인적으로 어떤 한 그림에 푹 빠져 있습니다. 그림을 누가 그렸는지, 어떤 경로를 통해 모텔 로비에 걸려 있는지, 알 수 없지만, 저는 벽에 걸린 저 작가 미상이 그린을 바라보며 깊은 감동과 영감을 받고 있습니다. 작품은 모텔 로비에 걸려 있으며, 방문하시는 모든 손님들은 부담 없이 편안하게 감상할 수 있습니다. 숙박을 원치 않더라도 편하게 말씀해 주십시오. 그림을 보고 싶다고… 당신과 당신의 소중한 동반자를 초대합니다.

사랑하는 사람과의 소중한 시간을, 더 이상 눈치 보지 마십시오. monotell은 모든 커플이 평등하게 사랑을 나눌 수 있는 공간을 추구합니다. 진심으로 환영받는 공간에서 편안하게 머물러 보십시오. 따뜻합니다. 은밀합니다. 비대면 체크인 시스템으로 걱정 없이 이용하세요. 불안하지 않습니다. 둘만의 시간을 더 특별하게 만들어 줄 감성적인 객실 구성. 담백하고 정갈한 분위기에서 놀다 가세요. 사랑은 모두에게 평등합니다. monotell은 모든 사랑을 지지하며, 여러분의 특별한 시간을 지켜 드리겠습니다. 예약 없이 방문하셔도 굳우웃!

조 쿠쿠아로부터

3. 연인

(엘리베이터를 기다리는 연인의 무대극)

모텔 로비 프런트 앞으로 두 사람이 걸어온다. 프런트에는 아무도 없다. 노랫소리가 프런트 안쪽에서 흘러나온다. 프런트 앞에 서 있던 남자가 살짝 웃는다. 옆에 서 있던 남자가 남자를 쳐다본다. 연인은 버릇처럼 어색하게 카운터 앞에 서 있다.

나

….

당신

멜로디?

(사이)

맛난 거 먹고, 좋은 거 많이 보고, 함께, 함께…

우리가 선택한 지금보다 좋아지지 않을까?

나

글쎄, 모르겠어. 당신은 어떻게 생각해? 우리 선택.

당신

당신 뜻 존중하려고 했고, 안 되는 거 아니까.
당신이랑 함께하겠어.

나

웃었잖아,

당신

내가?

나

응, 당신 웃었어.

당신

번안 가요잖아.

나

번안 가요?

당신

그런 거, 예전엔 많이 불렀어.

나

오래전에… 너무나 오래되어 버린 시절이잖아. 이곳처럼.

당신

다른 곳을 찾아볼까?

나

아니.

당신

그래, 기다리자.

나는 프런트와 주변을 살펴본다.

나

많이 낡았어, 우리처럼.

당신

기억나? 처음 여기 왔을 때,

나

기억나···.

당신

당신은 여기 싫어했잖아, 이상하다고···.

나

응, 그랬지. 우리에겐 늘 시간이 부족했잖아.
지켜야 할 가족도 있었고,
아내와 아이들··· 친구들과 동료들···
당신이랑 좋은 곳에 있고 싶었지.

당신

같이 있으면 좋고.

후회는 안 해.

내가 이렇게 마음 쏟을 일이 또 있겠나 싶기도 하고.

당신은 프런트 앞을 서성이며 직원을 기다린다. 나는 당신 뒤에 서 있다. 나는 고개를 돌려 주변을 둘러본다. 엘리베이터가 있고, 그 위에 시계가 걸려 있다. 그림 한 장이 엘리베이터 옆에 걸려 있다. 나는 그림 가까이 다가간다. 더 가까이. 나는 그림 앞에 선다. 규칙적이지 않다. 형태적이지 않다. 나의 시선은 왼쪽 위에서 아래로 왼쪽 아래에서 오른쪽으로. 중심으로 시선의 방향을 옮기다 옅은 색과 짙은 색이 무작위적이다. 흐릿한 형상이 오래전 어떤 기억을 불러내려 한다. 그때 당신은 내 어깨에 손을 올린다. 당신과 나에게 휴대폰 벨이 울린다. 계속되는 진동과 알람음이 울린다. 당신과 나는 휴대폰을 확인한다.

당신

누굴까?

나

뭐가?

당신

이거 그린 사람 말이야.

나

글쎄….

당신

취미? 이루지 못한 꿈? 자기애?

누군가 찾아 주길 기다리는 무명?

거리 시장에서 구입한 그림인데, 알고 보니깐 유명한 화가
의 그림이었다고 많이들 이야기하잖아, 화가의 초기 작업이
라던가, 미술관에서 도난당한 작품, 우연찮게 발견되는 명화
같은 거. 이 그림도 혹시?

나

장난치지 마.

당신

장난 아니야.

나

그림으로 장난치지 마. 잊었어?

우리가 보낼 수 있는 마지막 밤이야.

당신

….

나

키 받았어?

당신

아니.

나

화내서 미안해.

내가 생각했던 결말은 이런 게 아니었는데….

왜 이렇게 됐을까? 너무 마음이 아파.

당신

내가 바보 같은 말을 해 버렸어.

나

여기에 그림이 있는 줄도 몰랐어

당신

우리는 서로만 바라보고 있었잖아.

나

그러게.

당신

그때는… 우리가 만날 수 있는 시간도,

함께할 공간도, 모든 걸 숨기려고만 했잖아.

우리 관계가 알려지면 어쩌지, 애써 태연한 척, 전전긍긍.

나

웃긴다.

당신

뭐가?

나

모든 걸 잃고 나니까, 모르겠어….

아픈데 아프지 않아,

저린데 저린지 모르겠고,

슬픈데 슬프지 않아, 답답한데, 어디가 답답한지, 모르겠어,

나 이상하지?

당신

전혀.

나와 당신은 로비에 걸린 그림을 한동안 바라본다. 나는 당신 어깨에 기댄다. 당신에게 기대면, 머스크향과 담배 냄새의 섞임이 나를 흥분 시키던, 그런 때가 있었다. 당신을 만났던 장소, 시간이 우리의 대화가 떠오른다. 당신의 손이 내 이마를 어루만진다. 당신은 나의 이마에 가벼운 입맞춤을 한다. 휴대폰의 진동과 벨 소리가 낮게 울린다.

나

우리 선택이 맞는 걸까?

당신

그런 생각하지 마.

나

당신이 저 문으로 돌아간다 해도 원망하지 않을게.

당신

당신이 없는데, 나 혼자 살아갈 수 있을까?

어느 날 말도 없이 사라지는 건 반칙이잖아.

내가 그랬다고 생각하면 당신은 어떨 것 같아?

나

….

당신

잘 될 거야.

나

고통스럽겠지?

당신

아마도.

나

누가 발견할까?

당신

글쎄, 프런트 직원? 청소하는 분?

나

웃긴다.

당신

뭐가.

나

그런 걱정이나 하는 내가….

당신

당신은 언제나 그랬어.

늘, 본질보다는 주변을 살폈잖아.

나쁘다는 건 아니니까.

난 당신의 그런 모습까지도 사랑했으니까.

나

미안.

당신

우리 잘못은 아니잖아.

나

그러게.

당신

사람들이 우리 관계를 알아 버렸을 때도…. 그만하자.

나

우리는 만나면 안 되는 거였나 봐.

당신

난, 당신 옆에 있어서 행복했어.

누가 뭐라 해도… 당신과 함께할 거야.

나

당신의 아내와 아이들,

내 아내와 아이는 우리를 어떻게 기억할까?

당신

지난 몇 년간이 우리의 진짜 삶이었어. 그것만 생각하자.

나

사랑해. 날 꼭 안아 줘.

당신은 나를 끌어안는다. 당신은 프런트에서 객실 키를 받는다. 나는 엘리베이터 버튼을 누른다. 엘리베이터가 멈추고 문이 열린다. 나와 당신은 엘리베이터 앞에서 잠시 멈춰 선다. 망설임이 느껴진다. 당신인가? 나인가? 엘리베이터 안으로 들어가는 첫발. 엘리베이터 문이 닫히고 있다.

4. 모노텔

(빈 객실/야간 청소원)

누군가 떠난 듯 어수선한 객실. 침대와 탁자 주위로 높이와 크기가 다른 가벽이 서 있다. 각각의 가벽에는 액자와 옷걸이, 창문이 걸려 있다. 가벽엔 바퀴가 달려 있어 이동 또한 가능하다. 청소원은 노란색 바구니와 대걸레를 손에 들고 무대로 걸어 나온다. 창문이 설치되어 있는 가벽으로 다가가 창을 열고 환기를 시킨다. 화장대 위를 살펴보고 침대 위와 아래를 천천히 살핀다. 리모컨이 있음을 확인한다. 화장실이 있을 법한 곳으로 걸어간다. 야간 청소원은 침대에 눕는다. 천장을 바라본다. 허리를 일으켜 앉는다.

늙은 모텔입니다, 변두리 소도시를 지날 때, 한적한 시골길을 운전하다 스치는, 그러다 지나치는, 잊혀져 가는 모텔, 교외를 나가 보셨던 분들이라면 고개를 끄덕이실 겁니다요, **(방정맞게)** 그래 맞아, **(진지하게 고민하며)** 어디서 봤더라, **(아쉬운 듯)** 본 거 같기는 한데, **(놀라며)** 아직 그런 곳이 있어? **(차분하게)** 가물가물 피어오를 듯 말 듯, 수면 위로 떠오를 듯 말 듯, 그렇게 변두리 모텔은 여러분의 기억에서 점차 사라지는 것이지요, 외관은 초라하고, 나서는 것조차 싫어할뿐더러, 누군가 찾아봐야겠다 마음먹기 전까지는 눈에 담을 수 없는 그런 존재, 그야말로 수줍은 모텔입니다요, 눈에 들어오지 않을뿐더러, 스스로 치장하며 돋보이려고 노력하지 않습니다요, 여러분은 모텔이 게을러서 그런 거다, 말씀들 하시겠지요, 결코 게을러서 그런 것이 아닙니다, 건물을 두른 붉은 벽돌은 물이 빠져 창백한 잿빛입니다, 세월의 풍파를 겪고 무덤덤하게 구는 것이 아닐는지요, 멀리서 보면, (사이) 멀뚱한 바위가 도로 옆에 솟아 있구나, 스치며 한마디하셨을 겁니다, (포트가 딱-하고 꺼진다 종이컵에 물을 붓고 천천히 휘젓는다. 컵에 입술을 대자마자, 야간 청소원은 얼굴을 찡그린다. 탁자에 내려놓는다.) 물 빠진 잿빛은 한여름 푸르른 녹색을 이기지 못합니다, 잿빛은 물이 빠진 거라 한여름 푸르름을 이기지 못하는 게 맞겠지요, 도로 앞으로 나서는 날보다 뒷짐 지고 오도카니 숲 뒤에 서 있을 때가 많습니다요, 외관의 붉은 색은 동색이라 가을에 환영받겠다 생각들 하시겠지만, 몇 해를 겪어 보니 동색은 똥색입니다요, 눈 내리깔고 뒤에 숨어 주변 풍경 눈치만 살피지요, 한 마디로 전전긍긍입니다, 주변과 어울릴 수 없다는 둥, 미관을 해친다는 둥, 대체 허가는 어떻게 나온 거냐는 둥, (객석에서 누군가 무대를 향해 말한다) **누구냐? 허가 내준 게?** (나는 관객석에서 들려오는 소리에 손사래를 친다) 숲속에서 새들이 참 시끄럽게 재잘거리지요, 변두리 모텔은 말입니다, 어두운 밤하늘, 네온 간판을 훤하게 밝혀, 칠흑 같은 도로의 한 줄기 빛을 선사하는 낙으로 어려운 시국을 버티고 있습지요, 헤매다 지친 사람들의 길 안내를 마다하지 않는 수고스러움으로 위안 삼고 있습니다, 어떻게 살고 있냐 물으신다면, 저는 이렇게 대답할 겁니다, 간간히 버티고 있습지요, 단 며칠이 되었든지 간에, M O N O T E L L 이라는 글자를 선명하게 밝혀, 먼 길 찾아오시는 손님들에게 소소한 미소를 머금을 수 있도록 최선을 다하고자 함이지요, 찾아오시는 모든 손님들이 만족하는 그런 곳은 아니어서, 손님 중에는 입구부터 풍겨 오는 오묘한 기운에 뒷걸음질 치며 망설입니다, 객실을 둘러보곤 탐탁지 않다는 표정을 짓기도 하는데, 어쩌겠습니까? 가야 할 길은 멀고 지친 몸뚱어리는 휴식을 원하고, 찾아든 사람들은 어찌 되었든 머물기를 청하지요,

(야간 청소원은 바닥에 널브러진 쓰레기를 휴지통에 담는다. 유리병과 플라스틱을 분리한다. 휴지통의 비닐을 꺼내고 새것으로 교체한다. 인터폰 벨이 울린다. 야간 청소원이 인터폰을 든다. 사람들은 모텔에 두고 온 것이 있다고 하지만, 대부분 버리고 가버렸다. 가끔 잃어버린 물건을 찾고자 모텔에 연락하지만, 사람들은 모텔에 두고 온 물건들을 기억에서 지운다.)

밖에서 잃어버린 걸 여기서 찾으면 어떡하라고요, 아저씨는 그 손님 말을 믿으세요? 제가 안경테를 습득했으면 바로 전달했겠지요, 바쁘니까, 끊으세요, (수화기를 내려놓는다)

어디까지 말씀드렸더라? 늙은 모텔은 그런 것입니다

요, 꽃무늬 커튼은 오래되어서 세탁은 언제 했는지 빛바랜 듯 색 빠진 듯 커튼을 이리저리 흔들면 20년 전 숙박업의 호황기만을 기억하는… 먼지가 후드득, 하고 떨어지는 것입니다요, 그렇다고 이 먼지들이 무조건 더럽고 불결하냐? 그리 생각하시면 큰 오해십니다요, 창문으로 들어오는 오후 빛이, 방 안 가득 흩어지는 먼지 알갱이 하나하나를 소중히 소독하고 있는지도 모르니까요, 떠도는 먼지를 보듬는 저 햇빛을 바라보고 있자면, 지나간 세월들이 문득 떠오르는데요, 피식하고 웃다가 이내 찾아오는 침울함에 젖어 들기도 합니다요, 참 단순한 것이 오묘하지 않습니까, 하찮은 먼지 알갱이와 쏟아지는 햇빛이 사람 기분을 오락가락 조종한다는 것이 말입니다, 변두리 소도시 모텔을 비추는 햇빛은 그런 게 아니겠습니까? 촌스럽지만 따듯하고, 또 서글퍼지고 한없이 외로워서 멀뚱한 표정을 짓는 저 벽지 같은 그런 거 말입니다, (야간 청소원은 가벽 하나를 무대 중앙으로 옮긴다. 손으로 가벽을 어루만진다. 가벽으로 코를 내민다.)

여기 벽지로 말하자면, 그냥 벽지가 아닙죠, 벽지에 도장되어 있는 얼룩을 천천히 들여다보면 하루가 다르게 시시각각 변합니다요, 어제와 다르고 오늘과 다르고 여름에 다르고 봄에 다르고 손님이 떠난 빈 객실의 벽이 다릅니다요, 왜냐면 이곳 벽지는 담배 연기를 재료 삼아 얼룩을 도장하니까요, 종종 화장실에서 흘러나온 증기나 머물렀던 사람들의 수분까지도 재료로 사용하는데, 사람들의 체취까지 희석

시켜 도장한다 생각하면 이런 게 예술이지 뭐가 예술이겠습니까? 벽지의 롤러빨, 캬- 그러니까 환상적인 보카시에 감탄하지 않을 수 없다니까요, 추상에 추상을 덧입히는 이곳의 벽지는 그야말로 대가라 말씀드리고 싶습니다, 스스로를 장인이다 대가다 떠벌리는데, 대가리에 뭐만 찬 것들이, 입만 살아 가지곤… 여태까지 일하면서 그런 놈들 중에 실한 놈 하나도 못 봤습니다, (사이) 이곳 벽지는 말이죠, 입만 산 녀석들과는 비교도 할 수 없을 만큼 확연히 다릅니다요, 묵묵히 벽을 지키는 모습이 그저 대견하고, 스치는 인연들을 차곡차곡 도장했는데도 칠칠하지 않겠습니까, 군데군데 누런 얼룩을 어찌나 예쁘게 입혔는지 보고 있자면 입이 딱 벌어집니다, 고개를 돌리면 퀴퀴함이 풍기고, 반대로 돌리면 눅눅함이 스멀스멀 올라오지요, 사방 모서리엔 곰팡이를 어찌나 예쁘게 피우는지, **(관객을 향해)** 선생님도 이곳에 투숙하셨으니, 만지작거리는 핸드폰은 내려 두시고, 벽지도 봐 보시고 창문을 열어 먼 풍경도 봐 보시라 그겁니다, 낯선 곳에 던져진 느낌, 그 기분의 변화를 미약하게나마 느껴 보시라 이겁니다,

(야간 청소원은 커피를 한 모금 마시고 벽지가 붙어 있는 가벽을 다른 곳으로 옮긴다. 창문이 설치된 가벽을 무대 중앙까지 끌고 온다. 창문을 닫고 연다. 닫고 연다. 의미 없는 행위, 반복적인 행위, 청소원은 가끔 그런 생각을 한다. 내가 하는 행위가 의미 없는 무의미한 행위라고.)

들리십니까? 들리십니까? 들리십니까?

(손을 귀에 대고 소리를 들으려고 한다. 치- 벨 소리가 울린다. 야간 청소원은 인터폰을 들었다. 귀를 기울인다.)

아무것도 들리지 않습니다, 아니, 아저씨에게 한 말이 아니고요, 오늘 묵을 예정인 손님들에게 말한 거예요, 아니, 없었다니까요, 그 객실에서 습득한 건 아무것도 없었다니까요, 몇 번이나 말씀드려요, 자꾸 귀찮게 인터폰 하시면 오늘 청소 마감합니다, 네, 알겠어요, 다시 둘러볼게요,

(인터폰을 내려놓는다. 노란색 바구니를 뒤적거린다. 안경을 꺼내 든다. 여러 개의 안경. 우스꽝스러운 안경을 꺼내, 써 본다. 또 다른 안경을 꺼낸다. 써 본다.)

도로 위를 달리는 자동차도 없고, 새들조차 조용합니다, 어두운 밤하늘에 간간이 별이 보이고, 그 옆에는 달이 떠 있고, 창밖을 물끄러미 바라다보면 주변은 어느새 환해져, 저기 저 멀리까지 볼 수 있습니다, 그러면 요 앞 공사 현장에 아파트의 높낮이가 **(신나서)** 도레미, **(조금 더 신나서)** 도레미, **(흥분해서)** 도레파도레파, 건반 음의 높낮이에 맞춰 연주를 하고 있지 않겠습니까, 개발이니 새 발이니 떠들썩하게 굴더니만 현장의 합주 소리가 여태껏 이어지고 있습니다, 사람도 없는 이 먼 곳에 집을 짓겠다고, 모여라 꿈동산마냥 신나서 놀고 자빠졌습니다요, 곰곰이 생각해 보면, 참으로 소름이 돋습니다, 순식간에 눈앞에 나타났으니, 갑자기 사라질 수도 있는 법, 그 안에 살고 있는 사람들까지도 전부 사라진다면, 존

재 자체가 기억에서 지워진다면, 멀리서 세워지는 존재들이 슬금슬금 지워지는 것 같아 무서웠습니다, 지금은 뭐, 그러려니 합니다요, 생기면 사라지고 사라지면 생기고, 그게 세상 돌아가는 이치 아니겠습니까? 제가 이 일을 그만두면 다른 사람이 와서 이 자리를 채울 것이고, 여러분들이 돌아가면 또 다른 분들이 찾아오겠지요,

변두리 늙은 모텔을 청소하는 일은 이런 것입니다요, 어지럽혀진 방을 청소하고 묵었던 손님의 흔적을 지우고 새 손님을 기다리는 것이죠,

(야간 청소원은 고개를 든다. 천장을 한동안 바라본다. 나는 손가락으로 위를 가리킨다. 위층에서 분주하게 움직이는 소리가 들린다.)

5층은 건설 현장 노동자들의 임시 숙소로 사용되고 있습니다요,

이른 아침, 계단을 올라오고 내려가는 소리가 우르르 돌덩이가 구르는 듯, 부산스럽게 걷는 소리로 복도와 계단은 한바탕 소동이 벌어지지요,

늦은 오후가 되면 육중한 바위들이 느릿느릿 복도를 굴러다닙니다요,

베트남 사람, 우즈벡 사람, 아프리카 사람 등등 컴컴한 복도는 그야말로 글로벌한 광경이 펼쳐집니다, 테레비에서 봤던 그 동남아의 북적북적한 거리가 복도 이쪽 끝에서 저어쪽 끝까지 펼쳐집니다요, 해외여행을 가 본 적 없는 저로서는, 진귀한 풍경을 피부로 느끼는 시간이지요, 북작북작한 복도의 풍경이 신기할 따름입니다, (침대 위는 널브러진 이불과 베개가

어지럽게 놓여 있다. 나는 천천히 베개와 이불 커버를 벗겨 낸다.) 모텔은 말이죠, 말 그대로 어중이떠중이 모조리 몰려드는, 그런 곳입니다, 앞전에 알코올 중독자가 투숙을 했었는데, 그 사람이 중독자인지 상상이나 했겠습니까, 표정은 약간 어두웠지만, 멀쑥한 차림에… 누가 알았겠습니까, 숙박비가 밀려서 독촉하러 갔더니, 세상에!

(야간 청소원은 무대 바닥을 둘러보고는 정색하며 손사래를 친다. 발끝으로 무언가를 툭툭 건드렸다. 아무런 반응이 없었다. 야간 청소원은 순간 끔찍한 상상이나 한 듯 몸서리친다.)

소주병인지 사람인지 방바닥에 널브러져선, 에, 또, 뭐냐, 거시기, 방바닥에 쏟아 낸 희멀건 희멀건…

(야간 청소원은 손으로 입을 막고 구토를 하는 시늉을 한다)

문득 이런 생각을 했습죠, 아~ 이렇게 술만 마셔도 꽤 오랫동안 생존할 수 있구나, 그 사람이요? 괜찮냐구요? 눈만 떴지 송장이었습니다, (사이)

일용직 근로자들, 가출자들, 도망자들, 늙은 동성애자들, 실패자들, 떠돌이들, 목적지를 잃어버린 자들, 번개탄 들고 달려든 것들… 말도 마시라니까요,

변두리 모텔에서 객실을 청소하기란 여간 쉽지가 않습니다,

그래도 저는 그저 묵으시는 손님들이 편히 쉴 수 있도록 최선을 다할 뿐입니다, 이왕 일하는 거 즐겁게 해야지 않겠습니까? 그런 게 좋은 거 아닐까요?

내방하시는 손님들이 어찌 하나같이 어두운 건지….

밝은 분들이 찾아오시면 일하는 저로서도 활력을 찾지 않겠습니까? 멋진 선글라스도 하나 습득하고….

(수면이 부족한 듯 눈을 감고 하품을 한다)

저는 모텔 청소를 정식으로 배우지는 않았습니다, 전문적으로 가르치는 곳도 있고, 배우시는 분들도 더러 있지만….

(노란색 청소 바구니에서 『벤야멘타 하인학교』 소설책을 꺼내 든다)

저는 요 밑에 프런트를 지키는 분이 두어 번 알려 주시고, 제가 일을 시작한 날 이곳을 관두시는 청소 이모님께서 알려 준 것이 제가 배운 전부였습니다, 그 외에는 오로지 혼자 힘으로 터득했단 말입니다, 변두리 모텔에서 서비스 정신은 개나 주라면 개나 주는 것이 맞겠지만, 휴지통 비우고 화장실 변기에 오물 내리고 베갯잇 벗겨 내고 침대보 이불보 교체하고 바닥 먼지 쓸고 닦습지요, 특별한 것은 없어 보이지만서도 기본을 충실히 따르며 한결같이 지키려는 거, 장담하건대 결코 쉬운 일은 아닙니다요, (나는 침대 커버와 베개 커버를 벗겨 낸다. 둘둘 말아 구석으로 던진다. 객실 구석에는 세탁물이 쌓여만 간다. 인터폰을 울린다. 야간 청소원이 인터폰을 든다.) 청소하고 있습니다. 객실에서 제가 뭘 한다는 거예요? 그럼 올라와서 직접 확인하세요. (야간 청소원은 인터폰을 내려놓는다)

냉장고에는 생수 두 병, 음료 두 개가 준비되어 있어야 하며, (냉장고에 음료를 채워 넣는다. 상표가 보이도록 매만진다.) 일회용품도 한 치의 흐트러짐 없이 정갈하게 놓여야 합니다, 드라이기도 전선을 돌돌 말아서 테레비 옆에 걸어 두어야 하고요, 또 뭐가 있더라…. (야간 청소원은 주변을 둘러본다. 무엇인가를 급히 찾는다. 비품이 그대로 있다는 것에 안심한다.) 병따개와 리모컨을 가져가시는 손님은 대체 뭡니까? 노가다 양반들 수건 가지고 가는 것까진 이해하겠습니다, 아니 근데, 화장품 세트를 바리바리 싸 들고 가는 저의는 뭔가요? 요즘 그거 얼마나 한다고, 에이그 인간들아! 등산객들 등산복 입고 나물 캐러 오신 분들 다양하게 다 가져가시죠, 싸쓸이, 모조리 쓸어 갑니다, 수건, 가운은 기본이고 화장품 드라이어 스프레이 젤 심지어 침대 밑에 전기장판까지… 말도 마시라니까요, (바구니에서 깨끗한 침대 커버, 베개 커버와 이불 커버를 꺼낸다. 침대 위에 올려놓는다.) 객실 청소는 두 명이 한 조를 이루어야 합니다, 한 명이 욕실을 청소하는 동안 나머지 한 명은 객실을 정리합니다, 보통 그렇게들 움직이죠, 침대보를 교체한다던가 이불보를 교체할 때도 양쪽에서 팽팽하게 잡아 줘야 각이 사니까요, 그렇게 해야 청소된 객실이구나 생각들 하시니까요, 이곳 모텔 관리인들을 소개하자면, 한밤이 돼서야 객실을 청소하는 제가 있고, 한낮을 담당하는 부부가 있습니다, 프런트를 지키는 직원과 그와 가끔 통화하는 사장님이 계십니다, 사장님은 서울에서 비지니스적으로 바빠서 도통 볼 기회는 없지만… (화장실 주변과 침대 밑을 살핀다. 사용한 타월과 쓰레기를 찾는다.)

아니 근데, 하루 묵는 분들이 이렇게까지 바리바리
싸 들고 자시고들 가셨는지, 족발에 소주 맥주에 막
걸리까지 참 많이도 드시고 가셨네요, 대체 이걸 왜
침대 밑에 처박아 두고 가는 건지, 제가 어디까지 말
씀을 드렸더라, 아! 프런트를 지키는 분은 칠득이 아
저씨입니다, 몇 해 함께 일했는데, 정확히 그가 누구
인지, 나이는 어떻게 되는지, 저로서는 정확한 정보
를 알 길이 없습니다, 나이도 모르냐? 물어보시겠지
만, 일이 어쩌다 그렇게 됐습니다요, 칠득이 아저씨
는 제 이력서를 보고 저에 대해 속속들이 알고 있을
테지만 서도, 저는 하루라도 일찍 이곳을 벗어날 생
각에 관심조차 두지 않았습니다요, 제가 이곳을 찾
아온 목적도 직업을 구하고자 온 것이 아니었고….
(사이) 지금 와서 나이를 물어본들 그게 무슨 도움
이 되겠습니까, 저는 원래가 노가다 판에서 굴러먹
던 사람이지, 물걸레로 욕실 유리창이나 닦는 사람
이 아니란 말입니다, 위로는 기분 잘 맞추고 아래로
는 섭섭지 않게 일거리 던져 주면서… 일당 꼬박 챙
겨 드리는, 준공 일자 꾸역꾸역 맞추려고 노력하는
사람이었습니다,
(야간 청소원이 걸레를 힘껏 내친다) 어디서부터 꼬
여 버린 건지, 새벽부터 저녁까지 좋지 않은 일들
로 터지고 부풀려지고 겹치고 겹쳐서, 도저히 정신
을 차릴 수가 없었습니다, 저는 현장 바닥에 철썩하
고 주저앉고 말았지요, 무슨 일이 있었던 건지, 모든
것이 무너진 상태고 돌이킬 수 없는 지경에 이르러,
(사이) 뭐가 뭔지 결국엔, (긴 사이) 끝난 건가? 이

대로 사라지는 것인가? 잊히는 것인가? 묻히는 것인가, 오만 가지 생각만 가득했던, (사이)

늦은 밤이었습니다, 저에겐 아무것도 남아 있지 않았습니다. 저의 이야기를 주책없게 늘어놓았네요, 다시 말씀드리자면, 요 밑에, 그분 말입니다, 프런트 앞을 지키시는 분, 칠득이 아저씨, 그거 제가 붙여준, 저 혼자 부르는 이름입니다, 혹시 이곳을 방문하시는 관객분들이 계시다면 프런트를 지키는 직원에게 '칠득이 아저씨'라고 부르는 일은 없도록 주의를 부탁드립니다요, (야간 청소원은 커피를 한 모금 마신다, 밍밍한 커피, 얼굴을 찡그린다. 인터폰이 울린다. 인터폰을 집는다.) 형님, 바빠 죽겠는데 또 뭐요? 203호요? 수건이랑, 생수 한 통이요? 알겠습니다, 청소 마치면, 바로 가져다드리라고요? (인터폰을 내려놓는다) 칠득이 아저씨를 소개하자니, 이곳 모노텔을 찾았던 그날이 생각납니다, 그러니까, 면접 날 모텔 문을 열고 들어가는데, 비현실적인 야자수 잎사귀에 눈이 찔려 뜰 수가 없었습니다, 말씀드렸던가요? 이곳을 전에도 온 적이 있었다고? **그때는 분명히 야자수 나무가 없었습니다,** 이력서를 들고 찾아간 날엔 어찌 된 영문인지 야자나무의 뾰족한 잎사귀가 제 눈을 찌르지 않았겠습니까? 순간 저도 모르게, '제길' 한마디 내뱉었습니다, 그러자 프런트의 작은 창이 스르륵 열리더군요, 실룩거리는 인중과 움직이는 입술이 저의 눈에 들어왔습니다, 오늘 면접 보러 온 사람이에요? 프런트에서 들리는 직원의 목소리, 창문으로 펼친 손바닥을 내밀더니 손가락을 오므리고 펴기를 재빠르게 반복하는 것입니다요, 찔린 눈은 따끔거리고 눈물도 흐르고 기분은 엉망진창인데도, 피식하고 괜스레 웃음이 나오질 않겠습니까, 저는 조심스럽게 프런트 앞으로 다가갔습니다, 이력서를 내밀자, 손가락은 재빠르게 저의 이력서를 낚아채고서 창문 안쪽으로 사라졌습니다, 안쪽에서는 누군가와 대화를 나누고 있는 듯했는데, 뉘앙스로 보아 전화 통화를 하고 있는 것 같았습니다, 오늘 밤부터 일을 할 수 있는지 묻기에 가능하다고 말했습죠, 창문에 걸친 손은 로비 끝 엘리베이터를 가리키며 8층으로 올라가라 했습니다, 꽝, 신경질적으로 창이 닫히더군요, 결국 그날 그의 얼굴을 보진 못했습니다, 엘리베이터를 타고 올라가는 동안 실룩거리던 입술과 인중, 어눌한 듯 기계적인 말투, 두툼하고 투박한 그의 손을 보며 제 머릿속에서 하나의 이름이 떠오른 겁니다, 칠득이 아저씨와의 첫 만남, 아니죠, 따지자면 **두 번째 만남이었습니다.**

스팸 B

바카라 또는 룰렛

　그거 할랑께, 평생! 변하지 않는 우리의 맹세, 가슴 한편 희망 불꽃 생각나는데, 몇 해가 지나만 가도 가슴 속에 존재하는 불꽃 흔들려, 무릎 꿇고 기도하다, 업소 입구에서 기도보다, 친구가 힘들어하면 내 무엇을 내줄 수 있을까? 〈영웅본색〉을 떠올리네, 혼자 살아 얼마큼 행복할까? 어제 친구 녀석과 소주 한잔하며 생각해 보니 지금 못할 게 없다는 마음 들어 이렇게 형님 아우님들께 자존심 접고 먼저 인사 올립니다, 안녕들하십니까, 형님 아우님들 처음 인사드립니다, 여기 대표입니다, 18살에 생활 시작해서 지금 49살입니다, 뭐 배운 거라곤 싸움질뿐이 업습다, 이래저래 말도 이쁘게 못 습니다, 좀 도와주십시오, 어차피 이용하시는 거 어디서라도 할 거 아니요, 딱, 하나 약속허요, 쪽팔리게 누구 속이는 거 안허요, 구라 없이, 먹은 건, 다 드리겠슴다, 이건 내 목에 연장 드러와도 나가 지킬 거요, 나 돈 있을 만큼 있지만서도, 내 돈이 없어서 못 줄 상황이 온다 하면, 배 갈라 다 꺼내서라도, 돈으로 바꿔 드릴께요, 형님 아우님들도 돈 안 주고 하는 거 걱정하지 안으요, 그거는 내가 확실히 말허께요, 나는 죽으면 죽어찌 그거는 안 하요, 생활한 가오가 있지, 그리고 요즘 무슨 사용만 하더라도 커피나 먹는 거 준다 그러고, 치킨도 바꿔 먹을 수 있게끔 해 준다는데, 나도 그거 할라요, 우리 아우님들한테 이야기하면 챙겨 줄 것잉께, 커피랑 치킨 받으러 오시면 좋겄슴다, 이만 줄이것소, 꼭 한번 들러 주면 좋겄소….

5. 모노텔

(빈 객실/야간 청소원)

누군가 막 떠난 듯 어수선한 객실. 침대와 탁자 주위로 높낮이와 크기가 다른 가벽이 서 있다. 각각의 가벽에는 액자와 옷걸이 그리고 창문이 걸려 있다. 가벽은 바퀴가 있어서 이동 또한 가능하다. 나는 무대 한편에서 가벽 하나를 끌고 무대 중앙으로 간다. 가벽에는 액자가 걸려 있다.

모텔 로비에는 아주 두꺼운 황금색 액자 틀에 그림이 걸려 있습니다, 혹시 보신 분 계신가요? 아이가 그린 건가 싶기도 하고 낙서인 듯 형태를 알아보기 힘든 그림 한 점 말입니다, 프런트 아저씨에게 물어보니, 본인도 언제부터 걸려 있었는지 모른답니다, 사장님조차, 누가 그린 그림인지 알 수 없을 거라며, 그 자리에 있었으니 그 자리에 걸어 두고 있는 거라더군요, 제가 이곳을 처음 방문했을 때 로비에 걸린 저 그림이 무척이나 궁금했습니다, 제가 뭐 처음부터 청소 바구니에 대걸레만 쥐고 있었겠습니까?
그때 저는 몹시도 지친 몸과 정신으로 누울 자리를 찾고 있었는데, 딱 저 그림이 제 심정이었습니다, 벽에 걸린 그림을 보고 알았습니다. 바로 찾아왔구나, 여기인가 싶었습니다. 저는 혼자 떠나기가 두려웠는지, 동반할 사람들을 찾아다녔지요. 함께할 사람들을 찾는 것은 그다지 어려운 일은 아니었으나, 어떻게 생판 모르는 사람들이 얼굴 맞대고 함께 할 수 있을까? 궁금했었으니까요. 프런트 앞에 서서 404호를 왔다고 하니, 프런트의 작은 창문이 스르륵 열리더군요. 프런트 직원이 대뜸 이렇게 말하지 않겠습니까? (프런트 직원 목소리로, 어눌한 듯 알 듯 말 듯 한 그러한 태도와 눈빛으로) 오늘 404호 찾는 사람들이 많군, 한 방에 그렇게 많이 올라가시면 안 되는 거 아시죠? (본래 목소리로 돌아와서, 피곤한 듯 귀찮은 듯한 그러한 태도와 낯빛으로) 저는 그 말을 듣고 잠시 동안 멈춰 서 있었습니다. 정신이 번쩍 들더군요. 동행할 사람들이 모여 있어서가 아니라 내가 왜 이 외진 곳까지 힘들게 찾아 들어와서 일면식도 없는 사람들과 함께 떠나야 하는지, 솔직한 심정으로 죽음이라는 막연한 두려움 앞에서 저는 다시 한번 무릎을 꿇었는지도 모르겠습니다. 죽을 만큼 고통스러운 일은 애당초 저에게 없었는데 말입니다. 나 요즘 힘들어, 그러니 알아서들 나를 위로해 줘, 뭐 이런 거 아니었을까요?

저는 엘리베이터를 타지 못했습니다. 아니, 말은 바로 하랬다고, 타지 않았습니다. 404호의 문을 두드리지 않았습니다. **(큰 목소리로)** 또 도망치는 거야? 너는 어째 맨날 도망만 치냐. 그날 이 방에 노크를 했으면 어떻게 됐을까요? 가지런히 누워 있던 그들처럼, 최악으로 치닫는 불행은 저에게 원래가 없었던 게 아니었을까요, 아니면 적극적으로 해결할 의지가 없었던 건 아니었을까요? 어디든 숨어 버리고 싶었던 걸까요? 이를테면 여러분들이 앉아 있는 모노텔로 말이죠, 죽고 싶었던 걸까요? 살고 싶었던 걸까요? 핑계를 찾고 싶었는지도 모르죠, 살고 싶다는 핑계 말입니다, 엘리베이터의 문이 열렸지만, 저는 획-뒤돌아 프런트를 향해 걸어갔습니다, 여기 사람 구하나요? 입구에 청소 구함 붙어 있던데, (사이)
죽지 못해 모텔의 어두운 복도를 떠돌고 있습니다, 죽지 않아서 복도를 이리저리 떠돌고 있는지도 모르죠.

바구니 속을 뒤진다. 더 이상 흥미로운 게 없어서….

스팸 C

낯선 이가 보낸 문자 메시지

저는 올해 23살 대학생이에요. 키는 178, 69kg입니다. 한국에 유학온 지 얼마 안 됐는데 친구들이랑 같이 알바로 용돈 벌고 있거든요. 근처에 있고 바로 출장 가능해요. 저는 동성 파트너를 사귀고 싶습니다. 마사지, 이반 캉캉, 매너 지켜 주신다면 원하는 자세 모두 가능합니다. 저녁에 저를 찾아 주실 수 있나요? 음주 폭력 절대 안 됩니다. 저와 친구의 사진을 보고 싶으시면 개인 톡 보내 주시고요. 섹스 토이 가져오셔서 같이 놀아도 돼요. 상황 봐서 하룻밤 보내도 된답니다. 추가해 주세요. 저는 당신을 만나고 싶습니다.

6. 모노텔
(빈 객실/야간 청소원)

누군가 막 떠난 듯 어수선한 객실. 침대와 탁자 주위로 높이와 크기가 다른 가벽이 있다. 각각의 가벽에는 액자와 옷걸이 그리고 창문이 걸려 있다. 가벽은 바퀴가 있어서 이동 또한 가능하다. 침대 모서리에 앉아 있던 야간 청소원이 일어난다. 주위를 둘러본다. 수건을 주워 들고 냄새를 맡는다.

에이, 사람들하고는 오후에 들어오면 한마디해야겠어요, 널린 게 휴진데, 이거 보세요, 수건에 묻은 거 보이세요? 된장이랑, 이거 뭐야, 새우젓인가? 아! 제가 무슨 말을 하려다가… (세탁물이 쌓여 있는 곳으로 나는 수건을 던진다) 그날은 객실 청소를 마무리 짓고 휴게실 소파에 기대 있었습니다, 밖에서 분주하게 움직이는 소리가 들려오지 않겠습니까, (현장 근로자 차림의 스태프들이 창문이 달린 가벽을 무대 중앙으로 옮겨 준다) 사람들이 현장으로 떠났을 시간인데, 늦은 시간에 나가는 사람들도 있구나 싶어서 (야간 청소원은 가벽에 설치된 창문을 열고 밖을 본다) 창문 아래를 내려다봤습니다, 누군가 고무호스를 끌어다 주차장을 청소하고 있었습니다, 저 사람이 카운터를 지키는 직원이구나, 대체 어떻게 생겨 먹은 인간이야? 궁금해서 참을 수가 없었습니다, 1층으로 내달려 갔지요, 그는 제가 다가가도 몰랐습니다, 고무호스는 물줄기를 뿜어내고, 아침 햇살이 반사되어 반짝반짝 빛나는 것이, 방전된 몸을 충전이라도 하는 듯 저는 상쾌한 기분이 들었습니다,

(야간 청소원은 숨을 들이쉬고 기지개를 편다) 도시에 찌든 생활을 씻어 내는 듯한 풀 냄새와 차가운 공기가 어간 반갑지 않겠습니까,

(이불 커버를 새것으로 교체하고 있다) 그는 한참이 지나서야 저의 인기척을 느꼈습니다, 인사를 건네자, 쉬지 않고 뭐 하러 내려왔냐며 안부를 물었습니다, 불편한 건 없는지, 궁금하거나 필요한 것 있으면 인터폰으로 말하라 했습니다, 저는 고개를 끄덕이면서, (옆에 서 있는 듯 행동을 한다) 그의 눈을 보았고 이마를 보았습니다, 귀를 보았고 머리카락의 농도를 보았습니다, 그의 안경을 보았고, 목울대와 목을 감싼 주름을 보았습니다,

(야간 청소원이 칠득이 아저씨를 흉내 낸다. 손동작과 실룩거리는 인중을 중심으로)

면접 날 기계적으로 움직이는 손과 목소리는 사람인지 자판긴지 구분을 할 수 없었습니다, 하지만 눈으로 확인한 그는 사람이었습니다, 그와 저는 호스에서 뿜어져 나오는 물줄기를 하염없이 바라보았습니다, 들려오는 새소리와 풀벌레 소리가 그와 저의 주

변을 맴돌았습니다, 모텔 주위를 맴돌았습니다,

(프런트 아저씨의 목소리로) 피곤할 텐데 올라가서 쉬고, 저녁에 수고 좀 해 줘, 너무 지저분하지 않으면 침대 시트는 새것으로 교체하지 마, 깨끗하다 싶으면 그대로 두고, 요즘은 세탁하는 애들도 이쪽으로 오고 싶지 않대, 그의 말을 끝으로 저는 고개만을 끄덕이고 휴게실로 올라왔습니다, 소파에 앉아 있다 눈을 잠시 감았는데, 누군가 움직이는 소리가 들렸습니다, 눈을 떠야겠다, 눈을 떠야 한다, 마음속으로 몇 번이나 몇 번이나 되뇌었지만, 결국 저는 눈을 뜨지 못했습니다,

변두리 모텔에서 야간에 일을 한다는 것은 그런 것입니다요, 귀는 열려 있지만, 혼미한 정신에 두 눈은 깊게 감겨 떠지지 않는 거죠,

(야간 청소원은 침대 커버를 교체하기 위한 작업을 한다. 커버를 침대 가운데 올려놓고 왼쪽을 먼저 펼치고 오른쪽을 펼친다. 인터폰 벨이 울린다. 인터폰을 든다.) 네? 놀고 있다고요? 제가 왜 놀고 있겠어요? 알겠어요, 얼른 마무리 짓고 다른 객실로 옮길게요, 빨리 끝낸다고요, 아-, 진짜 이 양반 오늘 왜 그래? 알겠다고요, 몇 번을 말해요, 제가 손님들 물건을 왜 훔쳐요? (인터폰을 내려놓는다) 지들이 잃어버리고는, 니미, 사람을 무시해도 정도가 있지, 죄송합니다, 여러분들을 말하는 거 아니니 신경 쓰지 마십시오, 제가 어디까지 말씀을 드렸더라, 낮 시간을 담당하는 부부는 한국말을 정말 잘합니다, 남자는 칠득이 아저씨랑 비슷한 60대 후반으로 보이고

검은 피부에 단정한 머리가 인상적이었습니다, 동행한 여자도 그 언저리가 아닐까 싶었고, 남자는 이천의 돼지 축사에서 잡일이나 해싸코 공사 현장을 돌아다니며 벌이를 이어 오다, 작년부턴가 아내와 함께 일거리를 찾아다녔다고 합니다, 뭐, 몸 쓰는 일 이제는 하기 싫다 이거죠, 여자는 신림동 모텔촌을 시작으로 영등포를 거쳐 사당동을 찍고 이곳까지 왔다는 흔하디흔한 사연, 사장님 전달 사항이라며 칠득이 아저씨가 저를 붙잡고서 그러더군요, 오전에 일할 분들 오신다고, 간단히 알려 주고 쉬라고 말이죠, 여자분은 일을 해 봤다고 했으니 물품 위치만 알려 주면 알아서 잘할 거라며, 남자분은 베갯잇이랑 침대보 교체하는 거 알려 주고 빨리 끝내, (화난 듯 야간 청소원의 목소리가 커진다) 끝내긴 뭘 끝내라는 거예요? **염병! 그게 말처럼 쉬운 줄 아세요?** 피곤해서 죽겠구먼, (침대 매트리스의 한쪽을 들어 올리고 커버의 한쪽을 끼워 넣는다. 반대쪽으로 돌아가서 나머지를 끼워 넣는다. 숙련자들은 구둣주걱을 사용하기도 한다.) 부부는 저를 보자 나이부터 묻지 않겠습니까? (중국인 아저씨의 목소리. 그의 머리는 언제나 단정했다. 그는 하얀 셔츠를 즐겨 입었다.) **몇 살이에요?**

(야간 청소원의 목소리) 이분들 봐라, 서열 정리하시겠다…, 지들보다 나이가 어리다고 얕보는 건가? 일하러 왔으면 일을 해야지, 나이를 왜 묻는 건데요? 제가 몇 살이나 처먹었겠어요? 먹을 만큼 먹어서 이제는 배부르니까 일이나 하세요, (야간 청소원은 평

정심을 찾으려고 노력한다) 아주머니를 비품 창고로 안내하고 소모품 위치를 알려 주었습니다, 소모품 주문 방법과 입, 출고 수량 체크 꼭 하시라고 말이죠, 커피랑 녹차는 모자라지 않도록 재고 확인 잊지 말고 하세요, 여자는 눈치가 빠른 편이었습니다, 아주머니는 척하고 탁하더란 말이죠, (중국인 아저씨 목소리로) **열심히 배우겠습니다.**

(야간 청소원의 목소리로) 저는 왠지 모르게 짜증이 나서 일을 하러 왔으니 배우지 말고 일을 하시라 말했습니다, 침대보를 교체할 때는 양쪽 모서리를 팽팽하게 접어서 넣어야 되는데, 손이 서툴러 모서리는 힘을 잃어 늘어지기 일쑤였습니다, 모서리 끝을 잡고 마무리를 지으려고 했지만, 오히려 침대보의 네 귀퉁이는 울고 있지 뭡니까, 제가 그의 손을 툭 치면서 가볍게 밀쳤습니다, (중국인 아저씨 목소리로) **죄송합니다, 죄송합니다, 죄송합···.**

(야간 청소원의 목소리로) 저는 얼른 올라가서 쉬고 싶다는 생각에 그의 말은 듣지도 않았습니다, 타월 넣는 방법과 타월의 배치를 설명했고, 베갯잇을 교체하며 볼록하게 뭉쳐지도록 베개 양쪽을 두드리라 했습니다, 남자는 둘을 알려 주면 하나를 빠트렸습니다, 반복적인 그의 질문에, 저는 손에 들고 있던 타월을 바닥으로 내던졌습니다, 지금 벌어지는 이 상황이 꿈이라고 믿고 싶었습니다, 청소된 방을 다시 청소하고 동일한 호수의 객실을 청소하고 청소하는, 청소의 굴레에서 헤어 나올 수 없는 악몽 말입니다. 이곳까지 흘러들어 와 객실 청소를 하는 나 자신

이 너무 싫고 미워졌습니다.

화낼 핑곗거리를 찾고 있었는지도 모릅니다.

7. 전달 사항

야간 청소원은 바지 주머니에서 종이를 꺼내 큰 목소리로 읽는다.

저녁에 출근하면 빈방 없다고 재촉해서 숨도 못 돌리고 바구니 챙겨서 내려오곤 했어요. 두 분 오시고 야간에 일하는 제가 조금 여유가 생겼어요. 어떤 뜻인지 알죠? 사람 마음이, 퇴근 시간 다가오면 모든 게 귀찮고 손을 놓게 되잖아요. 1호실, 2호실, 특실이나 3호실 같이 단체 손님 객실은 손이 가질 않는다는 거 알아요, 시간 되면 하던 거 내버리고 가 버리잖아요. 그런데 두 분은 끝까지 객실 청소 마무리해 주셔서 감사드려요. 그래서 말씀드리는데, 홍미 아주머니 아저씨 노란 바구니는 사용하지 말아 주세요. 첫날이야 제가 사용하는 바구니를 사용하라 했지만, 얼마 지나지 않아 흰색 바구니 만들어 드렸잖아요. 제가 퇴근하면서 표식을 해 두는데, 어떤 방식인지는 비밀입니다. 어쩌다 한 번씩 표식이 흐트러져 있어요. 제가 예전에 말씀드렸죠? 아저씨 전용으로 하나 만드시라고. 아니면 제가 만들어 드리겠다고. 그래서 만들어 드렸잖아요. 물건을 수납할 수 있게 구획도 나누고 세제를 놓을 자리도 만들어 드리고, 일회용 면도기, 클렌징 넣어 두는 자리까지. 제 바구니 들고 객실 내려가지 마세요. 오늘 낮에도 노란색 바구니를 아저씨가 사용했다고 프런트에서 귀띔해 주셨어요. 아저씨가 제 바구니 사용하다 모서리 깨 먹었을 때, 아저씨는 뭐, 사용하다 그럴 수도 있지, 라고 웃고 말았잖아요. 그때 화가 많이 났는데, 입술 깨물면서 참았습니다. 아저씨 바구니 사용해 주세요. 아저씨 아주머니 사랑해요. 끝으로 홍미 아주머니께도 드릴 말씀이 있어요. 손님들이 사용했던 타월로 세면기랑 화장실 바닥 청소하지 마세요. 사장님도 눈치채신 것 같아요. 세탁물 수거 회사에서 사장님께 직접 전화드린 것 같아요. 누런 얼룩들이 지워지지 않는데, 직원들이 청소할 때, 물걸레 용도로 사용하는 것 같다고 딱 걸린 거죠. 손님들이 사용한 타월은 세탁물 행낭에 꼭 넣어 주세요. 화장실은 물걸레 사용해 주시고요. 욕실 바닥 있잖아요. 고무판 붙어 있는 막대기, 그거, 거울 유리창 닦는 게 아니고 바닥에 물 제거하는 거예요. 그거 꼭 사용하세요. 욕조에 머리카락 수거 잊지 마시고요. 휴게실 냉장고에 붙여 놓을게요. 전달이 잘 되었으면 좋겠어요. 이해했음/못 했음 이렇게 종이 밑에 써 주세요.

종이를 접어 바지 주머니에 넣는다, 넣었다.

8. 모노텔

(빈 객실/야간 청소원)

누군가 막 떠난 듯 어수선한 객실. 침대와 탁자 주위로 높낮이와 크기가 다른 가벽이 있다. 각각의 가벽에는 액자와 옷걸이 그리고 창문이 걸려 있다. 가벽은 바퀴가 있어서 이동 또한 가능하다. 빈 객실은 청소가 마무리 중이다.

말씀드렸죠, 별별 인간들이 다 모인다고, 진상들도 그런 진상들이 없죠, 진상이 괜히 진상이겠어요, 화장실에 토사물 범벅은 기본이고 이불에도 우왝- 바닥에다 우왝-, 한번은 객실에서 기겁을 하고 뛰쳐나온 적이 있어요, 너무 놀라서 모텔 식구들 죄다 불러 모았습니다, 침대 위에 똥을 뿜어 놨더라고요, 그냥 묻어 있는 정도가 아니라 와장창 사방 천지에 뿜어져 있었어요, 사람들은 누군지도 모를 객실 손님을 똥 변태라고 불렀는데, 잊을 만하면 한 번씩 나타난다니까요, (손가락으로 숫자를 세며 날짜를 계산한다) 오늘이 며칠이죠? 슬슬 나타날 때가 됐는데…. (노란색 바구니를 뒤적거린다. 고무장갑을 끼고 변기로 다가간다. 변기 속을 유심히 바라본다. 계속 바라봤다. 야간 청소원은 잠시 망설였고, 변기에서 작은 덩어리를 꺼낸다. 그 작은 핏덩어리를 품에 안고 어르고 달랜다. 까꿍까꿍 시늉을 한다. 작은 덩어리는 움직이지 않는다. 숨을 쉬지 않는다. 순간 야간 청소원은 모든 동작을 멈추고 정색을 한다) 옆방이었나? 이 일을 하다 보면 별별 꼴 많이 본다니까요, 제가 일을 시작하고 세 달 지나고 반나절이 지났을까요? 두 사람이 프런트로 걸어왔습니다, 사실 어떻게 들어왔는지 정확히는 모르겠습니다, 모텔 입구에 들어서면 야자수 나무가 제법 큰 화분에 담겨 있는데, (사이) 열이면 열 들어오는 손님들은 하나같이 야자수의 뾰족한 잎사귀에 눈을 한 번씩 찔립니다, 그럼, 어머머라든가, 뭐야 씨발, 앗 따가워, 왓 더 뻑이라고 한마디씩 내뱉습죠, 참 이상스러운 건, 손님들의 한결같은 잔소리를 듣고도, 야자수 나무의 잎사귀를 자른다거나 화분의 위치를 바꿀 생각을 안 한다는 거예요, 저요? 잎사귀에 찔린 손님의 짜증 섞인 비명이 휴게실까지 들리죠, 저는 피식하고 한번 웃습니다, 방문한 손님들은 어떤 사람들일까 상상을 한답니다, 한편으로는 손님들의 비명이 알람 같아서 저 또한 내버려두고 있습죠, 오늘 저녁 첫 손님인지, 두 번째 손님인가? 세 번째 혹은 언제 들어왔는지 알 수가 있어서 말입니다, 하지만 그날은 그들의 비명 소리를 듣지 못했습니다, 아니 들리지 않았습니다,

코발트 빛 먼 하늘을 배경으로 붉은색 네온 간판이 점멸하고 있습니다, 짙은 어둠이 숨 가쁘게 내려오면

홍미 아주머니와 그의 남편은 휴게실 옆 작은 골방으로 들어가지요, 제가 등장할 차례가 되면 인터폰이 울립니다.

(벨이 울린다. 야간 청소원은 수화기를 든다. 칠득이 아저씨의 목소리로) **404호 청소했어?**

(야간 청소원의 목소리로) 보통 이 시간에는 '빈방 많이 없으니 청소 좀 부탁해' 라든가, '빈방이 5개뿐이네', 이렇게 말하곤 하는데, 그날은 이상하게 콕 찍어 그 방을 찾지 않겠습니까? 그래서 저는 '아니요'라고 말씀드렸죠, '슬슬 시작해야죠' 칠득이 아저씨는 밑에 손님이 계신데, 꼭 그 방에서 머물고 싶다 말하지 않겠습니까, 다른 방도 많은데, 왜 그 방이어야 하는지 도무지 이해가 가질 않았습니다, 하지만 이곳에서 제가 하는 일이 뭡니까? 객실 청소 아닙니까? 군말 없이 내려갔지요.

(문을 열고 들어가는 시늉을 한다. 현재와 과거를 혼동한 듯 말투와 시제를 섞으며 야간 청소원은 말한다.) 404호 객실의 문이 열리자 미적지근한 실내 공기에 가벼운 방향제가 섞여 그들을 맞이했습죠, 했습니다, 했던가? 나를 맞이했던가? 익숙한 방향제 냄새가 나를 맞이했습죠. (속삭이듯 작은 목소리로) 부리나케 청소를 마치고 휴게실로 올라가려는데, (사이) 손님을 실은 엘리베이터가 5층에 다다랐지 뭡니까, 객실 손님과 마주치면 안 되기에 비상계단으로 재빠르게 몸을 피하려고 했습니다,

엘리베이터 문이 열리고 있습니다, 그들의 모습이 보이고 있습니다.

그들과, 그들과, 그들과… 마주쳤을 때, 저는 순간 멈 칫했습니다. 그 두 분은 점잖은 중년의 신사였는데, 묘하게도 서로가 서로의 손을 꼭 붙잡고 놓질 않고 있지 뭡니까, 두 분은 몹시도 지쳐 보였으나 애써 태 연한 표정을 지었습니다, 어떻게 아냐고요? 제가 모 노텔 귀신 아닙니까? 구천을 떠돌 듯 빈 객실을 떠 도는 귀신이요, 저는 너무나 당황스러운 나머지 노 란색 청소 바구니를 양손으로 꼭 쥐고 고개를 숙여 인사를 (노란색 청소 바구니를 들고 관객을 향해 90 도 인사를 한다) 했습니다, (크고 씩씩하게 말한다) 편히 쉬시다 가십시오,

두 사람이 방을 둘러보는 동안 스킨 향이라던가, 그 들 몸에 배어 있던 향수를 이기지 못한 객실 내 공 기와 방향제 냄새가 꽉 눌린 채 객실 바닥에서 허우 적거리고 있을 것만 같았습니다, (정리 중인 침대를 우두커니 바라본다) 한 사람은 담배에 불을 붙였을 것입니다, (가벽에 창문을 바라본다) 창을 열고 눅 눅한 냄새를 환기시키거나 어둠 속 속삭임에 이끌려 창밖을 바라봤을 겁니다, 멀리 소도시의 밤 풍경을 보며 고독이라든가 쓸쓸함이라든가 생각하지 않았 겠습니까? 애틋한 하룻밤을 위해 이곳을 찾아온 것 은 아닌지… 먼 산의 짙은 등고선을 보면서 어떤 고 민에 빠져 있었는지, 멀리 건설 현장에서 쑥쑥 자라 는 아파트의 연주를 들었는지도요, 외딴곳에서 어느 누구의 방해도 받지 싶지 않은, 오로지 둘만의 시간 을 보내고 싶은, 둘만의 설렘을…. (사이)

두고 온 가족과 친구라든가, 앞으로 그 둘에게 벌어

질 일에 대해서, 밤하늘에 떠 있는 별만큼의 고민들을 세고 있었는지 알 수 없는 일이죠, 저 멀리 작지만 확연히 빛을 발하는 달 만큼의 희망이 남아 있을까? 이런저런 고민을 하지 않았겠습니까? (노란색 청소 바구니를 뒤적인다) 급히 내려오느라, 미처 챙기지 못한 비품들이 있어서 휴게실로 올라갔습니다, 그때 인터폰이 울렸습니다. 보나 마나 다른 객실도 부지런히 청소하라는 재촉의 벨 소리일 거라 짐작했습니다. (인터폰을 든다) 404호에 채널이 잡히지 않는다고 하네요, 성인 인증을 요구하라고 합니다. 이상하지 않습니까? 두 사람은 어엿한 성인이고 인증 번호는 1.1.1.1인데, (차분한 목소리로) 번호는 1.1.1.1 번입니다. 숫자 '1'을 네 번 누르세요. 수화기 너머 리모컨을 붙잡고 떠드는 소리를 들었습니다. (인터폰에서 귀를 때며 얼굴을 찡그린다) 리모컨을 떨어뜨린 게 확실합니다. 서로 누르겠다며 실랑이를 벌이는 모습들을 상상했습죠. 수화기 너머 누군가 말했습니다.

(남자의 목소리) **해 줄 수 없겠나?**

(가벽을 두드려 노크를 한다. 문을 열고 들어간다. 들어갔었다.) 담배 연기가 방 안 가득 퍼져 있습니다. 벽지가 연기의 추상을 도장하고, 그들의 체취까지 도장하고, 스킨 냄새와 향수 냄새가 요란하게 방안을 휘젓고, 한 명은 샤워를 하는 것 같았습니다. 다른 한 사람은 샤워를 막 끝냈는지, 입고 있던 가운이 축축했습니다.

(남자의 목소리) **리모컨이 이상한가 봐, 왜 안 되지?**

(긴 사이)

모텔 네온 간판은 새벽 여명으로 빛을 잃어 가고 있었습니다. 칠득이 아저씨는 휴게실에서 믹스커피를 마시며 저녁나절 두 명의 중년 신사에 대해 물었습니다.

(칠득이 아저씨의 목소리를 흉내 낸다) 그 둘 이상하지 않아? 그 방에서 뭐 잃어버린 거라도 있는 거야? 칠득이 아저씨의 시선은 티브이 화면에 고정되어 있었지요. 칠득이 아저씨는 티브이 속 고래를 빤히 쳐다보고 있었습니다. 혼자 중얼거리는 건지… 티브이 속 고래에게 말을 거는 건지… 도저히 알 수가 없었습니다.

(야간 청소원은 청소 바구니를 뒤적거린다. 침대를 물끄러미 바라본다.) 변두리에 서식하는 잡식 동물들의 감각이 느슨해지는 시간이었습니다. 포유류의 새끼들은 어미 품에 안겨 세상모르고 잠들어 있었을 때지요. 모두 떠난, 아마 떠났을 거라는 짐작으로, 객실 복도를 청소했습니다요. 6층을 청소했고, 5층을 청소했고, 4층이었습니다. 진공청소기를 옮기려는데, 엉망진창으로 둘둘 만 전원 코드가 바닥에 널브러져 있음에도 불구하고 저는 청소기를 억지로 끌었습니다. 청소기는 따라올 생각을 안 했습니다. 저는 다시 한번 있는 힘껏 끌었습니다. 돌부리에 걸려 다리는 차츰 힘을 잃어 가고 아무것도 모르는 주인 녀석은 목줄을 잡고 끌고 있으니 산책하던 개가 움직이겠습니까? 심통이 났거나 고집을 부리거나…, 청소기는 그만 객실 문을 쿵하고 부딪치며 쓰러졌지

뭐예요.

쿵 - 하고 울리는 소리가 어찌나 크게 느껴지던지,
저의 마음도 쿵 - 하고 내려앉았습니다. 쿵 - , 하고 모
텔이 깨어나면 어쩌나 싶어서 가슴을 졸였답니다.
그때였습니다, 객실 문이 삐뚜름하게 열리는 겁니다.
청소기가 넘어지면서 부딪힌 그 문 말입니다. 살짝
열린 문틈으로 오묘한 기운이 빠져나오지 않겠습니
까. 끼 - 익 하고 말이죠. 말로 형언할 수 없는 미적지
근한 그 무언가가 저의 뺨을 스쳤습니다. 손님의 휴
식을 방해했으면 어쩌나 싶어 얼른 닫으려고 했습니
다. 했지만, 살짝 열린 문틈에서 호기심을 발동하는
그 무엇인가 쓰 - 윽 하고 저의 멱살을 잡고 끌어당
겼습니다. 객실 입구에서 손님을 불렀습니다.

(허리를 살짝 숙이고 손님에게 말하듯 정중하게 말
한다) **'손님 안에 계시는지요, 제가 청소기를 넘어트
려 휴식을 방해했습니다'.**

어두컴컴한 객실 깊숙한 곳을 보아도 인기척은 없었
습니다. 입구에는 손님의 구두가 어지럽게 놓여 있
었고, 신발 한 짝은 방 안에 뒤집혀 밑창이 하늘을
보고 있었습니다. 저는 끌려가듯 객실 안으로 들어
갔습니다. (야간 청소원은 몸이 굳은 듯 한동안 그
대로 서 있는다) 한 사람은 침대 모서리에 걸터앉아
고개를 숙이고 있었습니다. 한 사람은 괴로운 듯 목
을 움켜쥐고 침대에 누워 있었습니다. 여기 이 침대
에 이렇게 말입니다. (야간 청소원은 침대에 누워 비
슷한 자세를 취한다. 갑자기 일어난다.) 보통 놀라서
자빠지거나 소리라도 질러야 정상이라고 생각들 하

시겠지만, 그날 경험해 보니 너무 당혹스럽기도 하고…. (사이) 침대에 앉아 있는 손에는 리모컨이 들려 있었습니다. 리모컨 끝에 검붉은 피딱지가 묻어 있더군요. 저는 누워 있는 사람의 머리를 봤지요. 이 두 사람이 다투었다면 분명히 누군가는 들었을 텐데, 아무도 듣질 못했을까요? 왜, 왜? 저는 아무 기척도 느끼지 못했을까요? 휴게실 소파에 잠시 몸을 기대 눈을 감았을 뿐인데….

이곳까지 찾아와서 죽었을까요? 죽음을 당한 건가요? 누가 죽인 건가요? 나요? 아니면 칠득이 아저씨요? 아니면 당신들? 못 잡아먹어서 안달이 나셨는지들…. 이거다 싶으면 다들 모여서, 어떻게 죽일까? 살려 주면 안 돼, 이번 기회에 아주 끝내 버리자, 난리법석을 떨면서, 호들갑을 떨었겠죠.

여러분들을 말하는 거 아니니 오해 마십시오. 엘리베이터에서 목격한 그들의 모습을 보고 하필이면 나는 왜 '즐기다 가시라'고 말했을까요?

'모텔 입구에서 야자수 잎에 눈을 찔리지 않았으니, 당신들 오늘 밤은 조심해…. 필요한 게 있다면 인터폰을 계속 울려도 괜찮아….' 그 말을 왜 못 했을까요? (야간 청소원은 저 둘을 가지런히 침대에 눕힌다. 리모컨에 묻은 피딱지를 털어 낸다.)

모서리에 앉아 있던 사람은 리모컨을 손에 쥐고 홑이불에 묻혔습니다. 그들은 깊은 잠에 빠진 듯 움직이지 않을 겁니다. 그 둘이 너무도 인공적이라 의심할 정도로 평온하게 누워 있어서 저는 방해하면 안 되겠다 싶은 겁니다. 그들의 몸에서 풍기던 짙은 향

수 냄새가 그들을 덮었습니다. 성인 채널이 그들을 덮었고 인공 과즙 음료가 덮었고 생수 두 병이 그들을 덮었습니다. 에어컨 바람이 적당히 불고 있었으며, 입고 있던 가운이 살포시 그들을 덮었습니다. 몸은 적당한 수분을 소지하고 있었습니다. 누군가 저둘을 살해하고 흔적을 지우려던 것처럼….

내 정신 좀 봐, 이러면 안 되잖아요. 내가 미쳤지, 미쳤어. (야간 청소원은 당황하며 잠시 멈춘다) 타월은 큰 거 하나 작은 거 두 개를 사용했고, 했고, 했는데…. (탁자 위에 재떨이를 조심스럽게 살펴본다) 탁자 위에 녹색 빛이 은은히 빛나는 유리 재떨이가 놓여 있었는데, 신기하게도 저는 그 재떨이를 본 적이 없었습니다. 대체 이건 어디서 흘러들어 온 걸까, 한참을 바라보며 기억을 더듬어 봤지만 기억이 나질 않았습니다. 저도 모르게 녹색 유리 재떨이를 바구니로 슬쩍 밀어 놓았습니다. (이불 커버를 새것으로 교체했다. 야간 청소원은 조심스럽게 매만지며 침대 주변을 정리한다) 저는 이불 시트를 조심스럽게 올려 그들을 덮었습니다. 손상되지 않도록 조심스럽게 주변에 떨어져 있는 몇 개의 체모를 털어 냈습니다. (바닥을 쓸고 대걸레로 닦는다. 박박 문지른다. 얼룩이 지워지지 않는다. 얼룩이 지워지지 않았다.) 객실 바닥을 조용히 쓸고 닦았습니다요. 제가 왜 그랬는지 생각해 봐도 납득할 수 없는 행동이란걸 알고 있습니다. 여러분들이라면 어쩌실래요? 신고한다고요? 그렇죠, 그게 맞죠. 저도 저를 위해서 그렇게 해야만 할 것 같았습니다. 그런데 그 두 사람을 방해하고 싶지 않았거든요. 그 두 사람이 조금 더 깨끗하고 쾌적한 방에 오래도록 누워 있었으면 하는 바람뿐이었습니다. 내가 그러질 못했습니다. 저 자리에 내가 누워 있어야 하는데… 그렇게 하질 못했다고요. 정작 죽을 놈은 난데, 저기 저 자리에 저들이 누워 있는지…. (사이) 당장 신고를 하지 않거나, 칠득이 아저씨도 이 사실을 모른다면 저들은 조금 더 늦게 발견될 것입니다. 오후 2시쯤, 아니 3시쯤, 객실 관리 프로그램에서 청소를 요청하는 신호가 자동적으로 작동되면 칠득이 아저씨는 404호로 인터폰을 할 것입니다. 그래도 응답이 없다면 홍미 아주머니나 그의 남편을 아니면 저를 보낼 것입니다. 노크를 하고선 '손님 시간이 다 되셨습니다.' 그렇게 말했을 겁니다. (탁자 위에 일회용품을 정리한다. 칫솔 두 개를 가지런히 놓고 콘돔 두 개를 칫솔 옆에 놓는다. 비닐 포장지에는 머리끈 두 개와 면봉 네 개를 챙겨 둔다. 면도기 한 개를 놓는다.) 누워 있는 저들의 스킨 냄새가 방 안 가득합니다. 저는 침대에 묻혀 있는 두 사람을 바라봤습니다. 벽지는 부지런히 냄새를 도장하고 있습니다요. 잠시 머물다 사라진 사람들의 냄새를요. 저는 조용히 나왔습죠. 휴게실 소파에 몸을 파묻었습니다요. 눈을 감고 목격한 모든 것을 지우려고 노력했습죠. 떨리는 손이 멈추질 않았습니다. 아마도 저들은 제가 예상한 그대로 늦은 오후가 되어서야 발견될 겁니다. 그때까지 저는 방문을 두드리지 않을 겁니다. 칠득이 아저씨는 404호 인터폰에 응답이 없으니 깨우라며 저를 부르겠죠. 저는 태연한 척 노크를 하겠습니다. 아무것도 모르는 상태로, 그리고 그다음은… 다들 아실 겁니다. 놀란 사람들은 분주하게 움직일 겁니다. 카메라 플래시가 연속으로 터지고, 칠득이 아저씨는 흐르는 땀을 손수건으로 연신 닦아 낼 겁니다. 저는 그 옆에 서서 멀뚱히 있겠죠. 아무것도 모른다는 식으로. 증언하고 확인하고 또다시 확인하고 증언을 반복하는 동안 늙은 모텔은 몇 가지 질문과 주의 사항을 듣겠죠, 듣습니다. 제복 입은 사람들이 떠나고, 오후의 일들이 마무리되면 그들이 떠난 자리는 잠시 동안 보존되다 또 다른 손님을 받을 겁니다.

늙은 모텔로 낡은 사람들이 찾아옵니다요. 몸뚱이를 보관할 수 있는지 물어봅니다. 보관함이 낡아서 동전만 들어가는 구식 모델(모텔)이라도 괜찮다면 잠시 동안 머물기를 허락할 겁니다. 404호에는 여전히 두 개의 베개가 있고 두 개의 칫솔이 있으며, 샴푸와 린스가 있고 두 개의 인공 과즙 음료가 냉장고 안에 준비되어 있습니다요. 탁자에는 두 개의 유리잔이 있고 객실과 로비 프런트 앞에는 각 각의 벽시계가 동일한 시간으로 움직이고 있습니다요. (바구니에서 재떨이를 꺼낸다. 재떨이를 유심히 바라본다. 고개를 갸우뚱한다)

연녹색 크리스털 재떨이가 있습니다. 저는 계속 계속 여러분들이 잃어버린 물건들을 습득하고 보관할 겁니다요.
누군가 찾아온다면,

여러분이 404호를 찾는다면,

저는 언제든지 준비가 돼 있습니다요.

최선을 다해 여러분을 도울 것입니다요.

인터폰 벨이 울린다. 지저분했던 공간은 처음과 다르게 정리 정돈된 상태다. 침구와 일회용품들이 가지런히 놓여 있다. 가벽 또한 무대 한 쪽에 가지런히 놓여 있다. 야간 청소원은 대걸레와 바구니를 들고 무대를 나간다.

9. 가정식 중국요리
(중국인 부부의 무언극)

장면

직원 휴게실은 조리가 가능한 부엌과 전자레인지, 냉장고가 있다. 식탁이 놓여 있으며 소파와 낡은 티브이가 한편에 있다. 무대 왼쪽은 비품 창고 겸 쪽잠을 자는 방이다. 조선족 부부는 남자와 여자로 표기한다. 프런트 데스크 직원은 프런트, 야간 청소원은 야간으로 표시한다. 조선족 부부의 대화는 대부분 중국어로 진행된다. 남자는 연변 대우 호텔에서 일을 시작했다. 호텔 앞 광장에서 공개 처형이 진행되고 있을 때, 남자는 객실을 청소하고 있었고, 우연히 바라본 창밖 풍경은 구름 한 점 없었다. 남자는 한국으로 건너간 친척의 초청을 기다리고 있었다. 친척의 초청은 없었고, 비자는 거부됐다. 경북에 있는 플라스틱 사출 업체에서 지금의 아내를 만났고, 플라스틱 사출 업체에서 폐결핵을 얻었다. 남자의 신분은 여행객으로서 상당히 오래전에 실종이 되었거나, 사라진 존재가 돼 버려서 아무 도움을 받을 수 없었다. 여자는 너무 오래된 기억이라고 말한다. 여자는 열심히 살아 보겠다는 일념으로 건너왔고, 김포 공항에 내려 신발을 하나 구입했다. 기분이 붕— 떴다고. 하늘이 맑아서 좋았다고 말한다. 도착해서 남산을 제일 먼저 올라갔었다고 기억한다.

남자는 노란색 바구니를 들고 있다.

여자는 휴대폰을 들고 중국말로 통화 중이다.

남자는 노란색 바구니를 식탁 위에 올려놓고 의자에 앉는다.

통화 중인 여자가 식탁 의자에 앉는다.

남자는 바구니를 뒤적거린다.

손님들이 객실에 두고 간 맥주 캔과 치킨 조각을 꺼낸다.

과자와 몇 모금 마신 음료수를 꺼내 탁자에 올려놓는다.

남자는 냄비 뚜껑을 열고 냄새를 맡는다.

남자는 냉장고에서 여러 가지 식재료를 꺼내 음식 준비를 한다.

여자는 휴대폰으로 누군가와 통화 중이다.

남자는 여자를 쳐다본다. 여자는 남자와 눈이 마주친다.

여자는 남자에게 먼저 시작하라고 손짓한다.

통화를 끝낸 여자가 남자에게 다가온다.

남자와 여자는 냉장고에서 야채를 꺼내 다듬는다.

오이 몇 개와 감자 마늘과 고추 등을 꺼내 다듬는다.

남자는 오이를 썰고, 볼에 넣는다.

여자가 다진 마늘을 남자에게 건넨다.

오이, 소금, 마늘과 약간의 조미료,

간장을 넣고 남자가 버무린다.

남자가 오이 하나를 집어 입안으로 넣는다.

여자는 감자를 채 썬다.

채 썬 감자를 물에 담근다.

그리고 고추를 썰고 씨앗을 걷어 낸다.

팬에 기름을 두르고 고추와 마늘을 넣고 볶는다.

물에 담가 두었던 감자를 팬에 넣는다.

쌀을 씻어 솥에 넣고 단추를 누른다.

피망을 썰고 양파를 썬다. 대파를 썰고 마늘을 다진다.

여자는 달걀을 푼다.

두부를 썬다. 팬에 기름을 두르고 두부를 굽는다.

야채를 넣고, 소금, 굴소스, 조미료와 설탕을 넣는다.

팬에 달걀을 붓고 젓가락으로 휘젓는다. 소금을 뿌린다.

썬 파를 넣고 볶는다. 접시에 담고 식탁에 올려놓는다.

공기에 밥을 담아 식탁에 올려놓는다.

여자가 인터폰을 든다.

남자는 수저를 챙겨 식탁에 올려놓는다.

식탁에는 사람들의 허기를 달래고자 파이황과 감자채볶음이, 달걀볶음, 가상두부가 놓여 있다. 식탁에 프런트 직원이 앉는다. 야간 청소원이 앉는다. 부부가 자리를 잡고 앉는다. 식탁에 자리 하나를 남겨둔 채. 사람들이 빈자리를 물끄러미 바라본다. (사이)

프런트 직원

뭐 하고 있어, 제사 지내?

사람들이 밥을 먹는다.

무대는 어두워지고 MONOTELL 네온 글자가 밝게 빛나고 있다.

10. 참고인 진술 조서
(담당 수사관의 질의응답)

참고인: 프런트 직원

본 사건에 관하여 20XX년 X월 경기서북부 경찰서 형사
과 형사1팀 사무실에서 사법경찰관 경사 '이'는 사법 경찰관
경위 '김'을 참여하게 하고, 아래와 같이 참고인임이 틀림없
음을 확인하다.

문: 참고인의 성명, 주민 등록 번호, 직업, 주거,
　　등록 기준지 등을 말하십시오.
답: 성명은 XXX(한자 생략)
　　주민번호는 650201-1XXXXXX
　　직업은 숙박업 종사자
　　주거는 경기도 외곽
　　등록 기준지는 경기도 외곽
　　직장 주소는 경기도 외곽
　　연락처는 자택 전화 010-XXXX-XXXX
　　직장 전화 070-XXX-XXXX
　　입니다.

사법 경찰관은 피의 사건의 요지를 설명하고 사법 경찰관의 신문에 대하여 형사 소송법 제244조의 3의 규정에 의하여 진술을 거부할 수 있는 권리 및 변호인의 참여 등 조력을 받을 권리가 있음을 참고인에게 알려 주고 이를 행사할 것인지 그 의사를 확인하다.

하나. 귀하는 일체의 진술을 하지 아니하거나 개개의 질문에 대하여 진술을 하지 아니할 수 있습니다.
하나. 귀하가 진술을 하지 아니하더라도 불이익을 받지 아니합니다.
하나. 귀하가 진술을 거부할 권리를 포기하고 행한 진술은 법정에서 유죄의 증거로 사용될 수 있습니다.
하나. 귀하가 신문을 받을 때는 변호인을 참여하게 하는 등 변호인의 조력을 받을 수 있습니다.

문: 참고인은 위와 같은 권리들이 있음을 고지받았는가요.
답: 네.
문: 참고인은 진술 거부권을 행사할 것인가요.
답: 아니요.
문: 참고인은 변호인의 조력을 받을 권리를 행사할 것인가요.
답: 아니요.

이에 사법 경찰관은 본 사건에 관하여 다음과 같이 참고인을 신문하다.

문: 당신과 피해자의 관계는 어떻게 되나요.

답: 투숙객과 모텔 지배인입니다.

문: 그들을 어떻게 알게 되었나요.

답: 소셜 미디어를 통해 그들을 알게 되었습니다 특정한 커뮤니티에 모텔 홍보를 위해 가끔 글을 올렸고, 커뮤니티에서 저에게 연락을 했습니다.

문: 구체적으로 어떤 홍보를 하나요.

답: 일반적인 모텔이 아닌 조용하고 아늑한 곳이라 소개를 합니다. 이반과 동성, 캉캉, 마사지 등등. 그 어떤 것이든 방해될 요소가 없는 숙박업소라 홍보를 했습니다.

문: 당신은 그들에게 성매매를 알선했나요.

답: 그렇지 않습니다. 워낙 외진 곳이라 그런 행위를 할 수 없습니다.

문: 그들이 당신에게 연락을 했나요.

답: 불특정 다수가 많은 연락을 주고받기에 누가 먼저 연락을 했는지 모르겠습니다. 누가 누구인지도 모릅니다.

문: 어떻게 그들이라고 알 수 있었나요.

답: 느낌적인 느낌입니다. 아, 그들이 방문했구나, 이런 말을 마음속으로 되풀이합니다. 카운터에서 수십 년을 앉아 있으면 알게 모르게 느끼는 기분이 있습니다.

문: 그들과 대화를 주고받은 커뮤니티 앱 메신저라는 것은 무엇인가요.

답: 실제 인적 사항이 확인되지 않고 익명으로 상대방과 서로 대화를 할 수 있는 앱입니다.

문: 위와 같이 인적 사항이 확인되지 않는 앱 메신저를 통해 대화를 주고받은 이유는 본 건에 대해 본인의 관여 사실을 숨기기 위해서인가요.

답: 아닙니다. 그들은 처음부터 익명을 요구했고, 톡으로 대

화를 할 경우 자칫 노출될 수 있다는 불안을 가지고 있었습니다.

문: 그들의 정보를 사전에 알았기에 다른 계정을 만들어 그들을 협박했나요.

답: 아니요.

문: 당신은 여러 개의 계정을 가지고 있나요.

답: 홍보를 위해 여러 개의 계정을 가지고 있습니다. 어느 누가 이런 모텔을 찾아올까요? 뭐라도 해야겠어서 여러 개 만들어서 여기저기 올렸습니다. 사용하고 지우고, 사용하고 지우고.

문: 당신은 여러 개의 계정으로 그들을 비방하는 글을 올렸나요.

답: 아니요.

문: 그들을 비방하는 글 중에 당신이 사용하는 데스크의 아이피와 동일한 주소로 밝혀진 글이 있던데, 당신이 맞나요.

답: 모르겠습니다.

문: 온라인에 그들의 얼굴과 신체 일부를 합성한 사진을 올려 그들을 공개했나요.

답: 아니요.

문: 합성된 사진의 계정은 당신의 사용하는 여러 개의 아이디 중 한 개와 동일한 아이피 주소인데, 당신이 아닌가요.

답: 모르겠습니다.

문: 당신과 전혀 관계가 없는 투숙객인데 그들을 비방했나요.

답: 아니요.

문: 비방 글의 대부분은 당신이 거주하는 모텔 카운터의 아이피로 확인되는데, 당신임을 부정하나요.

답: ….

문: 당신은 진술을 하지 아니하더라도 불이익을 받지 아니합니다

답: ….

문: 당신은 그들과 관계되는 사람들에게 혐오하는 글을 올렸나요.

답: ….

문: 당신은 누구에게 비방의 글을 올렸나요.

답: 이유가 있어야 하나요? 싫었을 뿐입니다. 나잇살이나 처먹어서, 그것도 가정까지 있는 사람들이 그 짓거리를 했다는 게, 납득이 안 갔습니다. 구역질이 났습니다. 그들이 하얀 침대 시트에서 뒹굴고 있다고 상상하니 더럽고 불결하고 화가 치밀어 올랐습니다. 그런데 제가 인터넷에 글 하나 썼다고 그들이 뭐 어떻게 되겠습니까? 누가 그들이라고 특정하겠습니까. 저는 아주 작은 화가 났을 뿐이고 그때 제 기분이 아주 조금 좋지 않았을 뿐입니다. 목소리를 낼 수 있다는 게 자유 민주주의 아닙니까. 손가락이 오락가락했을 뿐입니다. 길거리에서 아무리 떠들어 봐야 그게 재미있겠습니까? 익명으로 목소리를 낼 수 있다는 거 재미있고 신기하다고 생각되지 않습니까?

문: 당신은 목소리를 내기 위해 익명의 글을 자주 게시하나요.

답: 뭐 자주는 아니더라도…. 사회에 어느 정도 기여를 하고 싶다는 생각이 들면… 때마다 다릅니다. 모든 건 제 손가락의 기분입니다.

문: 당신은 타인에 대해 사실과 관계없는 정보를 유포한 적이 있었나요.

답: 아니요.

문: 당신은 당신의 성공을 위해 남을 비방한 적이 있었나요.

답: 없습니다.

문: 병을 앓고 있거나, 또는 치료를 받은 일이 있었는가요.

답: 아니요. 저는 특별히 앓고 있는 병도 없으며 이전에 치료를 받은 사실도 없습니다.

문: 당신은 정신적인 문제로 병원에서 치료를 받거나 약을 복용한 적이 있는가요.

답: 없습니다.

문: 당신은 이번 일로 고통을 겪고 있나요.

답: 정신적으로 충격을 받았습니다.

문: 구체적으로 어떤 고통인가요.

답: 구체적으로 말씀드릴 수 없는 고통입니다. 아픈데 어디가 아픈지 정확히 모르겠습니다. 그리고 그들을 비방한 건 그들과 가까웠던 사람들이, 그들의 행동은 옳지 않은 행동이었다, 말했기에 작은 힘이나마 보태고자 몇 자 적었습니다. 내가 알고 있는 그들에 대해서 말입니다. 얼마나 못났으면 가깝다 생각한 지인들이 그렇게 온라인에서 손가락질을 했을까요. 믿음이 깊은 만큼 실망도 컸겠지만, 이때다 싶었을까요? 개떼들이 몰려와서 물고 씹고….

문: 그들 가족의 소셜 미디어에 합성된 사진과 욕설이 담긴 글을 보냈나요.

답: 아닙니다.

문: 그들 가족을 비방한 게시글의 추적 결과 당신이 사용하는 아이피 주소와 일치하는데, 아닌가요.

답: 모르겠습니다. 아마도 저는 너무 외롭고 무서웠습니다.

문: 무엇이 외롭고 무서운가요.

답: 제가 왜 외롭고 무서운지 그 이유를 답할 수 없는 답답함이 저를 무섭게 만들고 있습니다.

문: 외롭고 무서움으로부터 벗어나고자 노력한 적이 있나요.

답: 저는 매일 노력합니다.

문: 어떤 노력을 하고 있나요.

답: 사회관계망을 확장하고 익명의 목소리에 귀를 기울이고 있습니다.

문: 어떤 방법으로 확장하고 있나요.

답: 저의 꽉 막힌 가슴을 뚫어 줄 목소리를… 그런 목소리를 듣고자 귀를 기울이고 있습니다. 그것은 아주 매력적인 일이라고 자부합니다. 아니 첨단이라고 말씀드립니다. 그런 행동을 함으로써 사람들은 또 저의 목소리를 듣고자 합니다. 저 밑바닥 아주 음침한 곳에서 소름 돋는 목소리를 쫓다 보면 저는 온라인에서 익명들과 함께하고 있습니다. 그것이 어떤 목소리인지 정확히 구분할 수 없지만, 내가 믿겠다고 한다면 저는 언제나 그 목소리를 쫓아다니겠습니다.

문: 그 목소리는 구체적으로 어떤 것인가요.

답: 모르겠습니다.

문: 당신이 믿는 그 목소리를 따라갈 때 당신은 어떤 기분인가요.

답: 투숙객이 떠난 화장실에서 수음을 할 때의 그 **황홀함**입니다.

문: 당신은 혹시 마약류를 섭취했었나요.

답: 아니요.

문: 참고인은 이 사건으로 피의자 신분으로 구속 영장이 청

구될 수 있는 사실을 알고 있는가요.

답: 모릅니다. 소셜 미디어에 저의 의견을 피력한 것도 죄란 말입니까?

문: 판사로부터 실질 심문을 받을 권리가 있는데 심문받기를 원하는가요.

답: 모르겠습니다. 저는 목소리를 따라다녔을 뿐입니다. 목소리가 마냥 좋아서 무엇인가 이루고자 했습니다. 그 목소리는… 가끔 저를 기쁘게 합니다. 얼굴이 뜨거워지고 가슴 한편이 요동을 칩니다.

문: 그 기분이 사라지면 당신은 어떤 행동을 하나요.

답: 모텔 데스크에 앉아 복권을 맞추거나 온라인상에 떠도는 익명의 목소리를 찾습니다.

문: 이상 진술이 사실인가요.

답: 제가 무슨 죄가 있습니까? 그까짓 것들이 다 뭐라고, 그들을 비방한 글들이 다 뭐라고….

문: 참고로 더 할 말이 있는가요.

답: ….

11. 그림

Figure

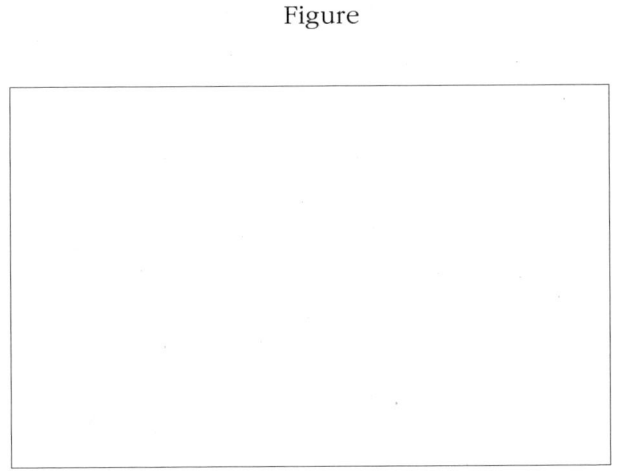

Concentration camp 1978
Oil on canvas
160cm x 220cm

옅음과 짙음의 무작위. 면과 선. 한 조각의 이야기가 저 멀리 떠밀려
가듯. 흐릿한 형상이 오래전 어떤 기억을 불러내려 한다. 떠밀려 가는
풍경이 묵묵하다. 붓질은 왼쪽에서 시작해 오른쪽으로 끝맺었을까?
붓질은 오른쪽에서 시작해 왼쪽에서 끝맺었을까? 예술가의 화구 상
자엔 한 줌의 염료가 있고. 한때는 전쟁의 포로였던 자가, 그자의 한
숨이 풍경으로 깊게 베이고 있다.

에필로그
(어느 알코올 중독자의 고백)

망령 명령(무보舞譜)

호각 소리, 사이렌 길게 내지르며 전달하나니, 제군들은 훈련받은 그대로 신속히 이동하라

다시 한번 전달한다 실전 상황이다 **군홧발 뒤축이 힘껏 내딛는 네거리**

밤은 낮이었고 낮은 밤이었나니

횃불 든 시민들 모여들고 있나니

함성 소리 웅성거리는 소리, 낮고 조용하게 울렸나니, 울분의 주먹, 시민들의 발걸음 소리 들렸나니

총검술 자세로 무대를 장악하는 그림자들, 군인들의 기합 소리 점점 크게 들린다

제자리걸음으로 행군하는 군인들

무대, 긴 의자가 놓여 있다 행군하는 군인들 사이로

군복을 입은 사람이 의자에 앉아 종이를 접고 있다, 군인들 행군하고 있다

종이는 형태를 갖춘다 날개가 펄럭인다, 군인들 행군하고 있다

군인들은 항상 깨어 있으라, 제자리걸음으로 진군하라,
망령이 주문을 걸고 있다

의자에 앉아 있는 군인이 누군가에게 중얼거린다, 누군가
는 무대를 서성이고, 군인들 행군하고 있다

그만 썩 꺼져! 내 앞에서 그만 사라지라고!

무대, 행군하는 군인들이 있다

누군가는 무대를 서성이고, 군인들 사이를 기웃거린다 의
자에 앉아 종이를 접고 있는 사람 옆을 누군가 기웃거린다,
군인들 행군하고 있다

의자에 앉은 사람이 자신의 신체 이곳저곳을 긁는다, 군
인들 행군하고 있다

자주 긁는다 끊임없이 긁는다 신경질적으로 긁는다 군인
들 행군하고 있다

누군가는 몸을 긁적이는 사람의 몸을 긁어 준다, 살살 긁
어 준다 간지럽히고 있다 군인들 행군하고 있다

누군가는 너무나 창백해 어딘가 불편해 보인다, 누군가는
어딘가를 자주 쳐다본다, 군인들 행군하고 있다

의자에 앉아 있는 사람은 가끔 실실 웃는다, 군인들 행군
하고 있다

창백한 누군가가 함께 웃는다

부대 제자리, 부대 차렷!

행군하던 군인들 제자리에 멈춰 선다, 군홧발 소리 소리
지르는 구호 소리에 의자에 앉아 있던 사람이 일어나 군인

들과 나란히 선다, 의자 주변을 맴돌던 누군가 겁에 질려 엎
드린다

엎드려 누군가의 눈치를 살핀다, 군인들 구호를 외치며 시
위 진압 자세로 일제히 바꾼다

군인들 제자리에서 움직이지 않는다

항상 깨어 있으라 주문을 건다

무대엔 긴 의자가 하나 놓여 있고, 의자에 앉아 있던 사
람이 군인들과 나란히 서서 혼자 중얼거리고 있으며,

종이학을 접고 있다

누군가는 겁에 질려 엎드려 있고, 군인들은 시위 진압을
위해 대기 중이다

망령이 명령 내리고 있나니 속삭이고 있나니 주문을 걸
고 있나니

시민을 내리치던 그 몽둥이 거친 숨결이 무대를 위협하고
있나니

깨진 머리통 핏방울 뚝 뚝 떨어져 거리를 적시고 있나니

얼굴들 짓이기는 군홧발 들려오나니

(마침표가 존재할 수 없는 문장들)

복도는 고요한데(무보舞譜)

대기 중인 군인들. 누군가 한 명을 호명한다. 군복을 입은 누군가 무대 앞으로 나간다. 의자에 앉아 종이를 접고 있던 사람. 그 사람에게 누군가 하얀 옷을 한 벌 건넨다.

어느 날 낯선 손이 다가와 나에게 하얀 옷을 내민다. 아픈 것은 아픈 것이다. 더 이상 걱정하지 마라. 상태가 호전될 수 있음을 명심해라. 하얀 옷에서는 오래되고 애써 잊으려 했던 기억의 냄새가 세제 약품에 섞여 풍긴다. 그것은 시체 섞인 냄새를 덮으려 한다. 그것은 기억을 가리려 한다. 나는 시소를 타고 있다. 가라앉고 떠오르는 기억의 시소. 시소의 녹슨 삐걱거림이 어두운 복도에서 들려온다. 알코올 냄새가 복도를 적신다. 누군가 건넨 하얀 옷을 받들고 나는 보호실로 들어간다. 옷을 갈아입는다. 손바닥을 오므려, 오므린 손을 양쪽 귀에 가져간다. 구둣발 군화 소리가 들리지 않는가? 복도는 조용한데, 절규의 침묵이 나를 잠 못 들게 한다. 가만히 가만히 집중하는 어둠 아래 동일한 음계의 전신기 타전 소리 들린다. (띠.띠띠디, 띡띠띠디) 본부로부터의 전문 시민들의 모든 집회를 불법으로 지정할 것. 무대에서 대기 중인 군인들 소총을 등 뒤로 둘러메고 방패와 곤봉을 손에 쥔다. 얍! 위협적인 자세로 한 발짝 앞으로.

종이학(독백獨白)

군인들이 장악한 무대에서. 군인들은 곤봉과 방패를 들고 있는 무대에서. 시위 진압 자세로 무대를 위협하고 있다. 군인들은 곤봉을 쥐고 있는 손을 살짝 들고 허공을 향해 한 번 내리친다. 반 발짝 앞으로 전진하며 구호를 외친다. 배우는 환청과 환각과 오늘 하루 동안 병동 안에서 들었고, 말했고, 생각한 모든 것들을 복도에서 혼자 내뱉고 있는 것이다.

분위기 파악이 안 되나? 당신들이 보고 있으면, 긴장이 된다고… 당신들 표정이 왜 그래? 어디 아파? 오줌 마려우면 참지 말고 어서 나가라고, 내 나이 되면 참고 싶어도 참을 수가 없다니까. 입으로 들어가면 바로 나오려고 위장이고 장이고 지랄 난리를 쳐요. 똥구멍으로 삐죽삐죽 뭐가 이렇게 나오는지. 긴장 좀 풀까? 봐 봐, 보라고. 눈에 힘 들어갔잖아. 눈에 힘 좀 뺄까? 쫓기는 사슴처럼 콧구멍이 벌렁벌렁하는 게 수상한데, (쩝쩝) 아무도 없나? 아무도 없어? 수면제 한 알 달라는데, 대꾸도 없고 말이야… 사람이 말을 하면 들을 줄도 알아야지. 내가 뭐, 오물통 바가지야? 닿으면 손이라도 없어져? 작당들을 모의 중이시구먼. (접고 있던 종이학에게 말을 걸듯) 병동에 별일 없지? 응급실에 유별난 환자가 들어왔나 봐, 시간 좀 걸리겠구만… 수면제 많이 먹으면 몸에 안 좋아요. 소주 마시면서 수면제 한 통 삼킨 사람이 누구지? 잘 알 거 아니야. 종이가 있어야 학을 접든지 소원을 접든지. 편지를 접든지… 종이, 가,

가, 가져왔어? 아, 내 정신 좀 봐. 깜빡했네. (고개를 숙인다. 종이학을 접는다. 또다시 혼자 중얼거리듯.)

넷째 날인가, 도저히 일어설 수가 없더라고. 울었어. 그냥 눈물이 나더라고 다 큰 어른이 말이야. 그렇다고 시원하게 울지도 못하고, 답답하잖아. 청명하다고 하나? 맑은 날 있잖아. 갑자기 구름이 끼자네. 먹구름이 태양을 가렸어. 어두워졌지. 비가 내려서 이 저주받은 땅을 전부 다 씻겨 냈으면 하는 마음이 들더라고. 내가 말이야. 탈영한 것도 겁났고, 숲에서 며칠을 헤맨 것도 겁났고, 무엇보다도 배가 고프잖아. 그런데 자장간지 뭐지 저기 깊은 곳에서 들리잖아. 이제는 환청까지 들리는구나, 생각했지. 우리들은 말야, 어둠 속에서 나왔고, 일정한 간격의 작은 보폭으로 목적지를 향하고 있었어. 기억이 가물가물한데. 군홧발로 짓이기고 사방에서 총소리가 났지. 우리들은 아무것도 몰랐어. 저기 밑에 지방에 전쟁이 났다는 거야. 훈련이 아니라고 그랬단 말야. 난 그걸 진짜로 믿었어. 나만 믿은 게 아니야, 내 잘못이 아니라고. 비명 소리가 귀에서 떠나질 않아. 본부로부터의 전문 **진압에 저항하는 자는 시민 포함 전원 체포할 것, 착검, 착검, 착검.**

군인들이 장악한 무대에서. 군인들은 곤봉과 방패를 들고 있는 무대에서. 시위 진압 자세로 무대를 위협하고 있다. 군인들은 곤봉을 쥐고 있는 손을 살짝 들고 허공을 향해 한 번 내리친다. 반 발짝 앞으로 전진하며 구호를 외친다.

다음에 가지고 올게요. 다음 다음 다음 또 다음, 됐어! 충분해. 말자, 말어, 말을 말아야지. 벌써 몇 번째야! 냉장고 문을 잠그지 않았더군…. 공동으로 사용하고 있어서 각별히 신경 써야 하는데…. 집에서 가져온 반찬들도 개인 물품이란 말이야…. 개인 물품 도난 사고 일어나면 당신들이 책임질 거야? 냉장고에 음료수, 간식, 반찬 말이야, 집에서 보내 준 반찬이 얼마나 소중하겠어. 꽉 막힌 곳에서 유일하게 가족을 느낄 수 있는 음식 말이야. 이거는 김 씨 어머니가 이거는 배 씨 할머니가 이거는 아내가 이거는 큰딸이 이거는 작은 딸이 이거는 아들이 이거는 며느리가… 알겠나? (실실 웃는다) 분실되면 아주 골치 아프단 말이야, 정신 똑바로 차려. 일전에는 샤워장 잠그지 않아서 수건으로 목매고 죽었잖아. 기상 시간 전부터 들락날락 시끄러워서 잠도 못 잤다고 난리가 아니었어. 조금이라도 이상하다 싶으면 보고하라고, 그러니 욕 처먹지! 열심히? 언제까지 열심히만 할 꺼야? 열심히 말고, 잘, 잘해야지. (관객을 바라본다) 긴장했나? 웃으라고 웃어. 심각할 것 없잖아. 당신들은 서비스를 받고 있는 거라고. 나는 당신들에게 서비스 중이고. (고개를 숙이고 종이학을 접는다) 정신줄까지 놓진 말어. 당신들까지 정신줄 놓아 버리면 정말 피곤해져. (무대 한쪽을 잠시 동안 바라본다) 어떤 술주정뱅이가 들어와서 이 난리를 치는 거야? 잠깐만, 저거 누구야? 또 들어왔구만, 술이라면 이젠 꼴도 보기 싫다고 장담을 하더만…. 엉

망이 돼서 돌아왔어. 지겹다, 지겨워. 저럴 거면 나
가질 말던가. 이곳을 들락날락한다는 건 말이야, 사
회에 대한 복수라던가 가족에 대한 복수로는 적절
하지 않아, 최대한도로 오래 살아서 버티라고, 그리
고 잘 살아, 그게 가족이라던가 사회라던가 몸담았
던 곳에 대한 복수야, 그래 맞아, 사람들은 모르겠
지, 알고 싶어 하지도 않아, 왜냐구? 각자의 삶을 살
기엔 버겁거든. 옆을 돌아보거나 누군가를 챙겨 준
다는 거, 그거 보통 일이 아니야, 힘들다고 술 마시
고 조금 나아졌다고 술 마시지 말고, 나자빠지지도
말고 살아가도록 해 봐. 알ㅋ올 중독자는 오랜 시간
병동에 있어서, 밖으로 나간다는 게 무섭고 두렵다
고, 그러다 사회에 적응 못 하고, 이곳으로 다시 돌
아올 수밖에 없는 저 상황이 돌고 도는 거야. (고개
를 숙이고 종이학을 접는다. 무엇에 홀린 듯 혼자
중얼거린다.)

긴장된 날이었어. 사람들이 광장과 도로를 점거하고
무언가를 계속 외쳤어. 시내 곳곳에서 마주치는 사
람들의 눈에서 전해 오는 긴장과 불안한 기운을 지
금도 못 잊어. 어떻게 잊겠어, 잊을 수 없다구. 집회
는 늦은 밤까지 이어졌고, 어두운 밤하늘을 횃불로
밝히는데, 하나둘 모여드는 횃불이 밤하늘에 은하
수 같잖아. 지금 내가 저들을 진압해야 하는 상황에
서도 정말 아름답다, 라는 감탄사를 몇 번이나 생각
했는지 모른다고. 새벽녘에 들었어. 정확히 세 발이
발포됐어. 우리들 중에 누군가가 누군가를 쏴 버린

거지. 아니, 몰라. 아니야. 우리들은 명령을 받았다고. 나는 명령받았다고. (양손으로 양 귀를 막고 괴로워한다) 어느 여자가 울었어. 아이를 엎고 길바닥에 주저앉아서 울었다고. 홀로 도움을 요청했지만, 그녀에게 도움을 주고자 하는 사람들을 우리들이 포승줄에 묶었어. 버려진 창고에서 이틀 밤을 틀어박혀 있었지. 너무 무서웠어. 지쳤고, 무엇보다 동료들에게서 도망쳤다는 분노로 참을 수가 없었나 봐. 나는 겁에 질린 군인이라고. 본부로부터의 전문 **폭도들과 교섭 행위 절대 금지.**

군인들이 장악한 무대에서. 군인들은 곤봉과 방패를 들고 있는 무대에서. 시위 진압 자세로 무대를 위협하고 있다. 군인들은 곤봉을 쥐고 있는 손을 살짝 들고 허공을 향해 한 번 내리친다. 반 발짝 앞으로 전진하며 구호를 외친다.

여긴 어디야? 술 한잔 사 준다고 해서 따라왔는데, 나를 이런 곳에 가두는 거야? 씨발, 나, 무시해? 맛이 갔구만. 아니라니까, 몇 번을 말해! 여기는 신경 끄라고. 손님이 왔으면 주문받아야지! 어디 간 거야, 오늘은 돈 가지고 왔다고, 니들이 좋아하는 돈다발! 가지고 온다잖아. 주제에 나한테 왜 그래? 술 좀 달라…고, 술 좀 주세요. 내가 빌어야 되겠어? (실실 웃는다) 돈 없는 것도 서러운데 먹고 싶은 것도 못 먹냐? 다 뺏어 가라… 가져가. 가족도 돈도 이제 아이까지 뺏어 간다 이거지. 살아 보려고 발버둥 친 게 죄냐? (종이학을 손바닥에 올려놓는다. 혼자 중얼거리듯) 이거 완전 미친놈 아니야. 꺼져, 꺼지라고 새끼야. 우습니? 우스워 보여? 니들이 뭘 안다고. 여기 병원이지, 맞아 여기 병원이야. (실실 웃는다) 어떻게 온 건지 기억하겠어요? 니가 나 끌고 온 거야? 그래, 너 한번 잘 걸렸다. 이 새끼 이번에 버릇 한번 단단히 고쳐 줘야겠구만. 너 그대로 있어. 움직이지 마. 경찰 불러. 경찰 부르라고. 나이 처먹을 대로 처먹은 새끼가. 어디라고 감히 주제 파악 좀 해라! 경찰 불러 경찰 부르라고. 왜 못 불러, 살려 주세요! 살려 주세요! 살려 주세요! 나야 나 알아보겠어? 자중하시게, 아이를 생각해야지. 그러고 넋 놓고 있으면 어떡해 빨리 오라고, 어깨 잡고 눌러! 저건 한 달도 못 참은 거야? 이그 못난 사람. 마음 편안히 가져. 건강 추스리고 나가라고, 일부러 들어오는 사람도 있어. 허기지면 술부터 생각나는 법이라고, 보긴 뭘 봤다는 거예요? 아니야, 며칠 전에 개봉동 포장마차에서… 나는 개봉동에서 술 마신 적이 없는데. 나는 방 하나 잡고 술 마신다고. 요 며칠 모텔에 짱박혀 있었더만, 여기 이상한 사람들이 많아졌네. (관객을 바라본다) 술들 좋아해? 나 조금 마실 줄 아는데, 내가 잘 아는 가게 있어서. 우리 거기 가서 술이나 한잔할까? 무슨 소리야? 술 좋아하는 양반들이 자세가 틀려먹었어. 술은 혼자 마시는 거야. 혼자. 그리고 난 오늘부로 술 끊었어. 술이라면 냄새도 맡기 싫어. 아주 지겨워. 담배도 피우고 싶고, 전화 카드도 구입해야 하고, 사탕 하나 깨물어 먹고 싶은데, 양치질이라도 해야 되나. 여기서 떠들지 말고 멀리, 저기 멀리 가서 떠드시겠어요? 오늘도 종이학 접고 계시네요. (수줍은 듯 실실 웃는다) 어렸을 때 많이 접었는데. 지금은 어떻게 접는지도 까먹어 버렸어. (완성된 종이학을 종이 상자에 담는다)

분위기가 심상치 않았어. 시민들의 구호 소리가 점점 거세졌어. 우리들도 바짝 긴장했지. 심장이 터질 것만 같았어. 우리들에게 명령이 내려졌어. 진압에 저항하는 자들은 전원 체포와 동시에 발포까지 허용된 거야. 많은 사람들이 내 눈앞에서 쓰러졌어. 구호를 외치던 사람들이 우리들이 휘두른 곤봉에 머리통이 깨졌다고. 녀석은 나랑 비슷한 또래 같았어, 잠시 숨을 돌리려고 고개를 숙였는지 몰라, 그런데 다시는 일어서질 않더라고. 기관총 발포에 소스라치며 사람들이 흩어지고 또 많은 사람들이 쓰러졌어. 미치겠더라고. 숨이 목까지 차오르면서 현기증을 느꼈어. 나는 뒷걸음질 쳤어. 그 광경을 못 보겠어서 미칠 것만 같았어. 상관이 내 목덜미를 잡고, 앞으로, 맨 앞으로 몰아세우는 거야. 곤봉으로 내 헬멧을 사정없이 두들기더군. 사람들을 진압하라고. 저들은 우리의 적이라고 말이야. 우리는 천천히 그들을 진압했고, 무차별적이었어. 우리는 그렇게 훈련받았으니까. 임시 진료소였어. 치료를 받던 사람들이 노래를 부르더라고. 낮은 소리였어. 감정을 꽉 누른 울분으로 노래를 부르는 걸 느낄 수 있었지. 우리들은 곤봉을 들고 가차 없이 내리쳤어. 사람들은 노래를 멈추지 않더라고. 본부로부터의 전문 폭도들과 교섭 행위 절대 금지. **폭도들과 교섭 행위 절대 금지.
폭도들과 교섭 행위 절대 금지.**

군인들이 장악한 무대에서. 군인들은 곤봉과 방패를 들고 있는 무대
에서. 시위 진압 자세로 무대를 위협하고 있다. 군인들은 곤봉을 쥐고
있는 손을 살짝 들고 허공을 향해 한 번 내리친다. 반 발짝 앞으로 전
진하며 구호를 외친다.

나는요, 알코올 중독자가 아니에요. 물어보라고! 내
주변 사람들은 말이야, 나에 대해 어떻게 말하는 줄
알아? '말을 아낀다'라는 표현을 쓴다고, 나도 할 말
은 하고 싶지. 하지만 입 밖으로 속내를 털어 넣을
때는 술이 살짝 들어갔을 때뿐이라고. 현장에서 먹
는 샘물 정수기와 대형 선풍기 하나씩 추가 요청을
해야 할 때도, 소장 앞에서 나는 아무 말도 못 했어.
소장이 나를 불러서 물어보더라고. 필요한 거 없는
지… 소장이 먼저 물어봤는데도, 나는 머리를 긁적
이며, 글쎄요~ 라는 말만 할 뿐이었어. 언제나 그런
식이었지. 그날도 동료들과 점심밥을 먹으며 막걸리
한 통을 마신 게 화근이었어. 식당에서 건설사 직원
들이랑 밥을 먹고 있는 소장이 있잖아. 얼큰하게 취
기도 올라왔겠다, 소장에게 다가가 말했지, 대형 선
풍기 한 대와 정수기 한 대를 더 설치해 달라는 말
이야, 나로서는 큰 용기를 낸 것이지만 소장의 입장
에서는 무슨 영문인지, 몰랐을 것이야. 뜬금없이, 낮
술에 얼굴이 벌건 일용직 근로자가 말이다. 소장은
나를 기억도 못 하고 있었어. 관리자로서 으레 건네

는 말이었는데, 나는 혼자 고민을 했던 거야. 소장 옆에 있던 관리자들이 무슨 무례한 행동이냐며 핀잔을 주더군. 나를 담당하던 반장까지 잔소리를 들어야 했어. 나는 하루 공수를 채우지도 못하고 현장에서 쫓겨났어. 시장 한 가운데 소머리 국밥집에서 한잔 마셨는데, 그다음 일들이 기억이 없어. 술집에서 술주정 한번 한 거 가지고 주인 양반이 신고를 해서 끌려왔다고요. 일 나가야 되는데, 이 꼴이 뭐람. 어떤 새끼가 옆에서 간죽거리지만 않았어도… 귀찮게 하는 바람에 구둣발로 이마를 찍었어. 붉은 피가 철철 넘치는 것까지는 기억이 나는데. 혹시, 나 어떻게 입원한 건지 알아요? 나는 알코올 중독자가 아니야, 즐겼을 뿐이지. 오지게 즐겼지. 눈뜨니 *깨워* 철제 침대에 묶여 있지 뭐야. (실실 웃는다) 종이학 접는데 방해하지 마. 바쁘단 말이야. 소원 빌 게 있어? 젊은 사람이 뭔 소원을 빌고 싶어서 학을 접어. 요행을 바라지 마. 요행은 말이야, 게으른 사람들이나 찾는 거라고. 이렇게 그리고 이렇게 이렇게. 어떻게? 천천히. 아니! (신경질적으로 종이학을 접는다) 이렇게 손을 이렇게 하라고. 그래, 이렇게 접는 거야. 봐 봐. (종이학을 높이 쳐든다) 혼자서 접을 수 있겠지? 손 줘 봐, 이 손을 이렇게 여기 붙잡고, 여기를 저 손으로 접으라고. 이것 봐. 정신 사납게시리. 저리가. 나 혼자 접을 테니. 뭐야? 내가 미쳤지. 지금 무슨 생각을 한 거야? 에라이, 못난 놈. 정신 사나워 죽겠다고. (관객을 보며) 살려 달라고 살려 달라고 소리치는 소리 안 들려?

군인들이 장악한 무대에서. 군인들은 곤봉과 방패를 들고 있는 무대에서. 시위 진압 자세로 무대를 위협하고 있다. 군인들은 곤봉을 쥐고 있는 손을 살짝 들고 허공을 향해 한 번 내리친다. 반 발짝 앞으로 전진하며 구호를 외친다.

교복을 입은 학생이 있었어. 중심을 못 잡아 넘어지기를 반복하고 있더군. 입술에 피가 맺혀 있었어. 난 그 학생을 보내 주고 싶었다고. 그에게 다가가 말해 주고 싶었어. 어서 여길 벗어나라고… 검은 연기가 시내를 뒤덮었어. 절규와 비명, 그리고 구호 소리의 불협화음에 정신이 혼란스러웠다고. 나는 명령을 받았고. 국가에 충성하는 군인이란 말이야. 그때였어. 번득이는 섬광이 눈앞을 막았어. 정신이 혼미해져 그 자리에 눕고 말았지. 사람들의 인기척을 느꼈어. 누군가 내 소총을 뺏으려는 거야. 나는 방아쇠를 당겼고, 사람들은 놀라서 흩어졌어. 나는 방아쇠에서 손을 떼지 않았다고. 소총을 지킨 거야. 소총을 지켰어, 그리고 고통스러운 신음 소리를 들었어. 쓰러진 사람을 옮기는 걸까? (사이)
내 머리를 누군가 내리쳤어. 나는 내가 살아남지 못하리라고 생각했어. 너무 지쳤고, 머리에 통증이 점점 심해지고 있었어. 나는 그냥 겁에 질렸던 거야. 거리는 침묵했어. 차량들과 트럭들이 멈춰 섰고, 앙상하게 가죽만 뒤집어쓴 개 한 마리가 도로를 홀로 지키고 있더라. 다시 예전으로 돌아갈 수 있을까? 나는 걸었어. 시내를 벗어나 계속 걸었어. 계속, 청록의

푸르른 등고선이 오렌지빛으로 물들어, 그리고 보랏
빛으로, 그리고 검은 빛으로 변하고 있어. 바람이 불
고 있어. 소나무의 솔잎이 윙,윙 소리를 지른다. 풀벌
레 소리, 나뭇잎 뒤로 느껴지는 산짐승의 인기척….
본부로부터의 전문 **상무작전개시! 상무작전개시! 작**
전의 성공과 건투를 빈다.

군인들이 장악한 무대에서. 군인들은 곤봉과 방패를 들고 있는 무대
에서. 시위 진압 자세로 무대를 위협하고 있다. 군인들은 곤봉을 쥐고
있는 손을 살짝 들고 허공을 향해 한 번 내리친다. 반 발짝 앞으로 전
진하며 구호를 외친다.

    (침울해진다) 죽었어. 나 말이야, 나, 누군가를 죽인
    것 같아. 누군가를 찔렀다고. 무서웠어. 겁을 먹었다
    고. 살고 싶었어. 그때는 살고 싶었다고. 난 명령을
    따랐을 뿐이야…. 내가 죽었어야 했는데, 여지껏 살
    았어, 나만…. 신경 쓰여서 죽겠다고, 여기저기 기웃
    거리지 말라고 말 좀 해 줘. 이것들이 무슨 꿍짝짝
    꿍을 하는지, 옆에서 정신 사나워 죽겠다고. 가족들
    한테 바짝 엎드려서 싹싹 빈 거, 사고가 나더라도
    결국 난다니까. 잘해, 나중에 문책당하지 말고. 내
    가 그걸 어떻게 알아? 나는 말이야, 복도에 앉아서
    종이학을 접고 있을 때가 행복하다고. 조용히 앉아
    서 학을 접고 있으면, 금세라도 소원이 이루어질 것
    만 같단 말이야. 복도 끝에서 내 아이들이 해맑게 웃
    으면서 달려오고 있어. (무대의 어딘가를 바라본다)
    그러고는 나에게 안기는 거야. 아내는 내 옆에 서서

나를 기다렸다고, 왜 이렇게 오래 걸렸냐고 나에게 원망 아닌 원망을 하며 울지만 결국 웃으며 나를 끌어안고… 결국 우리 모두 함께 웃는 거야. 내 몸도, 내 몸 안에 망가진 장기들도 회복돼서 기적이라고밖에는 표현할 방법이 없다며 주치의도 놀라는 거지. (실실 웃는다) 제기랄 나에겐 마누라도 없고 쥐새끼 같은 아이들도 없다고. 요즘은 이런 생각들이 도통 떠오르질 않아. 그냥 지워지는 것 같아…. 이게 다 저것들 때문이야. 저기 보라고, 저것들이 안 보여? 속삭이는 소리가 안 들려? 들려? 들리지! 내 말이 맞지! (실실 웃는다) 참 순진한 사람들이구나, 아니, 무슨 소리가 들린다고? 이번에 입원하면 혀 깨물고 죽으려고 했는데, 모텔에서 신고를 해 버리는 바람에… 이겨 낸다! 노력한다며! 벌써 몇 번째 입원이야? 내가 한번 입원하면 병동 생활은 잘하니까. 걱정돼서 하는 말인데. 사고 치지 말고 생활 잘하고 치료 잘 받고. 나는 자신만 돌보면 된다고. 나는… (고개를 들고 허공 이곳저곳을 쳐다본다) 이 웃음소리는, 설마, 이것들이 나를 가지고 노는 거야? 아니야, 그럴 리가 없어. 사람을 가지고 놀아도 유분수지. 어떻게 이런 노인네 마음을 가지고 놀 수가 있어? 미친 거 아니야, 아니냐고. 만약에 그게 사실이라면 저것들은 정말 못된 인간인 거야. 너희들 장단에 놀아난 내가 바보천치다! (실실 웃는다) 무슨 소리야, 방금 전까지 멀쩡하던 변기가 왜 막히는데? 냄새가 난다고… 아주 위험한 냄새 말이야! 설마, 설마 변기에 휴지 넣지 말라니까, 또 넣었어? 벌써 몇 번째야? 아니, 그게 아니라니까. 무슨 섭섭한 말씀이신가? 볼일 안 봐? 볼일 없으면 잠이나 자던가. 여기 계속 있을 거야? 난 지금 오줌 안 마렵다고. 나한테 왜 그러는 거야? 내 귀로 똑똑히 들었다고, 분명히 목소리였어. 우길 걸 우겨야지, 그러면 못써, 당신도 고칠 수 있다고, 이제 그만해. 알아, 안다고 당신도 나도 알코올 중독자라는 거. 알잖아, 우린 서로의 의지나 사랑보다는 알코올에 의지를 더 많이 한다는걸. 모든 걸 알코올에 의지해서 말하고 행동하고 결국 우리에게 남는 건 병원 침실에 누워 저 의사가 처방하는 알약만 먹으면서 하루 종일 철제 침대에서, 어제는 뭐 했지? 오늘은 뭐할까? 오후에 나는 뭐를 하고 있을까? 밤에 잠이 올까? 잠을 잘 수 있을까? 맞아, 아직 오후가 되려면 멀었지, 그렇지. 나는 움직이려 하는데 움직여야 하는데 약 기운이 돌면 움직일 수가 없잖아…. 나는 여기를 나가고 싶어. 거짓말이야, 당신은 두렵잖아. 겁나잖아. 동정 따위 필요 없어! 난 여기를 벗어나고 싶을 뿐이야. 지긋지긋하단 말이야. 나를 놓아주십시오. 자! 얼른 받아. (종이학이 담긴 종이 상자를 관객에게 내민다) 내가 그동안 접었던 종이학 전부 줄게. 나이 많은 늙은이의 주책이라고 생각지 말어. 나도 순정이 있다고. 매일같이 복도에서 풍겨 오는 약 냄새가 지긋지긋하다고. 자, 이거 받고 어서 내 소원 빌어 줘. 바짝 웅크린 모습이 안쓰럽잖아. 병실 문을 열면, 창백한 얼굴에는 열정이라고는 한 개도 남아 있지 않은 사람들이 무기력하게 텔레비전을 보고 있잖아. 복도에서 마주치는 모습들은

어때? 어쩔 수 없이 걷는 인간이라고. 여길 나가면
어디서 뭐 하고 살겠어? 무능력한 인간. 이 빌어먹
을 종이학. 학이 학을 접는다고? 소원? 술 끊고 싶다
는고? 가족들이랑 화목하게 지내고 싶다고? 동료들
과 잘 지내고 싶다고? 성실하게 일해서 돈 벌고 싶다
고? 돈 벌어서 집 하나 장만하고 싶다고? 다들 미친
거 아니야? 술 마셨어? 여기가 놀이터 화장실인 줄
알아? 정말 잘하고 싶다고? 정말 잘살아 보겠다고
요? 홧김에, 홧김에, 홧김에… 홧김에 그런 거라고?
이해해 달라고? 술 마셔서, 그 기운을 빌어, 용기를
낸 거라고, 마지막 발악이었다고… 나는요, 돌아서
면 무슨 소리를 했는지 기억조차 못 하는 인간이란
말이야. 술 마시고 싶어서, 어떤 말이라도 계속 떠들
어 대고 내뱉어야 되는 인간이라고. 연못 속에 수풀
처럼 숨죽이고 부유하는 놈이라고. 그러다 순간 날
카로운 칼날처럼 가슴을 후벼 팔 만한 꼬투리를 잡
고 물고 늘어지고, 나란 놈은 적당히를 모르는 인간
이라고! (접고 있던 종이학을 집어던진다. 종이 상자
를 던지자 수많은 종이학이 쏟아진다. 종이학을 발
로 짓이긴다) 소원이고 뭐고간에 아무것도 이루어질
수 없다고. 다 내 잘못이라고. 종이학은 무슨 얼어
죽을 종이학이 날아갔다는 거야? 함께 있으니까, 다
같이 미치는 거지… 정신 바짝 붙잡고들 있으라고.
(관객을 본다, 실실 웃는다) 아님, 적당히 듣고 한 귀
로 흘려 버리든지…, 다 들어주고 앉아 있으면 끝도
없는 법이라고, 그렇다고 귀찮은 내색이라도 하면 골
치 아프니까, 눈치껏 하라고….

군인들이 장악한 무대에서. 군인들은 곤봉과 방패를 들고 있는 무대에서. 시위 진압 자세로 무대를 위협하고 있다. 군인들은 곤봉을 쥐고 있는 손을 살짝 들고 허공을 향해 한 번 내리친다. 반 발짝 앞으로 전진하며 구호를 외친다.

우리들 머리 위에 영혼들이(유령幽靈)

군인들이 장악한 무대에서, 흰옷을 걸친 사람이 종이학을 손에 들고 무대 이곳저곳을 돌아다닌다. 무대 위에 어느 누구도 그를 볼 수 없다.

> 알 수 없는 존재의 이끌림에,
> 두둥실 떠올라 내가 살고 있는 동네의 길목 하나하나가 눈에 익어 신비스럽다 느낄 때쯤,
> 누군가 나에게 이곳을 어떻게 오셨는지 물었습니다.
> 머뭇거리던 나에게 사람들이 몰려왔고, 사람들은 내 팔과 다리, 목덜미를 붙잡고 놓아주질 않았습니다.
> 그들을 뿌리치며 도망가자 또 다른 무리가 나를 붙잡으려 했습니다. 다시 한번 그들을 뿌리치자 이번엔 까마귀 떼가 몰려와 나를 깨물거나 카악-, 카악-, 울음으로써 나를 위협했습니다.
> 숨이 차오르고 먹먹한 기분이었습니다.
> 귀가 먹은 듯 답답해 침을 삼켰지만, 쉽사리 사그라들지 않았습니다.
> 신경질적인 손놀림으로 귀를 누르고 눈을 비벼 가며

발버둥 치자 군인들이 나타나 나를 밧줄로 묶었습니다.

그들은 밧줄에 묶인 사람들을 쳐다보며 히죽거리거나 재미 삼아 긴 창으로 찔렀습니다. 끌려가는 내내 몽둥이 매질이 멈추질 않았고, 칼을 빼든 군인들이 사람들의 목을 가차 없이 베어 버렸습니다.

사람들은 커다란 창고에 갇힌 채로… 그곳엔 이미 수많은 사람들이 있었습니다.

군인들은 갇혀 있던 사람들을 학교 운동장으로 데려가기도, 어느 날은 중앙으로 보낸다며 버스를 태우러 보냈습니다. 그렇게 트럭에 올라던 사람들의 모습이 사라지고 얼마 뒤, 아이를 안고 있던 사람이 트럭에 오르기를 망설이자 군인은 아이를 안고 있던 사람의 등과 머리에 총구를 들이밀었습니다.

한 발의 총성,

군인들의 무차별적인 발포가 이어졌습니다.

절규와 비명으로 혼비백산이 되었고, 나는 쓰러지는 사람들을 뒤로하고 무작정 달렸습니다.

군인들이 추격한다는 불안감이, 감당할 수 없는 공포가, 나를 내몰았습니다. 탈출한 사람 대부분은 더 깊은 산 속으로 올라가자 했습니다.

나는 지난 며칠간 아무것도 먹지 못한 상태로 달 뜬 밤이면 이곳저곳을 떠돌며 안전한 곳을 찾고자 했습니다.

나를 더욱 힘들게 만든 건 가족의 안부였습니다. 생사 여부를 걱정하며 하늘을 올려다보니 몸속 깊은 곳에서 뜨거운 무엇인가 끓어올라 나의 사지를 꽉 움켜쥐고 비틀었습니다. 나는 그대로 그 자리에 주저앉고 말았습니다.

하늘은 먹먹했고, 멀리서 거센 돌바람이 다가오고 있었습니다. 돌풍이 선선한 바람같이 느껴지며 내 마음은 한결 가벼웠습니다. 모든 근심과 걱정이 일순 사라졌습니다. 나는 모든 걸 내려놓았습니다.

고통으로 아프던 몸과 배고픔이 사라졌습니다. 그리고 큰 새 한 마리가 양 날개를 펄럭이며 날아왔습니다. 부리로 내 몸 여기저기를 툭툭 건드리더니 나의 한쪽 눈을 쪼았습니다.

새는 뽑힌 나의 눈알을 굴리며 장난치듯 가지고 놀았습니다. 몸을 일으켜 쫓아내고 싶었지만, 한편으로는 이대로 누워 있어도 나쁘지 않을 것 같다는 생각이 들었습니다. 날카로운 부리가 나를 물어뜯고 내 속을 헤집었습니다. 내장을 씹는 소리가 어둠을 부르고자 속삭이듯 차분히 손짓을 하는 듯합니다.

육신과 분리되어, 나 자신을 바라보는 마술 같은 환상을 경험합니다.

사이렌 점점 커진다. 군인들의 행군 소리. 구령에 맞춰 기합을 넣는다. 멀리서 시민들이 부르는 노래, 그 노래 들리던 거리, 행군하는 군인들 무대를 무겁게 돌고 돈다.

막.

주(註)

에필로그에 등장하는 알코올 중독자는 한때 숙박 시설을 전전했었다. 모텔 직원에 신고를 받고 출동한 구급대원에 의해 목숨을 건진다. 에필로그는 진화 과정에서 퇴화된 꼬리다, 인간에게는 꼬리가 있었던 적이 있다. 싹뚝 잘라 내고, 잊으면 그만인 것처럼. (누군가에겐 혹은 우리들에게, 나에게) 언제 꼬리가 붙어 있었는지, 알게 뭐람? 에필로그에 등장하는 군인들은 시위 진압 전술 훈련에 능숙해야 한다. 무대는 군인들의 절도 있고 단호한 움직임으로 긴장된 상태가 유지되어야 한다. 군인 중 한 사람은 하얀 옷으로 갈아입고 망상에 시달려야 한다. 마르고 신경질적인 모습이면 더욱 좋겠지만… 오랜 기간의 음주로 정신과 육체는 만신창이가 되었음을. 하얀 옷을 입은 사람의 옆에는 떠나지 못하는 존재가 늘 함께하고 있다. 떠도는 존재는(유령) 하얀 옷을 걸친 사람의 종이학을 가지고 논다. 유령은 보관함(하얀 옷을 걸친 사람의 품에 있다)에서 종이학을 꺼내 하늘에 뿌리기도 한다. 무대를 장악한 군인들 사이에서, 서성이던 한 영혼이 사람들(관객)에게 다가가 종이학을 나눠 준다. 관객의 손을 잡거나, 포옹을 한다. 조용히 다가가 속삭이듯 중얼거리며 사라진다. 에필로그는 선택의 문제이다. 꼬리를 잘라 낼 것인가, 그대로 둘 것인가.

옥수수밭 땡볕이지

윤미현

작가의 말

　삼대에 걸친 노동의 이야기, 그리고 그 노동에 지쳐만 가는 소시민들의 이야기를 풀어 보고 싶었습니다. 열심히 일만 하면 될 줄 알았던, 소시민의 노동을. 부조리한 상황 속에 놓인 우리들의 이야기를. 보통의 우리들은 열심히 일하고 있지만, 삶은 더 이상 나아지지 않는 기현상. 그저 누군가의 밥상이 엎어지지 않도록, 그 밥상 다리 역할만 하는 건 아닐까? 인간적인 삶을 위해 노동하고 있는데, 우리의 노동은 과연 우리에게 인간적인 삶을 그 보답으로 주고 있는지를.

등장인물

반쪽짜리 대문 집 어머니	오래전 구로공단에서 일했다. 현재는 간병인
환자	반쪽짜리 대문 집 어머니가 돌보는 환자
빨간 대문 집 아들	공장 노동자
녹슨 대문 집 아들	빨간 대문 집 아들과 이층집 아들의 친구, 노동자
이층집 아들	공장 노동자
빨간 대문 집 어머니	화장품 방문 판매원
빨간 대문 집 아버지	80년대 건설 노동자
녹슨 대문 집 아버지	고속도로 건설 노동자
이층집 어머니	오래전에 노동 운동을 했으나, 현재는 시장에서 장사
이층집 아버지 목소리	오래전에 노동 운동을 했으나, 현재는 폐인
빨간 대문 집 어린 아들	빨간 대문 집 아들과 같은 의상, 어린 시절
녹슨 대문 집 어린 아들	녹슨 대문 집 아들과 같은 의상, 어린 시절
이층집 어린 아들	이층집 아들과 같은 의상, 어린 시절
반쪽짜리 대문 집 여자애	직장 내에서 계장의 괴롭힘을 받고 있다
계장	몰상식한 성추행범
선생님	

교장 선생님
행사 측 관계자

때

지금

공간

병실

막다른 골목 끝에 자리 잡은 '관이 세워져 있는 것 같은'
짙은 나무 문
그 골목에 나란히 붙어 있는 녹슨 대문 집과 빨간 대문 집
그리고 맞은편에 이층집과 반쪽짜리 대문 집

교실
반쪽짜리 대문 집 여자애가 다니는 사무실 등

무대 설명

* 상징적으로 녹슨 대문, 빨간 대문, 반쪽만 남은 대문
  과 '관' 같은 나무 문이 무대 위에 설치되어 있다.
* 회상, 재연 부분은 녹슨 대문 집 아들, 빨간 대문 집
  아들, 이층집 아들의 어린 시절

1. 병실

어두운 불빛.

환자는 잠든 채 누워 있고.

텔레비전에서는 드문드문 뉴스 소리가 흘러나오고.

한때 '애리달이'라고, 불렸던 반쪽짜리 대문 집 어머니는

현재 간병인 옷을 입고 있다.

열린 병실 창문으로 들어오는 바람 때문에, 커튼은 흔들리고.

그 외에는 고요한 상태.

반쪽짜리 대문 집 어머니는, 환자를 보며 중얼거리고 있다.

반쪽짜리
대문 집 어머니
'세상 사는 게 원래 다 그래요', 라는 말은 제가 가장 싫어하는 말인데. 이쯤 살다 보니, 제 숨소리 속에서 그 말이 어느 순간 불쑥 튀어나와요. 살다 보면 좀 좋아지려니, 하고 산 세월이. (사이) 구로공단 애리달이, 였을 때는 실밥을 무슨 숟가락으로 밥 퍼먹듯이 먹어도, 곧 좋아지려니, 했어요. 월급날에는 미장원에 가서 머리 좀 파마하고, 낙엽무늬 원단으로 동산 의상실에

가서 원피스도 맞춰 입을 때는요. 그런데, 실은 그게 다였어요. 그 후로도 구로공단에서 함께 일했던 친구들이나 나는, 같은 골목에 자리 잡고 살았죠. 그 골목길에서 긴 탯줄이 이어진 것처럼 우리 모두, 각자 아이들을 낳았죠. 저는 반쪽만 남아 있는 대문 집에서, 다른 친구는 녹슨 대문 집에서, 빨간 대문 집에서, 그리고 이층집에서. 아, 저는 지금도 여전히 반쪽만 남은 대문 집에 살아요. 사는 게 좋아질 줄 알았어요. 세상 사는 게 원래 다 그런 줄도 모르고, 세상은 변하지 않는다는 것을 모르고. (한숨과 함께, 잠깐의 사이) 구로공단에서 일할 때 어느 날부터는 술도 안 마셨는데, 비틀비틀하고. 자꾸만 집에 들어가서는 천장만 쳐다보게 되고. 그게 타이밍, 이라는 약 때문에 그럴지도 모른다는, 소문이 돌긴 했었는데. (사이) 아직도 기억해요, 저는. 머리가 빙빙 돌던 날들을. 그때는 그 타이밍이란 약을 먹고 일을 했었고. 지금은 관절 약에, 당뇨약에, 고혈압 약을 먹고 일을 해요. 먹는 약만 더 늘어났을 뿐, 그때나 지금이나 세상 사는 게 원래, 다 그런가 봐요. 구로공단에서 일했던 그 시절 제 방 천장에는, 못이 있었어요. 그전에 살았던 향록이가 그 천장에 목을 매달았거든요. 그런데 저도 미싱에 제 손을 넣고 박왔던 날은, 천장에 내 목을 매달고 싶었어요. 닳아빠진 수세미처럼 제 몸도 닳아지고 있다는 생각에, 하찮다는 생각이 들었어요. 노동이 그렇게 고될 줄이야! 노동은 하는 게 아니라, 견딘다는 것을 그때 알았죠. 그러던 중에 또, 재단사였던 제 남편은, 불법 노동 운동을 하다가 잡혀 들어가서 석 달째 집에 들어오지 않고. 노동 운동이라는 게, 그게 참, 우스워요. 월급이 적다고, 월급 좀 올려 줘요, 라고 했는데. 매일 잠도 못 자고 일하는데도, 먹고살기가 너무 힘들어서 그랬는데. 그게 불법이라고, 잡혀간 거죠. (환자를 보며, 잠시 심호흡을 가다듬고) 우습죠? (대답 없이, 쌔근쌔근 숨소리만 내는 환자를 다시 물끄러미 보며) 어느 날 공장 쉬는 날에 남편 면회를 하러 갔어요. 그런데 남편 얼굴이 아주, 환해져 있는 거죠. 세끼 밥을 먹어서 그런 거 같다고 남편이 머쓱해하더군요. 그게 뭐가 머쓱한 일이라고. 남편이 수감 되기 일주일은 그야말로, 정화조 속에 빠진 파리 같았다고, 남편은 저를 보며 수줍게 털어놓았어요. 공장 안에서 월급, 좀 올려 달라고 시위하고 있는 재단사들을, 회사 측은 그냥 그대로 가둬 버린 거죠. 모든 문을 폐쇄해 버린 거예요. 그래서 그 안에 있던 재단사들은 먹지도 못하고, 화장실도 못 가고. 그 안에서 오줌도 싸 버리고, 똥도 싸 버리고. 서로 그 냄새가 역해서 또 토하고. 그렇게 그 안에서 오물 속에 갇혀 있다가 교도소로 갔으니, 얼굴이 환해질 수밖에요. 회사 측은 재단사들이 있는 곳을 돼지우리쯤 생각했던 거죠. 사람이라고 여겼으면 그랬겠어요? (잠들어 있는 환자를 바라보며, 환자의 머리를 쓰다듬는다. 그리고, 조금 사이) 출소가 얼마 남지 않아서 다시 면회하러 갔는데. 남편이 그래요. 이왕 있는 김에, 감옥에서 조금만 더 쉬었다, 가고 싶다고. 그 말에 저는 어떤 대꾸도 못 하고, 멍하니 면회실 천장만 바라봤어요. 그리고 그때 감이 왔어요. 이제 이 사람은 내 곁을 떠나겠구나. (사이) 그리고 어느 날 공장에 다녀와서 보니, 출소한 남편이 왔다가 간 흔적이 있었어요. 남편은 본인이 쓰던 숟가락, 젓가락과 밥그릇을 들고 산으로 들어갔어요. (사이) 방바닥에 '인간답게 살고 싶다'는 쪽지를 두고. 그 후로, 남편은 산속에서 고사리를 꺾고 있다는, 연락을 해 왔어요. 그런데 그 고사리가 구로공단에서 일할 때…. 실컷 봤던, 두꺼운 실처럼 느껴질 때가 있다고, 그래서 때론 구토가 올라온다고. 두꺼운 실이 구토를 일으키는 게 아니라, 고된 노동이 생각나서 견딜 수가 없어서 그런 거였겠죠?

어느새 눈을 뜬 환자는, 반쪽짜리 대문 집 어머니 손을 어루만진다.

환자	(낮게 읊조린다) 시간이 늦었어. 어서 눈이라도 좀 붙여요.
반쪽짜리 대문 집 어머니	(이쯤은 아무것도 아니라는 듯) 타이밍을 먹고, 미싱 발판을 밟았을 때하고 비교하면, 이쯤은 일도 아니에요. 정말 그때는 삼일 밤을, 안 자고서도 일을 했어요.

그때 병실에 켜 놓은 텔레비전에서,
희미하게 들리는 뉴스 소리.

김포 수도꼭지 공장에서 불이 났습니다. 17일 오전 7시 9분께 김포 양촌읍의 한 수도꼭지 제조 공장에서 불이 나 1시간 40여 분 만에 진화됐습니다. 경찰과 소방 당국은 목격자 진술 등을 토대로 정확한 화재 원인을 조사 중입니다. 이 사고로 한 명이 목숨을 잃었습니다.

환자	치매 환자는 내가 아니라, 애기 엄마였으면 좋았을 텐데. 그럼, 얼마나 홀가분했을까? 모든 걸 잊어버릴 수 있잖아.
반쪽짜리 대문 집 어머니	정신이 좀 들어요? 그리고 애기 엄마라니요? (사이) 다 큰 딸이 있는데.
환자	세상 사는 게 다 그렇지.

환자는 조금 뒤척거리더니, 이내 잠이 들고.

반쪽짜리
대문 집 어머니

녹슨 대문 집 애 엄마는, 밑단이. 난, 애리 달이였어요. 처음에는 그랬다가, 우리는 나중에 미싱사까지 되고. 그 중간에는 시다도 하고, 오바로크사도 하고 그랬지만. 그래도 우리가 미싱사까지 가게 된 거죠. 이층집 애 엄마는, 우리보다 많이 배운 대학생이었죠. 그 대학생이 우리 공장으로 숨어 들어서, 재단사 노조를 만들고. 이층 집 애 삐느, 우리에게 '시'를 쓰게 했어요. 우리는 모두 소녀문학회에 가입하게 되었어요. 머리는 꼭 양 갈래로 땋아, 정말 소녀처럼 그곳에 가서 앉아 있었어요. 실은 소녀라기보단, 그냥 그냥 공장에서 일하는, 그렇고 그런 애들이었는데. '그런 애들'이었는데. 공장에서 일하는 그런 애들, 이라는 말. (사이) 그런데 시를 쓰는, 그것도 불법이라고. 그냥 우리가 뭐만 했다, 하면 다 불법이라고 해체됐어요. 소녀문학회에 가는 날은, 우리는 그 누구에게도 표현 못 할 정도로 황홀했었는데. 그거 있잖아요. 제비꽃이 내 머리통 위에서 자라고 있는 듯한 그 착각! 그 순간만큼은 너무 벅차서. 아름답다는 말을 감히 할 수도 없는 그런. (사이) 세상 사는 게, 원래 다 그래요, 라는 말은 절대 하지 말라고. 이층집 애 아빠가 우리들 보고 그랬어요. 세상 사는 건 절대, 다 그렇지가 않다고, 달라진다고. 분명 달라질 수 있다고, 했어요. (사이) 저 문학소녀였어요. (입을 가리고, 수줍게 웃는다) 녹슨 대문 집 애 엄마도, 나도. 소녀문학회에 가던 날이면, 우린 노동자가 아니고 철부지 소녀들이었어요. 좋았어요, 그 느낌이, 참.

환자는 자리에서 벌떡 일어나더니,
탁자 위에 놓인 물병을 사납게 집어던진다.

환자   그 정도만 하라니까, 시끄럽다고. 제발.

반쪽짜리 대문 집 어머니는,
땅에 떨어진 물병 뚜껑을 열어 물 한 모금을 마신다.
이 모습은 몹시 놀랍도록 차분.

반쪽짜리   (개의치 않고) 목이 말랐던 찰나였어요.
대문 집 어머니

환자   제발요. 이제까지 어떤 간병인도 이런 식으로, 한밤중에 환자를 잠 못 자게 한 적은 없었어요.

환자는 머리끝까지 이불을 확, 뒤집어쓴다.

환자   (이불 속에서) 제발.

반쪽짜리 **대문 집 어머니**	(환자를 내려다보며) 그러니깐 오늘따라 왜 제정신이어서는. 정신이 멀쩡할 때가 별로 없었으면서, 하필 오늘따라.
환자	내 말이. 내가 정신이 없을 때도, 늘 이런 식으로 끊임없이 말했어요? 그 속에 담아 둔 이야기를?

반쪽짜리 대문 집 어머니는 고개를 끄덕인다.

반쪽짜리 **대문 집 어머니**	제 말을 더 듣다 보면, 어느새 다시 정신이 나가게 될 거에요. 제정신일 수 없을 테니. 더 들어봐요. 맨정신에 들을 수 있는 얘기가 아니에요.
환자	제발. (조금 뜸을 들이며) 잠 좀 자요. 난 환자잖아.
반쪽짜리 **대문 집 어머니**	(아랑곳하지 않고) 밑단이라고 불렸던 녹슨 대문 집 애 엄마도, 애리달이라고 불렸던 나도, 미싱사가 되면서부터는 그런 생각을 했어요. 이렇게 우리 생활이 조금씩 나아지면, 앞으로 태어날 우리 애들도 괜찮은 생활을 할 수 있지 않을까? 하는. 고된 노동이 지치기도 했지만. 우리와 같은 처지의 그렇고 그런 애들이 목을 매달았던, 천장에 박힌 못을 보며 잠을 잤던 날들도 많았지만, 참을 수 있다고 생각했어요. 나아질 수 있을 거라고 생각했으니깐. 그런 희망이 있었으니깐.

환자는 일어나 침대에 앉는다.

환자	(냉소적인) 무슨. 그런 터무니없는 생각을.
반쪽짜리 대문 집 어머니	그러니깐요.
환자	자식들은 부모의 삶을 다시 한번 보여 주는, 재연 배우에 불과해요. 그걸 여태 몰랐던 거예요? 부모와 자식은 같은 뱃속에서 태어나는 일란성 쌍둥이 같은 건데, 세상이 그래요. 자식은 부모의 환경을 계속 이어받을 뿐이에요. 냉정하게 들릴 수 있겠지만요.
반쪽짜리 대문 집 어머니	그러니깐요.
환자	소녀문학회가 그런 건 안 가르쳐 주었나 보죠? 현실을 부정하게 만들었나 보네. 차라리, 그곳이. 현실을 받아들이게 했었어야 했는데. 힘든 노동은, 유전 탓이지, 사회 환경 탓이 아니라고.
반쪽짜리 대문 집 어머니	그러니깐요. (사이) 정말 오늘따라 유독 정신이 멀쩡하네요?
환자	그러네요.
반쪽짜리 대문 집 어머니	소녀문학회를 이끌었던, 이층집 애 아빠도 행여나 했던 거죠.
환자	정말, 말 그대로 (정확하고 또박또박하게) 행. 여. 나. 지.

반쪽짜리 대문 집 어머니	나이 들어, 이렇게 간병인이 될 줄은 정말 몰랐어요. 정확히 말하자면, 늙어서까지도, 이런 중노동을 하게 될 줄은 몰랐어요.
환자	누군, 치매 환자가 될 줄 알기나 했겠어요?
반쪽짜리 대문 집 어머니	난, 지금 세상에 대해서 말하는 건데. (잠깐 사이) 이렇게 될 줄 알았으면, 공장 옆에 있던 동산 의상실에서 낙엽이 잔뜩 그려진 원단으로, 맞춤 원피스나 몇 벌 더 해 입을 걸, 그랬어요.

정적.
조금 사이.

환자	내가 제정신이 아니었을 때, 내가 잠들어 있을 때마다 오늘처럼 그렇게 내 얼굴을 보며, 간병인 아줌마네 집 찬장 속에 있는 오래된 그릇 닦듯이, 그 오래전 일들을 한없이 꺼내서 닦아 냈던 거예요?
반쪽짜리 대문 집 어머니	아까도 물어서, 그렇다고 대답했잖아요. 오래전 일들이라 생각하는데, 그게 아니니깐. 지금도, 여전히. 같은 생활이 반복되고 있으니까. 반복할 수밖에요.
환자	왜 하필. (사이) 나에게 그래요? 정말 오늘 따라 왜 그러는 걸까? 응?

정적.

사이.

반쪽짜리
대문 집 어머니 (헛웃음) 제가 구로공단 반세기 기념식 초
청장을 받았거든요.

사이.

반쪽짜리
대문 집 어머니 그런데 이런 말은, 너무 적나라해서 멀쩡
한 사람 붙잡고 얘기하면, 듣는 사람이 어
쩔 줄 몰라 하거든요. (환자를 보며) 오늘
도 정신이 없을 줄 알았더니.

환자 이런 얘기를 듣는 건. 듣는 것만으로도 유
쾌하진 않아요. 그 예전에 간장 담가서. 장
독에 담아서 햇빛 좋은 날 뚜껑을 열어 놓
았는데, 쥐새끼가 퐁당 빠져서 죽어 있는
모습을 보는 것과 같아요. 그쪽 얘기는 그
렇다고요. 오늘처럼 정신이 멀쩡한 날, 그
쪽 얘기를 이렇게 듣고 있다는 건, 그래요.

반쪽짜리 (잠깐 망설이다가) 그 간장독에 빠져 죽는
대문 집 어머니 쥐새끼들처럼, 공장에 빠져 죽는 애들이
많았어요. 미싱을 돌리다가, 시다를 하다
가, 재단 보조를 하다가, 단춧구멍을 만들
다, 그런데 아무도 관심 없어.

잠깐 사이.

환자 내가 치매 환자이기에 망정이지.

반쪽짜리 대문 집 어머니	그러니깐요. 오랫동안 간병하고 싶네요.
환자	그 속에 있는 거, 다 풀어놓으려고?
반쪽짜리 대문 집 어머니	내가 낳은 아이, 녹슨 대문 집 엄마가 낳은 아이, 빨간 대문 집 엄마가 낳은 아이, 그리고 이층집 엄마가 낳은 아이가 있어요.

사이.

반쪽짜리 대문 집 어머니	그럼 그 아이들도, 모두 우리들의 재연 배우일까요? 부모들의 재연 배우? 노동을 반복하는?

사이.

반쪽짜리 대문 집 어머니	그 예전 구로공단 공장 생활할 때, 방안에 놓여 있던 낡은 비키니 옷장. (긴 호흡) 그 옷장에 달린 지퍼가 고장 나서, 그 안에 있던 것들이 방 안에 툭 하고 쏟아져 나온 것처럼. (다시, 긴 호흡) 어느 날 제 몸에 달린 문도 불쑥 그렇게 열렸어요. 제 몸의 문을 열고 한 아이가 얼굴을 내민 거죠. 선반에서 물건 하나가 툭 하고, 떨어져 버린 건지도, 몰라요. 그렇게 세상에 던져진지도 몰라요. 태어난 게 아니라, 툭 떨어진 물건 같은.

뉴스 소리.

천안 부탄가스 공장서 화재가 발생했습니다. 소방 당국은 소방 헬기, 펌프차 등을 동원해 불길을 잡는 중입니다. 이 사고로 이곳에서 일하고 있던 직원 두 명이….

사이.

뉴스 소리는 점점 희미해진다.

반쪽짜리 대문 집 어머니는 텔레비전 쪽으로 고개를 잠깐 돌린다.

반쪽짜리
대문 집 어머니   (혼잣말하듯이) 없는 집 애들이겠죠? 저렇게 공장에 가서 사고를 당하는 아이들. 그리고 힘이 없는 아이들. (깊은 한숨) 오래전, 나처럼. 그리고 내 친구들처럼.

반쪽짜리 대문 집 어머니는 환자를 내려다본다.

반쪽짜리
대문 집 어머니   그런 걸까요?

짧은 침묵.
정적.

반쪽짜리
대문 집 어머니   아까, 내가 말 안 한 게 있어요. 빨간 대문 집 애 엄마. (긴 한숨 내쉰 후) 빨간 대문 집 애 엄마는 공장에서 일하는 우리에게 화장품을 팔았는데. 그래서 우리들보다는 세련되게 루주도 바르고 그랬던 애인데.

사이.

**반쪽짜리
대문 집 어머니**   그랬던 애인데.

사이.

**반쪽짜리
대문 집 어머니**   항상 화장품을 사고 외상을 하는 나와 녹
슨 대문 집 애 엄마, 뒤를 졸졸 따라다녔어
요. 우리들 월급날이면 공장 앞에서 퇴근
시간에 맞춰서 우리를 기다렸었고. 그럼,
우리는 빨간 대문 집 애 엄마를 피해 도망
가기 일쑤였고. 빨간 대문 집 애 엄마는,
그런데 끝까지 우리를 따라오지는 못했어
요. 어깨에 멘 화장품 가방이 무거워서 잘
뛰어오질 못했던 거죠. 무거운 짐을 든 오
리처럼 뒤뚱뒤뚱. 그 모습이 짠했어요. 그
러면 나와 녹슨 대문 집 애 엄마는 또 그
게, 안쓰러워서 도망가다가도 다시 돌아오
곤 했어요. 그럼 빨간 대문 집 애 엄마는,
그런 우리가 또 고마워서 화장품 샘플이
라도 한 개 더 챙겨 주고.

사이.

**반쪽짜리
대문 집 어머니**   그랬었는데….

반쪽짜리 대문 집 어머니는 어느새 다시 잠든 환자를 내려다보고.

반쪽짜리　　　구로공단 반세기를 기념해서, 기념관을 만
대문 집 어머니　드는데. 글쎄 저를 보고 그 행사 커팅식에,
　　　　　　　　참여해 달라잖아요. (무섭도록 침착하고
　　　　　　　　냉정하게) 대체, 뭐를 기념한다는 걸까?
　　　　　　　　지금의 내 모습을? 반세기 동안 여전히 계
　　　　　　　　속되는 내 노동을? 노동에 혹사당한 내 모
　　　　　　　　습을 찍으며, 그 노동을 기념해 준다는 것
　　　　　　　　일까요?

병실 창문으로 들어오는 바람 때문에, 커튼은 흔들리고.
반쪽짜리 대문 집 어머니는 창문이 있는 곳으로 간다.

반쪽짜리　　　(노래 부르듯) 우리 엄마 머리 풀고, 치마
대문 집 어머니　터는 그 바람 부네. 우리 아빠 낫 들고 옥
　　　　　　　　수수밭에 들어가던, 그날 밤! 그 바람! 같
　　　　　　　　네. 바람 속에 그 낫이 들어 있네! 그 바람.

사이.

반쪽짜리　　　내게 부는 바람은 언제나
대문 집 어머니　저, 낫 같은 바람뿐이지!

2. 막다른 골목

죽음의 문.

해가 져서 어둑어둑한 무렵.

녹슨 대문 집과 빨간 대문 집은 나란히 붙어 있고.

그 맞은편에는 이층집과 반쪽짜리 대문 집이 있으며,

막다른 골목 끝에는 짙은 '관' 같은 나무 문.

빨간 대문 집 어린 아들은, 빨간 대문 집 앞에서

라면 한 봉과 오백 원짜리 조립식 장난감을 손에 꼭 쥐고 앉아 있고.

녹슨 대문 집 어린 아들은, 녹슨 대문 집 앞에서

쪼그리고 앉아서 커피를 홀짝거리며 마시고 있으며.

이층집 어린 아들은, 이층집 대문 앞에서

곤충 채집통과 잠자리채를 들고 부들부들 떨고 있다.

사이.

빨간 대문 집 아들과 녹슨 대문 집 아들, 그리고 이층집 아들 들어온다.

빨간 대문 집 아들, 녹슨 대문 집 아들, 이층집 아들은 막다른 골목 끝 '관' 같은, 짙은 나무 문 앞에 선다.
녹슨 대문 집 아들은 오른쪽 손에 벙어리장갑을 끼고 있고.
왼쪽 손에는 수도꼭지를 들고 있다.
빨간 대문 집 아들, 녹슨 대문 집 아들은 불에 탄 듯한 옷을 입고 있고,
얼굴에는 그을음이 잔뜩 묻어 있다.

제법 긴 사이.

녹슨 대문 집 아들은 막다른 골목 끝에 있는
짙은 나무 문을 열다 말고, 멈춘다.
이층집 아들과 빨간 대문 집 아들도 마찬가지.

녹슨 대문 집 아들　　차마.

빨간 대문 집 아들은, 짙은 나무 문을 열다 말고 다시 닫는다.

빨간 대문 집 아들　　이 문마저, 열고 싶지 않았는데.
　　　　　　　　　　　이 문을 열게 되다니. 우리들의 관.
이층집 아들　　　　다른 방법이 없다…. 없다….
빨간 대문 집 아들　　지금 이것도 우리 복이야.

빨간 대문 집 아들은 짙은 나무 문을 만지작거린다.

이층집 아들　　　　너는…. 말끝마다…. 꼭….
빨간 대문 집 아들　　(체념하듯) 지금 이것도 우리 복이야. 우
　　　　　　　　　　　리 아버지, 나 일곱 살 때 집 나가면서,
　　　　　　　　　　　내 얼굴 보면서 그러더라. 다 네 복이다.

녹슨 대문 집 아들	그래서 지금 그 생각이 난 거야? 죽는 이 와중에.
빨간 대문 집 아들	막상 나도 정말 집을 떠나려고 하니, 그 말이 불쑥 떠오르네. 그것밖에는 떠오르는 기억이 없네. 세상을 살면서 내가 기억하는 마지막 말이, 그 말이라니.
녹슨 대문 집 아들	학교 입학할 때보다 더 심란하네.

세 사람은,
(본인 어렸을 적 모습인) 빨간 대문 집 어린 아들과 녹슨 대문 집 어린 아들, 이층집 어린 아들을 바라본다.

빨간 대문 집 아들	쟤네?
녹슨 대문 집 아들	우리 어렸을 때네.
이층집 아들	지금 우리들 눈에 보인다는 건.
빨간 대문 집 아들	그래. 이미.
녹슨 대문 집 아들	이미. 우리는 끝난 거야.
이층집 아들	우리를 기억해 주는 건. 쟤네…. 들 뿐이네.
녹슨 대문 집 아들	어린 시절 우리들뿐이네. (사이) 누가 우리를 기억이나 해 주겠어? 그냥 잊히는 거야. 우리들의 뉴스는 빛바랜 운동화처럼. 삭아 버릴 테지.

정적.

이층집 아들은, 갑자기 낮은 포복으로 바닥에 엎드린다.

그리고 이층집 아들, 손으로 무언가를 움켜잡는다.

빨간 대문 집 아들　　이 와중에 뭐 해?
이층집 아들　　　　　나도 모르게…. 바퀴벌레.

이층집 아들, 손바닥에는 바퀴벌레가 놓여 있다.

녹슨 대문 집 아들　　그거 습관이야.

오랜 침묵.
정적.

한동안 말없이 빨간 대문 집 아들과 녹슨 대문 집 아들,
그리고 이층집 아들은
서로의 얼굴만 물끄러미 바라보고 있다.
사이.
녹슨 대문 집 아들은 움켜쥐고 있던 손을 천천히 편다.

빨간 대문 집 아들　　녹슨 대문 집 너, 손에 들고 있는 게?
녹슨 대문 집 아들　　나도 모르게. 정신이 없었어. 죽는 순간
　　　　　　　　　　　까지 일을 해야 한다고 생각했나 봐.

녹슨 대문 집 아들은, 손에 쥐고 있던 수도꼭지를 바닥에 떨어뜨린다.
이층집 아들은 고개를 끄덕인다.

녹슨 대문 집 아들　　불을 피해 나오려고 했는데. 공장 문이
　　　　　　　　　　　열리지 않았어. 그러는 너희들은?

빨간 대문 집 아들, **이층집 아들**	(동시에) 우리도 차마 피하지 못했어. 불길이 퍼지는 줄도 모르고 일만 했거든.
녹슨 대문 집 아들	그래서 우리가 이렇게 모처럼 모이게 된 건가? 죽어서야 시간을 낼 수 있다니.
빨간 대문 집 아들	우리는, 그동안 공장에 다니느라 시간이 없었으니깐.
이층집 아들	겨우, 모인 곳이 이곳이라니. 죽음 앞이라니. 이 골목 끝에 매달린 관 같은 나무 문이라니.
녹슨 대문 집 아들	그나마 우리가 기억하는, 가장 나은 시간이 있는 곳이니깐, 이곳은. 우린 청소년기가 끝나지도 않은 시점부터, 노동해야 했으니깐. 장난감을 가지고 놀았던 그 시절이 아쉬웠나 봐.
이층집 아들	그리웠던 게 아니고? 아쉬운 건가?
빨간 대문 집 아들	그때가 살아왔던 시절 중에, 가장 나았던 것 같기도 하고.

빨간 대문 집 아들은,
(본인의 어렸을 적 모습인) 빨간 대문 집 어린 아들에게 다가가서,
머리를 쓰다듬는다.

빨간 대문 집 아들	이랬던 꼬마가.
녹슨 대문 집 아들	우리들이 공장에 가서 일을 해야 한다는 사실을 몰랐던 때니깐.
이층집 아들	차라리, 어린 시절이 나았지.
녹슨 대문 집 아들	시간이 없어.

사이.

이층집 아들은 고개를 끄덕인다.

빨간 대문 집 아들   우리 집부터 들여다보자.

녹슨 대문 집 아들   그래. 너희 집이 가장 심란했으니깐.

빨간 대문 집 아들   이 동네에서 심란하지 않은 집이 어디 있어? 장롱 문 열면, 이불하고 베개가 켜켜이 쌓여 있는 것처럼 거기서, 거기지. 이 동네가.

녹슨 대문 집 아들   시간이 없어.

이층집 아들   우리들의 관이 열리기 전에. 우리들의 관이 도착, 하… 하하…하…기, 전에 어서.

그때 빨간 대문 집 어린 아들은,

오백 원짜리 조립식 장난감과 라면 한 봉을 들고

빨간 대문을 열고 쏙 들어간다.

빨간 대문 집 아들   (외친다) 나, 우리 집에 먼저 들어간다.

3. 빨간 대문 집 방안

*회상. 재연.

빨간 대문 집 어린 아들은, 재빨리 옷을 벗고.

빨간 내복을 입은 상태로 방바닥에 엎드려서 장난감 조립에 열중.

빨간 대문 집 아버지는,

분홍색 보자기에 압력솥을 야무지게 싸서 매듭을 맨 후,

보자기를 들고 벌떡 일어선다.

빨간 대문 집 아버지　　다, 네 복이다.

빨간 대문 집 어린 아들은 방바닥에 엎드린 채로,

장난감을 조립하고 있다가 얼굴을 들어,

얼떨결에 고개를 끄덕이고 마는데.

사이.

빨간 대문 집 아버지는 뒤도 안 돌아보고,

보자기로 싼 압력솥을 들고 나간다.

조금 긴 사이.

빨간 대문 집 어머니는 방문 화장품 가방을 어깨에 메고
방으로 들어온다.
빨간 대문 집 어린 아들은, 어머니가 집에 들어온 줄도 모르고,
여전히 장난감 조립에 심취.
빨간 대문 집 어머니는 방문 화장품 가방을 방바닥에 내려놓고
부엌으로 들어간다.

조금 긴 사이.

빨간 대문 집 어머니는 다시 방으로 들어온다.

빨간 대문 집 어머니　　애.

빨간 대문 집 어린 아들은, 여전히 장난감 조립에 심취한 나머지.
어머니가 부르는 소리를 듣지 못하고.

빨간 대문 집 어머니　　애.

이번에도 빨간 대문 집 어린 아들은
어머니가 부르는 소리를 듣지 못하고.
빨간 대문 집 어머니는, 발로 아들 등짝을 가볍게 한 대 치고.

빨간 대문 집 어머니　　애.

빨간 대문 집 어린 아들은, 얼굴을 들어 어머니를 쳐다보는데.

빨간 대문 집 어머니　　압력솥이 없다. 엿장수 왔다 갔냐?

빨간 대문 집 어린 아들은, 고개를 흔든다.

빨간 대문 집 어머니　　그럼?
빨간 대문 집 어린 아들　아버지가.
빨간 대문 집 어머니　　나잇살이나 먹어서는, 쯧. 애 주머니
　　　　　　　　　　　　　속, 쫀디기 하나 뜯어 가는 것처럼, 쪼
　　　　　　　　　　　　　진헤서는. 집 나가면서 밥통 들고 나
　　　　　　　　　　　　　가는 놈은 또 처음 봤네.

사이.

빨간 대문 집 어머니　　나. 원. 참. 살다 보니
　　　　　　　　　　　　　별 경우가 다 있네.
빨간 대문 집 어린 아들　밥은 먹고살아야 하니깐.
빨간 대문 집 어머니　　참 지랄맞다.
빨간 대문 집 어린 아들　참 지랄맞아야 먹고사니깐,
　　　　　　　　　　　　　그랬나 보지.

그 순간 빨간 대문 집 어머니와 빨간 대문 집 어린 아들은,
얼굴을 마주 본다.

빨간 대문 집 어머니　　인간이라는 게 이렇게 뻔뻔하다.
빨간 대문 집 어린 아들　낮짝이 아버지 정도 뻔뻔해야 버틸

수 있는 거 아닐까?
사는 게 쉽지 않으니까.

아주 잠깐 사이.

빨간 대문 집 어머니   진짜 지랄맞네.

사이.

빨간 대문 집 어머니   뭐라고 하면서 가디?
빨간 대문 집 어린 아들 다, 네 복이다.

빨간 대문 집 어머니는, 있는 대로 한숨을 쉬며
빨간 대문 집 어린 아들을 본다.

빨간 대문 집 어머니   나는 여태껏 살았는데 말이야. 아이
                          는 자기 먹을 것을 갖고 태어난다는
                          그 옛날 말을 도무지 이해할 수가 없
                          어. 어떻게 두 눈 멀쩡히 뜨고 그런 시
                          뻘건 거짓말로 우리를 세뇌시켰을까?
                          거지 똥구멍에서 콩나물 빼먹게 생겼
                          는데. 어떻게 그 생활에서도 아이가
                          태어나면 자기 먹을 갖고 태어난다고.
                          (옅은 한숨) 살아 보니 똥구멍에서 콩
                          나물 빼먹을 거지들도 안 보이는데.

사이.

빨간 대문 집 어머니　　그래서 사는 게 참 민망해.

빨간 대문 집 어머니는 빨간 대문 집 어린 아들을 바라본다.

빨간 대문 집 어머니　　봐?
빨간 대문 집 어린 아들 뭐를?
빨간 대문 집 어머니　　이것 봐?
빨간 대문 집 어린 아들 어디를?
빨간 대문 집 어머니　　지금. (사이) 너와 나.

사이.

빨간 대문 집 어머니　　지금 우리가 이토록 민망하잖니?

4. 3장과 같은 막다른 골목

빨간 대문을 열고.

녹슨 대문 집 아들과 빨간 대문 집 아들, 그리고 이층집 아들 나온다.

그리고 대문 앞에 털썩 앉는다.

뒤늦게 빨간 대문을 열고, 빨간 대문 집 어린 아들 나온다.

빨간 대문 집 어린 아들도 땅바닥에 털썩 앉는다.

녹슨 대문 집 아들 너희 아버지는 가출하시면서.

　　　　　　　　하필이면 압력솥을.

빨간 대문 집 아들 두 번째 부인하고 오순도순 밥해서 드시고
　　　　　　　　싶어서 그랬…. 밥이 중요하지. 우리도 살
　　　　　　　　다 보니 알게 됐잖아. 밥이 중요하다는 거.
　　　　　　　　결국은 우리가 밥 먹고살려고, 죽게 된 것
　　　　　　　　이지만. 그날 밤 화장품 방문 판매 마치고,
　　　　　　　　들어온 엄마가.

녹슨 대문 집 아들, (동시에) 하필 압력솥을.

이층집 아들

빨간 대문 집 아들 하필, 압력솥을, 이라고 하셨지. 인정머리
　　　　　　　　없게. 가지고 가도 하필, 그걸 가지고 갔다

고. 인간이 그러는 게 아닌데, 하면서 혀를
차다가 말고. 그 인간이 그 솥이 좋은 건
알아서는, 하면서 자리에서 벌떡 일어나시
더라.

이층집 아들   그 솥 너희 어머니가 혼수로 해 오신 거….

녹슨 대문 집 아들 그날 밤 너희 어머니, 우리 집에 양은 냄비
빌리러 오셨어.

*회상, 재연
빨간 대문 집 아들과 녹슨 대문 집 아들,
이층집 아들은 이 장면을 관조하다
그때, 빨간 대문 집 어머니는 녹슨 대문 집에 들어간다.

사이.

빨간 대문 집 어머니는 녹슨 대문 집에서 양은 냄비를 들고나온다.
그러고는 다시, 빨간 대문 집으로 들어간다.

녹슨 대문 집 아들 그날 밤에 양은 냄비에 밥해 먹었어?

빨간 대문 집 아들은 고개를 끄덕인다.

이층집 아들   확실히 너희 아버지는. 먹고살기도 힘들었
던 그 상황에 또 다른 사랑이라니! 그게
또 너한테는 양은 냄비에 밥해 먹게 한, 현
실을 가져다준 분….

빨간 대문 집 아들 그래. 아버지는 내 현실이었지. 부모는 내

현실이지.

사이.

빨간 대문 집 아들 그 이튿날 아버지가 다시 집에 오셨더라.

그때 빨간 대문 집 아버지는,
리어카를 끌고 빨간 대문을 열고 들어간다.

이층집 아들　　　저, 저, 렇, 게 리어카까지 끌고….
　　　　　　　　　방문하셔서….
녹슨 대문 집 아들 자기 집에 오는 것도 방문이라고
　　　　　　　　　해야 하나?
빨간 대문 집 아들 (불쑥) 방문하셨지. 그때가 3월 중순이었
　　　　　　　　　는데. 꽃샘추위가 있던 날이었어. 방안에
　　　　　　　　　서 이불을 확 뒤집어쓰고, 문방구에서 오
　　　　　　　　　백 원 주고 사 온, 장난감을 조립하고 있
　　　　　　　　　는데.
이층집 아들　　　이 대목은 들을 때마다….
　　　　　　　　　정말. 적응이, 안 돼.
빨간 대문 집 아들 내가 뒤집어쓰고 있던 이불을 걷어 가시더
　　　　　　　　　라고.

그때 빨간 대문 집 아버지, 이불을 들고나와서 리어카에 싣고.
빨간 대문 집 아들은 (본인의 어렸을 적 모습인) 빨간 대문 집 어린
아들의 머리를 쓰다듬는다.
빨간 대문 집 아버지는, 리어카를 끌고 나간다.

빨간 대문 집 아들 (또 불쑥) 얼마나 급하게 이불을 걷어 가
셨는지. 내 조립식 장난감을 발로 부수는
줄도 모르더라고.

사이.

빨간 대문 집 아들 천천히 걷어 가면 민망해서,
빨리 들고 나가려고 그랬던 걸까?
이층집 아들 그, 그게 아, 니라. 두 번째 부인이 오돌오
돌 떨고 있어서 너희 아버지가 제정신이
아니었다잖아….
빨간 대문 집 아들 가지고 가려면 곱게 가져가면 될 것을.
장난감까지 부숴 놓고.
하여튼 구제 불능이었어.
녹슨 대문 집 아들 그날 밤 너희 어머니, 화장품 방문 판매 끝
나고 우리 집에 이불 빌리러 오셨어.

빨간 대문 집 어머니는, 빨간 대문 집을 나와서
녹슨 대문 열고 들어가서, 이불 한 채 지고 나온다.

녹슨 대문 집 아들 너희 어머니가 화장품 샘플을 우리 집 바
가지에, 한가득 쏟아 놓고 가셨어. 이불까
지 빌려 가서 너무 미안하다고.

빨간 대문 집 어머니, 다시 이층집으로 들어간다.

이층집 아들   너희 어머니, 그날 밤 우리 집에 오셔서 베
               개도 세 개 빌려 가셨어.

빨간 대문 집 아들 베개까지?

녹슨 대문 집 아들 우리 집에는 빌려줄 베개가 없어서,
               이층집 너희 집으로 가셨나 보다.

빨간 대문 집 어머니는 이층집에서 베개 세 개를 들고나온다.
빨간 대문 집 어린 아들은 옆에, 있다가 또 불쑥! 나서서 말한다.

빨간 대문 집 아들 난 부서진 장난감을 돼지 본드로 붙이느
               라. 아버지가 베개까지 들고 간 줄은 정말
               몰랐네. 그날 밤 어머니가 그러시더라. (어
               머니 목소리 흉내 내며) 그 양반이 또 좋
               은 건, 귀신같이 알아서는. 어떻게 목화솜
               이불을 들고 가셨다니. 친정엄마가 나 시
               집 보내려고, 목화밭에서 목화솜 따다가
               일일이 말려서 이불 한 채하고 베개를 만
               든 건데.

이층집 아들   너희 어머니, 우리 집 빈 어항에도 화장품
               샘플 넣어 두고 가셨…. 미안했었나….

빨간 대문 집   (불쑥 끼어든다) 그날 이후로도, 수시로,
어린 아들   집 나간 아버지의 방문이 있었지.

그때, 다시 리어카를 끌고 온 빨간 대문 집 아버지는
빨간 대문을 열고 들어간다.

빨간 대문 집 아들 (다시 기다렸다는 듯이 불쑥, 말한다) 몇

번 반복되다 보니깐. 아버지가 와서 또 일
주일 치 용돈 모아서, 문방구에서 사 온 오
백 원짜리 조립식 장난감 부숴 뜨려 놓을
까? 무서워서. 그 이후에는 내가 집에 있
는 물건들을 모조리 보자기에 싸서 방문
앞에 놓아두었지. 그리고 보자기마다 지구
표 사인펜으로 크게 "그릇 냄비 숟가락 세
트", "빗자루 쓰레받기 세트", "벽시계 알람
시계 세트", "보리쌀 흰쌀 세트", "식용유 참
기름 들기름 세트", 라고 적어 두었어. 아버
지가 집에 물건 가지러 오시면, 좀 빨리 갖
고 나가시라고, 제발.

녹슨 대문 집 아들 아무튼 너는 대단해. 그 어린 나이에 어떻
게 세트, 라는 말까지 알았냐?

빨간 대문 집 (불쑥 끼어든다, 그러고는 정말 무심하게)
어린 아들 뻔하지. 어머니가 맨날 집에 들어와서 스
킨로션 영양 크림 세트. 색조 화장 세트.
에센스 콜드크림 세트. 그렇게 묶어서 포
장하니깐. 뭐가 함께 붙어 있으면 세트, 구
나 한 거지.

이층집 아들 너…. 그것 때문에 발가벗고 집에서 쫓겨
났잖….

녹슨 대문 집 아들 그때 그 기억이 너무 생생해.

빨간 대문 집 (대화에 맞지 않게, 앙증맞게) 반쪽짜리
어린 아들 대문 집 여자애도 봤겠지?

녹슨 대문 집 아들, (고개를 동시에 끄덕이며) 당연하지….
이층집 아들

빨간 대문 집 아들 수시로 들락날락하는 아버지 때문에, 나는 또 일부러 어차피 집에 있는 살림살이 가져가시려면, 좀 빨리 갖고 나가라고. (조금 사이) 어린 마음에. 집에 있는 것 몽땅 싸서 보자기마다 물건 이름 적어 놓은 건데. 어린 마음에 그래야 서로 편할 것 같아서. 그날 밤 어머니가 들어오셔서 다른 보자기들은 그냥 다 매듭을 푸셨는데. 어떤 보자기 하나를 보더니, 이놈의 자식이 하면서. (조금 사이) 나는 그날 처음 봤어. 아버지가 압력솥 가지고 간 날도 그러시지 않으셨는데. 어머니 입이 안 다물어지셔. 정말 내 낡은 야구공 한 개는 무난하게 들어가겠더라고. 어머니 입이 계속 다물어지지 않아서, 내가 손으로 입 좀 막아 드려야 하나? 그런 생각까지 들었어. 시간이 지나도 입이 안 다물어지니깐. 입에서 침이 흐르더라고. 그리고 한참 후에, 본인 스스로 그러니깐 본인 손으로 셔터 내리듯이 입을, 억지로 다물게 하더니. 다짜고짜 내 내복을 벗기고는. 이…. 이…. 이이…. 이, 피는 못 속인다더니. 똥 흘리고 다니는 똥개 똥구멍만도 못한 놈 같으니라고…. 그러고는 빗자루로 내 등짝을 때리더라고. 무슨 영문인지 몰라, 멍하니 어머니 얼굴을 바라보는데. 나를 대문 밖으로 쫓아내더라고. 그 피가 어디 가겠느냐고 하면서. 맨몸

으로 쫓겨나서, 대문 밖에서 오른손으로
고추 가리고 서 있는데, 그때 너희들이 나
를 본 거지.

이층집 아들과 녹슨 대문 집 아들은,
빨간 대문 집 어린 아들을 보며 고개를 끄덕인다.

이층집 아들　　그래서 내가 부리나케 우리 집으로 가서,
　　　　　　　　　팬티 한 장 갖다줬….

녹슨 대문 집 아들　그날 너희 어머니 왜 그렇게 화가 나신 건
　　　　　　　　　데? 우리 집에 이불 빌리러 오실 때도, 화
　　　　　　　　　장품 샘플까지 두고 가실 만큼 괜찮으셨던
　　　　　　　　　분이.

빨간 대문 집 아들　어머니가 그날따라 집에 들어와서는, 화장
　　　　　　　　　품 가방을 방에 내려놓고. 안쓰러운 것, 하
　　　　　　　　　면서 내 머리통을 쓰다듬더라고. "빗자루
　　　　　　　　　쓰레받기 세트"라고, 써진 보자기를 풀 때
　　　　　　　　　까지는 괜찮았는데. 그런데 "누나 원피스,
　　　　　　　　　내 반바지 세트"라고, 써진 보자기를 보더
　　　　　　　　　니, 얼굴에 무슨 곰표 밀가루를 확 뿌린
　　　　　　　　　것처럼 하얘지면서. 그리고 나를 쳐다보는
　　　　　　　　　데. (어머니 목소리 흉내 내며) 대체 이건
　　　　　　　　　왜? 라고, 물어서. 그래서 내가 그랬지. 나
　　　　　　　　　중에 아버지가 두 번째 부인하고 애 낳으
　　　　　　　　　면 입히라고, 미리 싸 놓았어요. 그 순간
　　　　　　　　　어머니 입이 안 다물어지더라고.

이층집 아들　　그날 밤 우리 집 이층 창문에서, 너희 어

머니가 영신상회에서 됫병 소주 사서 가는
거 봤어.

빨간 대문 집 아들 그랬구나. 그때.

그때 빨간 대문 집 어머니,
됫병 소주를 들고 빨간 대문을 열고 들어간다.

빨간 대문 집   (애처롭게) 그날 밤 소주에 생쌀을 안주로
어린 아들   드셨지. 그리고 아침에 일어나서 화장품
                가방을 챙기면서. 술을 먹어서 벌겋게 부
                어오른 눈과 볼이 마치, 분홍색 색조 화장
                을 한 것처럼. 어머니 얼굴에, 그렇게 거대
                한 분홍색 땡땡이 무늬가 그려진 건 그날
                처음 봤어.

빨간 대문 집 아들은,
(본인의 어렸을 적 모습인) 빨간 대문 집 어린 아들을 무심히 바라본다.

빨간 대문 집 아들 그날 슬펐어?

빨간 대문 집 어린 아들은 고개를 끄덕인다.

빨간 대문 집 어린 아들   다 알면서.

사이.

그때 반쪽짜리 대문 집 여자애는

긴 머리카락을 풀어헤친 채로,

그리고 고쟁이 차림으로 골목에 들어선다.

빨간 대문 집 아들 그러니깐 피는 못 속인다고 하는 거야. 우리 무의식 속에는 아버지가 두 번째 부인하고 두 명의 아이를 더 낳을 거라는 느낌이, 있었던 거지. 누가 가르쳐 주지도 않았는데 말이야. 그리고 우리를 바라보던 어머니가 그게 개 똥구멍 같은 소리인 줄 알면서도, 그렇게 될 거라는 것을 감지해 버렸던 거고 그래서 우리를 발가벗겨서 밖으로 내쫓아 버렸던 거야. 환경이라는 게 그렇게 무서운 거야. 가정 환경이라는 거 자체가, 그게 유전이야.

사이.

반쪽짜리 대문 집 여자애는, 반쪽짜리 대문을 열고 들어간다.

녹슨 대문집 아들, 빨간 대문 집 아들, 그리고 이층집 아들은,

반쪽짜리 대문을 한동안 바라본다.

빨간 대문 집 아들 나는 반쪽짜리 대문 집 애를 볼 때마다 심란해. 저 애는, 왜 항상 저렇게 심란한 얼굴일까?

녹슨 대문 집 아들 나도 반쪽짜리 대문집 애를 보고 나면, 늘 한 달 이상은 심란해.

이층집 아들 회사에서 자꾸 성추행당한다잖아. 그게 반복된다잖아.

빨간 대문 집 아들 여기 담벼락 밑에 해마다 움트고 나오는 명주 풀처럼, 반쪽짜리 대문 집 애도 늘 똑같은 자리에서, 다시 뿌리 내리는 것처럼. 늘 같은 자리에 있으면서, 살아 내고 있어. 질기지. 그래서 볼 때마다, 내 마음이 그렇게 심란했나? 그랬나? 좋은 자리가 아니고, 그늘진 담벼락 밑이라서.

녹슨 대문 집 아들 그건 그렇고. 이런 말하기는 그렇지만. 또 이제 와서 우리가 못 할 말은 또 뭐야? 이미 다 끝난 마당에. (사이) 너희 집에 빌려준 우리 집 양은 냄비 삼십 년이 다 되어 가는데. 아직 못 받은 것 같은데. 우리 어머니가 너희 집 대문 쪽을 보며, 왜 저 집은 양은 냄비를 안 돌려주나? 하셨어. 가서 달라고 할 수도 없고. 집 나가기 전까지 그러던데.

빨간 대문 집 어린 아들은, 굉장히 미안해하는 기색으로
녹슨 대문 집 아들을 바라본다.

사이.

빨간 대문 집 아들 그러니깐 그게. 하루는 양은 냄비에 라면 끓여서 먹고 있었는데. 아버지가 또 방문하셨어. 근데 사람이 감, 이라는 게 있잖아. 아버지가 구두를 신고 방안에 탁 들어오는 순간. 아, 아버지! 이젠 양은 냄비 가

지러 오셨구나 싶어서. 혹시 먹고 있는 라면이 든 양은 냄비를 통째로 가져갈까 싶은 마음에, 라면을 무슨 물 마시듯이 그냥 삼켜 버렸지. 그런데 그날은 의외로 아버지가 양반다리를 하고 앉아서는, 침착하게 라면을 다 먹을 때까지 기다리더라고. 속으로, 웬일이지 싶었는데. 라면 국물에 밥까지 다 말아 먹어도 그냥 나를, 잠자코 보고만 있는 거지. 그러고는 한참 있다가 나보고, 마당에 나가 양은 냄비를 설거지하라는 거지.

이층집 아들   설거지까지 해서 가져가려고 그랬나 보….
녹슨 대문 집 아들 (고개를 끄덕거리며) 라면을 물 마시듯이 삼킬 필요 없었는데, 괜히 그랬네?

빨간 대문 집 어린 아들은 고개를 끄덕거린다.

빨간 대문 집 아들 그랬지. 양은 냄비 닦으면서 든 생각이, 그래도 아버지라고. 아버지가 의외로 인간적인 구석이 있구나 싶었어. 아들이 먹고 있는 라면이 든 양은 냄비를 그대로 가져가지는 않구나 싶어서. (조금 사이) 소매 끝으로 눈물을 훔치며 설거지는 해 드렸지. 그래도 아버지라고. (사이) 나름, 고마운 생각이 들어서.
이층집 아들   그게 두 번째 부인에게 불어 터진 라면을 먹이는 게, 영 마음에 걸려서 그랬던 건 아니었고?

녹슨 대문 집 아들 (이층집 아들을 보며) 너는, 무슨 말을 그렇게 적나라하게 하냐? 빨간 대문 집 쟤도 심리적으로 따뜻한 거, 인간적인 거 하나쯤은 품고 가라고, 어 그러네, 라고 대답해 주는 게 그렇게 어려워? 우리가 그래도, 죽기 전에 여기까지 왔는데?

빨간 대문 집 아들 (손사래를 치며) 그럴 필요 없어.

녹슨 대문 집 아들, (동시에) 왜?
이층집 아들

빨간 대문 집 깨끗하게 닦은 양은 냄비 드리니, 주변을
어린 아들 두리번거리더라.

녹슨 대문 집 아들, (동시에) 그니깐 왜?
이층집 아들

빨간 대문 집 아들 무언가를 찾는 눈치인데. 모르는 척했어. 그랬더니 아버지가 라면 남은 거 없나, 하면서 나를 보더라고. 난 무조건 도리질했지. 누나 몫으로 라면이 한 봉 남아 있었는데. 누나가 그때 학교 오후반이었는데. 엄마가 아침에 영신상회에 가서 라면 두 봉 사다가 라면에 누나 이름 한 개 써 놓고, 내 이름 한 개 써 놓았거든. 라면 가지고 싸우지 말라고.

이층집 아들 근데 그 라면 가져갔… 구나.

빨간 대문 집 어린 아들은,
이층집 아들을 보며 재빨리 고개를 끄덕인다.

그때, 빨간 대문을 열고 빨간 대문 집 아버지는
양은 냄비와 라면을 들고나온다.

녹슨 대문 집 아들 그런데 빨간 대문 집, 너희 어머니는
　　　　　　　　　 왜 그렇게 가셨을….

빨간 대문 집 아들은 한참 동안 말이 없다.

정적.

이층 집 아들　　　 그런 건 왜 물…. 다 지난…. 이제 와서.

오랜 침묵.
사이.

녹슨 대문 집 아들 지났으니깐 묻지.

빨간 대문 집 아들 내가 3학년이 되어서 오후반이었을 때였
　　　　　　　　　 어. 쫀드기를 입에 물고 대문을 열고 들어
　　　　　　　　　 왔는데. 엄마 신발이 장독 위에 올려 있는
　　　　　　　　　 거야. 유독 깨끗하게 보였어. 생각해 보니,
　　　　　　　　　 엄마가 밤새 신발을 빨았던 게 기억이 나.
　　　　　　　　　 그리고 아무 생각 없이 방문을 열고 들어
　　　　　　　　　 갔지. 그런데 그렇게 숨소리 없이 누워 계
　　　　　　　　　 셨던 거지. 결혼할 때 입었다던 한복을 입
　　　　　　　　　 고서는. 그리고 누나가 들어왔어. 생각보
　　　　　　　　　 다 누나는 침착하더라고. 누나는 엄마가
　　　　　　　　　 그럴지도, 모른다고 생각했었다나. 누나는

그 전날 한밤중에 엄마가 중얼거리는 소리에 설핏 잠이 깨었는데. 잠이 깼다는 내색은 하지 않았다나. (빨간 대문 집 어머니 목소리 흉내) 자꾸만 그 인간이 나를 약탈해 가는 것 같은데. 끝나지 않는다. 부엌이며 방이며 살림살이 채워 두면, 없어지기 일쑤고. 수건까지 들고 가는 인간이 그 인간이다. 더는 못 해 먹겠다. 누가 죽어야지만 끝나지. 그냥 끝날 일은 아니다. 내가 우물 속에 빠진 개미 같은 심정이다. 그리고 엄마가 내 얼굴과 누나 얼굴을 보며 말했다나. (빨간 대문 집 어머니 목소리 흉내) 이게, 다 너희들 복이다. 더는 내가 무거운 화장품 가방을 들고 먹고살기가 힘들다. 먹고살기가 너무 힘들어. 희망이 없다, 희망이. 희망이 없는데 어떻게 살아?

이층집 아들　그날 저녁, 너희 아버지가 또 리어카를 끌고 방문했었지.

빨간 대문 집 아버지, 리어카를 끌고 대문을 열고 들어간다.

사이.

빨간 대문 집 아버지는 리어카에 빨간 대문 집 어머니를 싣고 나간다.

오랜 침묵.
사이.

녹슨 대문 집 아들 그날 이후로, 너희 아버지 빨간 대문을 열
고 들어오는 일이 사라졌잖아.

빨간 대문 집 아들과 빨간 대문 집 어린 아들은 마주 보며,
동시에 고개를 끄덕거린다.

빨간 대문 집 아들 정말 한 명이 죽어야지만 끝난다는, 그 말
처럼 됐지. 그리고 더 이상 약탈할 게 없어
졌으니.

이층집 아들 너희 어머니, 죽기 한 달 전에는, 시장을
봐 와서는 우리 집 냉장고에 좀 넣어 달라
고 부탁했…. 그래서 우리 집에서 쌀하고,
미숫가루 같은 것도 대신 보관해….

**빨간 대문 집
어린 아들** 어느 날부터인가, 엄마가 누나하고 내 신
발을 냉장고에 집어넣기 시작했어. 앞으로
는 냉장고가 신발장이다, 라고 하면서.
그리고 전기 코드를 뽑아 버렸지.

녹슨 대문 집 아들 대체 너희 아버지는 왜 그러셨을까?

빨간 대문 집 아들 먹고살아야 해서 본인도 어쩔 수 없었다고.

이층집 아들 그래서 자꾸 너희 집에 방문해서, 살림살
이며 먹을 것을 그렇게 약탈해 가져서….
없는 사람이, 없는 사람 것을 자꾸만….
내가 봤을 땐 그래.

녹슨 대문 집 아들 빨간 대문 집 너희 아버지, 그러고 난 후
에, 한 번 더 방문하지 않았어?

그때, 빨간 대문 집 아버지는 골목에 나타나서
빨간 대문을 열고 들어간다.

사이.

빨간 대문 집 아버지는,
빨간 대문 집 어머니가 늘 메고 다니던 화장품 가방을
어깨에 메고 나온다.

사이.

빨간 대문 집 아버지는 어느새 사라지고.

빨간 대문 집 아들 엄마 화장품 가방 가지러.
　　　　　　　　　 화장품 그대로 두면 썩는다고.
이층집 아들　　　 그것도 두 번째 부인, 갖다 주….

빨간 대문 집 어린 아들은 고개를 끄덕인다.
빨간 대문 집 아들은, 빨간 대문 집 어린 아들을 바라본다.

한참 사이.

빨간 대문 집 아들 그때부터 내 형편은 나아지지 않았어. 늘
　　　　　　　　　 고단했어. 그래도 열심히 일을 하면 나아
　　　　　　　　　 질 줄 알았어. (사이) 그래서 부지런히 일
　　　　　　　　　 만 했는데. 그런데 일만 한 게 화근이었어.
　　　　　　　　　 이렇게.

5. 반쪽짜리 대문 집 딸

반쪽짜리 대문 집 딸이 근무하는 사무실.
소복 같은 한복을 입은 반쪽짜리 대문 집 딸은 의자에 앉아 있다.
그때, 계장 들어온다.
계장은 다짜고짜 반쪽짜리 대문 집 딸 옷 속에, 손을 집어넣고.

계장   어디 보자.

사이.

계장   (음흥) 없네?

계장은 다시 한복 속으로 손을 넣고.

계장   없네?

사이.

반쪽짜리 대문 집 딸   (비명과 함께) 대체 뭐를 찾는데요?

계장님   감자.

반쪽짜리 대문 집 딸   감자를 캐려면 호미를 들고 오셨어야죠.

계장은 반쪽짜리 대문 집 딸을 보며 음흉한 눈빛.

사이.

반쪽짜리 대문 집 딸   (더는 못 참겠다는 듯)

　　　　　　　　　　　　대체 왜 그러세요?

계장   나 어렸을 적에 할머니가 한복을 입고

　　　　　　　　　　　　감자밭을 맸거든. 그리고 한복 치마폭

　　　　　　　　　　　　에 감자를 살포시 싸 오셨던 게 생각이

　　　　　　　　　　　　나서.

반쪽짜리 대문 집 딸   더는….

사이.

반쪽짜리 대문 집 딸   더는….

반쪽짜리 대문 집 딸은 호미를 꺼낸다.

6. 막다른 골목

반쪽짜리 대문 집 딸은
고쟁이 차림으로 막다른 골목 끝에 있는,
짙은 나무 문 앞으로 가서 선다.

반쪽짜리 대문 집 딸   (괴기스럽게 웃는다) 이 고쟁이 속에
감자가 있는 줄 보려고 그랬대. 변태도
그런 변태가 없어. 왜 하필 감자야? 화
전 밭 일구며 열심히 감자 심어 먹던
사람들은 무슨 죄야?

사이.

반쪽짜리 대문 집 딸   변태 새끼!

반쪽짜리 대문 집 딸은, 괴기스러운 웃음을 멈추지 않고.

사이.

반쪽짜리 대문 집 딸 한복을 입고 근무를 해야 한다고 했을 때부터, 알아봤어야 했어. 면접을 볼 때 반드시 한복을 입고 와야, 합격 가능성이 있다고 했을 때부터 눈치를 챘어야 했어. 하찮아, 내 모든 게, 전부 다 하찮아.

반쪽짜리 대문 집 딸은 실성한 듯, 웃는다.

반쪽짜리 대문 집 딸 우리 할머니 서글퍼서 머리 풀고 치마 털었다는 그 바람 같다던 바람 불어오네. 낫 들고 옥수수밭 들어가서, 소매 끝으로 불어온다던 그 새까만 검은 바람 같다던 바람 불어오네.

7. 녹슨 대문 집, 안방

안방에는 햇빛이 들어오는 아주 작은 창문.

장롱이 놓여 있고,

문갑 등이 있는.

그런데 방 한가운데는 흡사 옛날식 다방처럼,

소파와 테이블이 떡하니 놓여 있고.

(오래전) 여느 다방에서나 볼 수 있는 어항도 자리 잡고 있으며.

그 밖에 다방에서 쓰는 오래된 보온병과 찻잔들.

여하튼, 이게 집인지, 다방인지 하는 긴가민가하는 느낌.

녹슨 대문 집 아들과 (본인의 어렸을 적 모습인)

녹슨 대문 집 어린 아들은

다방 테이블을 가운데 두고, 얼굴을 맞대고 앉아 있다.

녹슨 대문 집 아들, 오른쪽 손에는 벙어리장갑.

사이.

녹슨 대문 집 아들은,

자리에서 일어나 어항에 금붕어 모이를 넣어 주려는데.

오른쪽 손이 자유롭지 못해, 모이를 바닥에 자꾸 흘린다.

녹슨 대문 집   한쪽 손이 없으니깐 불편하지?
어린 아들

녹슨 대문 집 어린 아들은,
커피를 타서 녹슨 대문 집 아들에게 건네준다.

녹슨 대문 집 아들 그건 그렇고. 우리 집은 어쩌자고 안방을
                      다방처럼 꾸며 놓고 삼십 년 동안 이렇게
                      놓고, 살….
녹슨 대문 집   아버지가 늘, 집이 다방 같았으면 하셨잖
어린 아들   아. (조금 사이) 김 양? 아니, 아니. (고개
                      를 흔들며) 어머니는 아직이지?
녹슨 대문 집 아들 안 돌아오는 게 정상이지. 이런 집에 다시
                      돌아오면 정상이 아니야. 아버지가 어머니
                      만 보면 김 양아, 양말 벗겨라. 김 양아! 여
                      기 커피 둘, 이러는데. 멀쩡한 이름 두고 허
                      구한 날 김 양아! 김 양아! 를 불러 대는
                      데. 아버지가 다방에서 하는 게 습관이 되
                      어서는. 입에 김 양이 달라붙어서는. 어머
                      니만 보면 김 양아! (사이) 나는 어머니가
                      집에 계실 때는 혹시 제정신이 아닌가 했
                      어. 그런데 집 나간 것을 보고서는, 그때서
                      야 어머니가 제정신이었구나 했지.
녹슨 대문 집   동네 사람들은 우리 엄마가 다방 출신인
어린 아들   줄….
녹슨 대문 집 아들 어머니는 봉제 공장 밑단이 출신.

| 녹슨 대문 집
어린 아들 | 그래도 우리는 어렸을 적부터, 가출 한번
안 하고. 이 집에서 살았네. |
| 녹슨 대문 집 아들 | 안방이 다방 같은 거 빼고는. 쌀통에 쌀은
늘 있었으니깐. 먹고는 살 수 있었으니까. |

사이.

| 녹슨 대문 집
어린 아들 | (커피를 홀짝거리며) 가출했으면, 수도꼭
지 공장에 안 갔을 수도 있고, 그러면 손도
안 없어…. |

녹슨 대문 집 어린 아들은 한동안.
차마, 말을 잇지 못하고.

사이.

| 녹슨 대문 집
어린 아들 | 그런데, 우리 정말 오랜만이지? |
| 녹슨 대문 집 아들 | 손이 이렇게 되고. (깊은 한숨) 이 방에
있다 보니, 내 어린 시절인 너도, 볼 수가
있네. |

녹슨 대문 집 아들은 커피를 홀짝거린다.

정적.
조금 긴 사이.

녹슨 대문 집 어린 아들	다방 같은, 이 안방이 무너질 거라는 생각을 해 본 적이 있어?
녹슨 대문 집 아들	(망설이는 듯한 표정) 삼십 년 전에 전쟁 일어난다고, 온 국민이 생수하고 라면을 샀던 그날 기억하지?

녹슨 대문 집 어린 아들은 고개를 끄덕인다.

녹슨 대문 집 아들 전쟁이 일어나면, 이 다방 같은 안방도 폭파되고, 아버지 입에 달라붙은 김 양! 들도 사라질 거라, 생각했었지.

사이.

녹슨 대문 집 아들 전쟁은 터지지 않고, 슈퍼마켓에 있는 라면하고 생수하고 통조림이 바닥난 화면만 뉴스에서 더 많이 보여 주던 날. 우리 집도 라면 사 와야 하는데. 그날 밤도 아버지가 다방에 가는 바람에 라면도 못 샀던 밤. 그래서 발을 동동 구르며, 아버지 발걸음 소리만 기다렸던 그날 밤.

**녹슨 대문 집
어린 아들** 기억나. 이층집에서 라면 두 박스를 쳤어.

녹슨 대문 집 아들은 고개를 끄덕거린다.

녹슨 대문 집 아들 그래, 그 라면. 그날 밤에도 다방에 다녀온

아버지가 전쟁이 일어난다는 뉴스를 못 봤
는지. 다방에선 노래만 들었을 테니까. 집
에 와서 라면을 보더니 다짜고짜 무슨 라
면이냐고 물어서, 전쟁 터진다고 이층집에
서 준 라면이라고 했더니. 그 소리를 듣자
마자 아이고, 아이고, 우리 김 양! 김 양!
거리면서, 한밤중에 라면 박스 가지고 나
가서, 새벽에 들어오셨지. 서울 시내 다방
에 있는 김 양! 들에게 라면 한 봉씩 나눠
주느라.

녹슨 대문 집 아들 김 양이, 한두 명도 아닐 테데.

녹슨 대문 집 그래서 라면 한 봉지씩 나눠 줬다잖아. 하
어린 아들 여튼 아버지는 정도 많아서….

녹슨 대문 집 아들 김 양들한테만 정이 많았지.

녹슨 대문 집 그럼? 라면 한 봉도 안 남겨 오셨던 건가?
어린 아들

녹슨 대문 집 아들 그다음 날 아침에 이제 전쟁이 나면 우리
집만 굶어 죽는다 하면서, 어머니 얼굴을
보는데. 어머니가 내 밥그릇에 밥을 푸면
서, 걱정하지 말라고. 무슨 영문인지 몰라
밥도 안 먹고, 어머니 얼굴을 보니깐. 어머
니가 그러시더라. 전쟁 같은 건 일어나지
않아. 라면하고 생수 팔아먹으려고 정부하
고 슈퍼마켓이 서로 짜고 개수작 부린 거
지, 라고 하셨어. (조금 사이) 어머니는 세
상 돌아가는 물정을 누구보다도, 더 잘 알
고 계셨던 거지?

녹슨 대문 집 어린 아들	남편 고르는 눈 빼고는, 모든 현실을 아주 정확하게 꿰뚫어 보던 여자였지.
녹슨 대문 집 아들	그때 정말 전쟁이 났더라면, 이 다방 같은 안방이 사라졌겠지.
녹슨 대문 집 어린 아들	그만큼 김 양들이 싫었어?
녹슨 대문 집 아들	김 양들이 좋았을 리가 없잖아. 안 그래? 김 양. 김 양. 그놈의 김 양들이 무슨 양 떼들도 아니고. 늘 김 양들을 떼로 몰고다니는 아버지가 좋았을 리가 없잖아.

녹슨 대문 집 어린 아들은 고개를 끄덕거린다.

녹슨 대문 집 어린 아들	아버지는 말끝마다 김 양, 을 찾았지.
녹슨 대문 집 아들	내가 이렇게 된 건, 김 양들 때문일까? 아니면 그 김 양만 찾던 아버지 때문일까? 아니면 나를 빨리 불 속에서, 구출해 주지 않은 세상 탓일까?

녹슨 대문 집 어린 아들은, 녹슨 대문 집 아들의 등을 다독인다.

녹슨 대문 집 어린 아들	그만큼 살아 놓고서는 아직도 모르겠어? 현실을 직시해. 김 양, 만 찾아 대던 아버지 때문이지.

정적.

사이.

녹슨 대문 집 아들은 커피를 홀짝거린다.
그사이에 녹슨 대문 집 어린 아들은 책가방을 멘다.

녹슨 대문 집 아들 어디 가?

녹슨 대문 집 어린 아들은, 녹슨 대문을 열고 재빨리 뛰어나간다.

8. 교실

*회상, 재연
녹슨 대문집 어린 아들은,
의자에 앉아서 선생님을 물끄러미 바라보며 씩 웃고 있고.
선생님은, 녹슨 대문 집 어린 아들이 왜 웃고 있는지
그 영문을 몰라 당황해하는 표정.

녹슨 대문 집　　(조금은 거만하고, 삐딱하게 다리를 꼬고)
어린 아들　　　김 양아! 여기 커피 둘.

선생님은 어안이 벙벙한지 입을 벌린 채 녹슨 대문 집 어린 아들을,
한동안 멍하니 바라보는데.

녹슨 대문 집　　김 양아, 뭐 하니? 여기 커피 둘. 나 한 잔
어린 아들　　　마시고. 너 한 잔 마시고.

선생님은 입을 계속 다물지 못한 채, 기가 막힌 듯.

녹슨 대문 집　　(아랑곳하지 않고) 김 양아. 오빠 속 탄다.
어린 아들

선생님은 어쩔 줄 몰라 하면서, 당황하는 기색 역력하고.

녹슨 대문 집   오늘따라 왜 그러니? 뭐가 못마땅해서.
어린 아들

녹슨 대문 집 어린 아들은 의자에서 일어나더니,
선생님 무릎에 가서 앉는다.
선생님은 비명을 지르고.

녹슨 대문 집   우리 김 양이, 다방에서 일한 지 얼마 안
어린 아들   됐구나?

선생님은 놀라서 자리에서 벌떡 일어서고.
녹슨 대문 집 어린 아들은 바닥으로 굴러떨어지고.

사이.
녹슨 대문 집 어린 아들은, 바지 주머니에서 귀이개를 꺼낸다.

녹슨 대문 집   귀 좀 파 달라니깐.
어린 아들

선생님은 두 손으로 얼굴을 감싸고 교실 밖으로 뛰쳐나가고.
녹슨 대문 집 어린 아들은 손가락으로 귀를 파며, 입김으로 후후.

녹슨 대문 집   우리 긴 양이 오늘따라, 기분 안 좋은 일이
어린 아들   있었나?

사이.

녹슨 대문 집 어린 아들은 계속 귀를 파고 있는데.
선생님은 교장 선생님과 함께 교실로 들어온다.

선생님   (울먹울먹. 여전히 두 손으로 얼굴을 가린
                     채) 저보고 김 양아, 라고 하면서….

사이.

교장 선생님은 선생님을 물끄러미 본다.

교장 선생님   저는 교실에 바바리 맨이라도 나타난 줄
                     알았잖아요. 어제 입학한 코흘리개가 뭘
                     어쨌다고요?

선생님   아까 제가 다, 말했….

교장 선생님   선생님 그러면 못써요. 애한테 할 말, 못
                     할 말이, 있지. 갓 입학한 애가, 그런 행동
                     을 했다는 게. 상식적으로. (사이) 선생님
                     그렇게 안 봤는데?

교장 선생님은 선생님을 보며 혀를 끌끌 찬다.

선생님   저보고, 김 양아! 그러면서 커피 둘.

교장 선생님   자꾸 그러시면, 저 언짢아요.

선생님   저에게 귀 좀 파 달라고 하면서.

교장 선생님	애니깐 그런 말도 하고 그러는 거지.
선생님	그러니깐 그 느낌이 그게.
교장 선생님	어린애 웨하스 하나 먹여서 부드럽게 달래야지. 귀 좀 파 달라고 했다고. 무슨 무명 손수건 같은 얼굴로 허옇게 달려오시기나 하고.

교장 선생님은 나가고.
선생님은 의자에 털썩 앉는데.
녹슨 대문 집 어린 아들은 다시 다짜고짜, 선생님 무릎에 앉는다.

녹슨 대문 집 어린 아들	오늘따라 왜 이렇게 커피가 늦게 나오니? 전에 있던 김 양은 내 발걸음 소리가 들린다 싶으면, 커피 둘, 테이블에 딱 올려놓고, 귀이개를 손에 쥐고 기다리고 있었는데. 우리 김 양 초짜인가? 새삼스럽게. 뭐가 그렇게 부끄럽다고. 얼굴까지 가리고 밖으로 뛰어나가고. 다음부터 그러면, 이 오빠! 다른 다방 간다.

선생님은 입을 벌린 채 기가 막힌 표정으로,
녹슨 대문 집 어린 아들을 쳐다본다.

사이.

선생님은 벌떡 일어나 녹슨 대문 집 어린 아들을 노려본다.

녹슨 대문 집 **어린 아들**	앙탈은. 어디서 앙탈이니. 사근사근하게 굴어야지.

선생님은 녹슨 대문 집 어린 아들의 뺨을 사정없이 때린다.

녹슨 대문 집 **어린 아들**	어쭈쭈. 우리 김 양! 성깔 좀 있네.

9. 녹슨 대문 집

안방.

녹슨 대문 집 어린 아들은 책가방을 멘 채,

시무룩한 표정으로 들어와 소파에 앉는다.

녹슨 대문 집 아들은, 녹슨 대문 집 어린 아들에게

커피 한 잔을 따라 준다.

녹슨 대문 집 어린 아들은, 테이블 위에 놓인 커피를 홀짝거린다.

녹슨 대문 집 아들 왜 그랬어?

녹슨 대문 집   무심코.
어린 아들

녹슨 대문 집 아들 무심코.

사이.

녹슨 대문 집 아들 그 습관이 중학교 때까지….

녹슨 대문 집 어린 아들은 고개를 끄덕인다.

녹슨 대문 집 아들 중학교 때 칠판을 가리는 선생님을 보며,
김 양아, 칠판을 가리면 어떻게 하니?

녹슨 대문 집 거기까지는 그나마 괜찮았지?
어린 아들

녹슨 대문 집 아들 (고개를 끄덕거리며) 그런데 그다음이 문
제였지.

사이.

녹슨 대문 집 아들 무심코 짝꿍을 보며.

녹슨 대문 집 김 양아, 지우개 좀.
어린 아들

녹슨 대문 집 아들 하필이면 그 짝꿍이 조숙했던 아이였잖아.
김 양, 이라는 말을 대번에 알아 버리는 바
람에.

녹슨 대문 집 짝꿍이 이 변태 새끼, 라면서 입에 거품을
어린 아들 물었지.

녹슨 대문 집 아들 내 입술에 달라붙은 김 양 때문에, 변태가
되는 건 순식간이었지. 마치, 내 입술에 내
아버지가 달라붙은 것처럼.

녹슨 대문 집 어린 아들은 커피를 홀짝거린다.

녹슨 대문 집 그래서 최종 학력이 중졸인 건가?
어린 아들

녹슨 대문 집 아들 그런 셈이지.
계속 변태가 되는 건 자신 없었어.

사이.

녹슨 대문 집 아들 언제든.

녹슨 대문 집　　무심코.
어린 아들

녹슨 대문 집 아들 김 양! 이라는 말을 안 내뱉을 자신이 없
　　　　　　　　었잖아. 왜 김 양, 이라는 말이 불쑥 튀어
　　　　　　　　나오는지, 우리 집 안방을 공개하면서까지,
　　　　　　　　우리 집 환경을, 일일이 설명해 주는 것도
　　　　　　　　번거롭고.

녹슨 대문 집　　어린 마음에도, 전쟁이 터져서 이 안방이
어린 아들　　사라지길 바랐어. 근데 아버지는 왜 김 양
　　　　　　　　한테 그렇게 집착하셨지?

녹슨 대문 집 아들 김 양이 아니라. 김 양들이지. (사이) 여름
　　　　　　　　땡볕에 고속도로 건설 현장에서 일했을 때,
　　　　　　　　그 누구도 아버지에게 물 한 모금을 주지
　　　　　　　　않더래. 그래서 그 날밤에 너무 목이 말라
　　　　　　　　서, 시뻘게진 얼굴도 아니고, 너무 타서 아
　　　　　　　　예 그을음 같은 얼굴로, 그 가지색 같은 얼
　　　　　　　　굴로. (사이) 근처 다방에 들어갔는데. 그
　　　　　　　　다방에 있던 김 양이 오이를 씹어 먹으면
　　　　　　　　서, 세상에! 라는 말을 하면서 아버지한테
　　　　　　　　달려오더래. 그러고는 아버지 손을 끌고
　　　　　　　　와서 자기 무릎에 아버지를 눕히고 얼굴
　　　　　　　　에 오이를 붙여 줬대. 그래서 아버지가 세
　　　　　　　　상에 정, 있는 것들은 김 양, 뿐이라는 것

을 알았대. 그래서 그때부터 김 양들만 찾아다니는 거라고.

그때 불쑥 녹슨 대문집 아버지는
불시에 방 안에 놓인 소파에 앉는다.

녹슨 대문 집 아버지　　다방에 있던 김 양이 오이를 씹어 먹으면서, 어머나 세상에! 하면서 나한테 달려오는데. 아, 하. 세상에 태어나 그런 환대는 처음이었지. 시멘트로 온몸을 뒤집어쓴 내 얼굴을 매만지면서, 내 손을 잡아끌며 소파에 앉혔지. 엄마 뱃속에 다시 들어간 느낌이 이런 걸까. 하! 세상에 그런 따뜻한 동굴이라면 내 모든 것을 바치고 싶었지. 하! 세상에. 정말 이런 세상이 있다니. 이런 세상이 내 눈앞에 펼쳐지다니. 한여름 펼쳐지는 하얀 눈밭인 것 같기도 하고. 이건 꿈일지도 모른다. 이건 꿈이다, 되뇌는 순간 눈을 떠 보니 어느새 나는 김 양 무르팍에 누워 오이를 붙이고 있었다. 나도 누군가에게 이런 환대를 받고 싶었구나, 싶었다. 그 속절없는 마음에 김 양 무르팍을 베고 누워서 아이처럼 울었다. 땡볕에 삽 들고, 고속 도로에서 내가 짊어진 이 세상 무게가 사실 나는 감당할 수가 없었거든. 감당할 수가 없어서, 무서웠지. 노동이란 게 겁이 났어. 평생 살아 있는 동안

감당해야 할 그 노동이란 것이. 어쩐지 감당할 수가 없을 것만 같아서. 덜컥 겁이 나고, 식은땀이 나고. 집에서 나를 기다리는 식구는…. 그토록 무서웠다. 나는 어쩌자고 태어나서, 어쩌자고 나는…. 눈물이 흐르는데, 김 양이 속치마로 살며시 아무도 모르게 닦아 주는데, 말이다. 그건 누가 봐도 김 양의 진심이야. 고작 커피 한 잔 팔아먹으려고 그랬겠어? 본인 속치마까지 적셔 가면서? 그 어린 김 양이 그러더라. 아저씨도 참 안됐다. 좋은 부모 만나지. 그럼, 이 땡볕에 삽 들고 밥은 안 먹어도 됐잖아. 아저씨 숟가락은 아저씨 키만 한 삽이네? 아저씨도 평생 삽을 들어야 먹고살 수 있겠네? 김 양! 고것이 갓 스무 살도 안 된 것 같은데, 아무렇지 않게 말을 내뱉어. 그때, 나는 김 양을 보면서 생각했다. 내 인생 신파 같아져도 괜찮다. 어찌 나를 인간으로 대접해 주는 김 양을 말이다. 어찌 인간적으로 모른 척을 해? (갑자기 단호하게) 그건 사람이 할 짓이 아니다. 사람이 사람으로 대접해 주는구나, 싶어서. 식은땀 나던 내 인생에…. 김 양은 내가 태아 때부터 내 주먹손에 꼭 움켜쥔, 내 손수건 같은 존재였다. 내 인생의 식은땀을 닦아 주는!

사이.

정적.

**녹슨 대문 집
아버지**

김 양이 얼음을 한 움큼 집어넣은 냉커피
를 가지고 와서는 빨대를 꽂아 줘. 줄 수
있는 게 커피하고 얼음밖에 없네. 돈은 안
받을 테니, 하면서 나를 보며 걱정하지!
말라네. 그게 전국에 있는 김 양들 수법
이라고 해도, 그게 빈말이었어도, 말이다.
(호기롭다!) 나는 그 빈말을 믿기로 했다.
(여기서도, 눈치 없이 호기롭다!) 그 빈말
은 내 빈 인생을 가득 채워 주었거든! 하
루 종일 나 같은 노동자들이 나 상대하는
김 양이 안쓰러워 보였다. 김 양도 좋은
부모님 만났으면 다방 커피잔에 밥, 안 퍼
먹었을 텐데. 아! 이 안쓰러운 것 같으니라
고. 나는 김 양의 덜컹거리는 빈 창문이어
도 좋으니, 김 양의 바람을 막아 주고 싶
었어. 응당 그게 사람의 할 짓이라고 생각
했다니까.

사이.

정적.

**녹슨 대문 집
아버지**

시멘트 반죽에 내 발이 그대로 빠져 멈춰
서 있었던 날.
그 시멘트에 내 발자국이라도 남기게 해

준 건 김 양이었다.

땡볕 같던 내 생활에

김 양은 체에 밭쳐 둔 바람 같았어!

절대 사라지지 않는 숨결 같은 바람!

내 마음의 체에 밭쳐 둔 바람은 절대

그 어떤 틈새로도 빠져나가지 않았지!

그 어떤 틈으로도 걸러지지 않았어.

내 인생에 그런 바람이 분 건, 그날이 처음

이었어.

내 인생의 땀을 식혀 주는.

녹슨 대문 집
어린 아들
그럴 만도 했겠네. 언젠가 한 번은 아버지
가 이 소파에 앉아서, 눈을 감고 중얼거렸
어. 꼭 일만 하다 죽을 것 같다, 일만 하다
그렇게 죽을 것 같다. 그런데, 그때.

녹슨 대문 집 아들 일만 하다 죽을 것 같은, 그날에 김 양이
나타났으니. 도덕적으로 비난받아야 했지
만, 아버지한테 김 양이 유일한 탈출구였
을 거야. 아마도.

사이.

녹슨 대문 집 아들 아버지를 이해는 못 하지만, 그 심정만큼
은 이해해. 고된 노동의 끝에서 본인을 환
대해 주는 사람은 김 양밖에 없었던 거지.
값싼 노동이라 생각했던 본인의 노동이 보
상받는다고 생각했을 거야. 김 양이 달려
나온 그 순간만큼은. 노동이 환대받았던

유일한 곳.

녹슨 대문 집　그럴 만도 했겠네.
어린 아들

녹슨 대문 집 아들　유일하게 이 동네에서 아버지만이, 빨간 대문 집 아버지를 옹호하셨지.

녹슨 대문 집　그럴 만도 했겠지.
어린 아들

녹슨 대문 집 아들　빨간 대문 집 아버지는 끝까지 일을 하진 않았는데?

녹슨 대문 집　일을 하다가, 어느 날 두 번째 부인한테 빠
어린 아들　진 거라고 그렇게 됐다고, 그렇게 들었잖아. 두 번째 부인한테 빠지느라, 일할 시간이 없어져 버린 거라고. 그전까지는 일을 했다고.

녹슨 대문 집 아들　그럴 만도 했겠네. 일만 하다가 사랑을 하게 되었으니. 그 사랑이….

녹슨 대문 집　어차피 일을 해도 나아지지 않을 것 같은
어린 아들　인생에, 사랑이나 하자, 뭐 그런 심산이었구나.

녹슨 대문 집 아들　(고개를 끄덕이며) 그런 심보였구나.

녹슨 대문 집　그런 심보여서, 김 양을 찾던 아버지하고
어린 아들　두 번째 부인을 사랑한 빨간 대문 집 아버지만, 그래도 죽지 않고, 그럭저럭 끝까지 산 게? 아닐까. 우리처럼 화장실 갈 시간도 없이 일만 하다가, 결국은, 우리처럼 밥 먹을 시간도 없이 일만 하다가, 결국은.

녹슨 대문 집 아들　일만 하다 이렇게.

녹슨 대문 집 어린 아들	그냥 죽어 버린 거지. 빨간 대문 집 아버지하고 우리 아버지는, 빗나간 사랑이라고 해야 하나? 뭐, 그래도 그런 사랑이라도 해 봤는데.

사이.

녹슨 대문 집 어린 아들은 시계를 쳐다본다.

녹슨 대문 집 아들	왜?
녹슨 대문 집 어린 아들	올 때가 된 것 같아서.
녹슨 대문 집 아들	누구?
녹슨 대문 집 어린 아들	알면서.

그때 안방 문을 열고 이층집 어린 아들, 곤충 채집통을 들고 들어온다.

녹슨 대문 집 어린 아들	그러지 않아도 왜 안 오나 했어.

녹슨 대문 집 어린 아들은,
반찬통에 한가득 잡아 놓은 살아 있는 바퀴벌레를 건넨다.

이층집 어린 아들	많이 잡았네?
녹슨 대문 집 어린 아들	일주일 동안 잡은 거야.

이층집 어린 아들은, 바퀴벌레를 보며 웃는다.

사이.

이층집 어린 아들, 안방 문을 열고 나가려는데.

녹슨 대문 집   커피라도 한잔하고 가지.
어린 아들

이층집 어린 아들   다음에.

10. 이층집

이층집 아들은, 이층집 대문 앞에 서 있다.
이층집 어린 아들은 바퀴벌레와 파리가 가득 든 곤충 채집통을 들고,
급하게 대문 안으로 뛰어 들어가려다가,
이층집 아들에게 목덜미를 잡힌다.

이층집 아들　　　너?

이층집 어린 아들　오랜만이네.

이층집 아들　　　그건 내가 할 말이고.

이층집 어린 아들　다 큰 내 모습이, 당신이라니.

이층집 아들　　　그래서 실망이니?

이층집 어린 아들　조금은. 근데 얼굴하고 몸이?

이층집 아들　　　부탄가스 공장에 불이 났어.

이층집 어린 아들　그래서 온몸이 시커멓게?

이층집 어린 아들은, 주머니에서 손수건을 꺼낸다.

이층집 아들　　　소용없어. 닦아도 지워지지 않아.

오랜 침묵.

사이.

이층집 아들　　　너, 그 손에 든 거 뭐니?

이층집 어린 아들　알면서. 새삼스럽게.

이층집 아들　　　바퀴벌레하고 파리?

이층집 어린 아들　아빠가 이상해. 며칠째 골방에서 나오질
　　　　　　　　　않고 있잖아. 살아 있다는 걸 느끼게 해 드
　　　　　　　　　리기 위해서, 바퀴벌레하고, 파리 좀 잡아
　　　　　　　　　서 왔어. 언제나 우리가 했던 일이었잖아.

이층집 아들　　　학교 갔다 오면, 늘 그게 늘 내 일상이었지.

이층집 어린 아들　(굉장히 신경질적으로) 다 알면서, 왜 자
　　　　　　　　　꾸 물어.

이층집 어린 아들은, 이층집 아들의 몰골을 훑어본다.

이층집 아들　　　(서글프게 소리친다) 일하는 공장에 불이
　　　　　　　　　났다니깐. 아까 말했잖아. 내가 일하는 부
　　　　　　　　　탄가스 공장에 불이 났다고.

이층집 어린 아들　그렇다고 머리카락까지 전부?

사이.

이층집 아들　　　그래서 지체할 시간이 없어.
　　　　　　　　　잠깐 온 거야, 이곳에.

이층집 아들과 이층집 어린 아들은 대문을 열고 들어간다.

사이.

이층집 어머니는, 골방 앞에 서 있다.

이층집 어머니   날마다 그렇게 폼 잡고 있는 거 지겹지 않
아? 골방에서 그 감옥 놀이 하는 거 이제
지겨울 때 됐잖아.

이층집 아들과 이층집 어린 아들은 잠자코 그 모습을 지켜보고 있다.

이층집 어머니   감옥 갔다 온 게, 무슨 큰 벼슬이라고. 노
동 운동하는 지식인이 룸펜이 됐네? 당신
이 바라던 세상은, 원래부터 없던 세상이
었어. 환상이었지.

사이.

이층집 어머니   유세 부리는 것도 아니고.

사이.

이층집 아버지   너야말로, 네 자체가 햇빛 한 줌 안 들어오
목소리   는 골방이지. 어느 순간, 네 머리통에는 꽈
리고추밖에 없어.
이층집 이미니   이제 정신 좀 차리지. 골방에 처박혀, 말도
안 되는 말 지어내는 거 지겹지 않아?

이층집 아버지 목소리	어떻게 해야 살아 있다는 걸 느낄까?
이층집 어머니	(냉담하게) 왜 또, 감옥에서 너를 살아 있 다고 느끼게 해 준 바퀴벌레 한 마리의 움 직임이 필요한 거니?
이층집 아버지 목소리	(냉담하게) 그런 식으로 비아냥거리지 마.
이층집 어머니	패잔병 흉내는 그만했으면 좋겠어.
이층집 아버지 목소리	흉내가 아니라, 패잔병이지.
이층집 어머니	시장에서 꽈리고추 몇 바구니를 팔아야, 이렇게 우리가 먹고살 수 있는지 알기나 해?

이층집 아버지가 골방문을, 쾅쾅 쳐 댄다.

이층집 어머니	왜? 꽈리고추 파는 내가, 이제는 천박해 보 이니? 고상한 네 비위에 맞지 않아?

사이.

이층집 어머니	양 갈래로 머리를 땋고, 너에게 '시' 수업을 받으러 오던 미싱을 돌리던 소녀들. 여린 잠자리 날개처럼 찢어질 것 같아서 도와 주고 싶었고. (사이) 시장에서 꽈리고추나 파는, 지금의 나는 너의 얼룩처럼 보이니?

골방에서, 이층집 아버지의 비명.

그 순간 이층집 어린 아들은,

곤충 채집통을 들고 골방으로 뛰어 들어간다.

이층집 아들은 그 모습을 지켜보고 있다.

"쾅" 문 닫히는 소리.

이층집 어린 아들   아빠 이곳에 파리를 풀어놓았어요. 보세
목소리   요. 빨간 대문 집 애하고 녹슨 대문 집 애
                        하고 살아 있는 파리를 잡기 위해 잠자리
                        채로 살짝. 그렇게 살짝 낚아채서 잡아 온
                        것들이에요. 사셔야 해요. 이 날갯짓을 보
                        고 꼭 사셔야 해요.

사이.

이층집 어린 아들   보세요. 바퀴벌레도 산 채로 잡아 왔어요.
목소리   이건 녹슨 대문 집 부엌에서 살고 있었던
                        건데.

사이.

이층집 어린 아들   아빠가 감옥 독방에 있을 때 살아 있는 바
목소리   퀴벌레와 파리를 보며, 살아 있었다는 것
                        을, 그때서야 느꼈다면서요.
이층집 어머니   살아 있는 파리. 그것을 봐야만 네가 살
                        아 있다는 걸, 느낀다고? 내가 장사하는
                        옆 가게 생선 가게 아주머니는 파리가 오

면 잡으려고, 파리채를 손에서 놓지를 않
아. 천장에는 파리 진드기를 잔뜩 붙여 놓
고. 보기나 했어? 파리가 마른 개똥 위를
빙빙거리는 것을? 감옥 독방에서 파리를
보며 세월을 보냈다고? 남들은 기피하는
그 파리? 사람들이 꼭 때려잡고 말겠다는,
그 윙윙거리는 파리? 네가 쫓은 이상적인
세상은, 남들은 기피하던 세상이었어. 남
들이 봤을 땐 네가 그런 존재야. 노동 운
동을 하는 너를 기피하고 싶은, 너는 그런
존재. 네가 겪었던 그 시절은 지나갔어. 바
라던 세상도 오지 않았어. 세상은 원래 그
런 거야.

사이.

이층집 어머니   (갑자기 소리친다) 꽈리, 꽈리, 꽈리 있어
요. 꽈리고추 있어요. 두 바구니에. 떨이.
떨이. 꽈리, 꽈리, 꽈리.

사이.

이층집 어머니   이렇게 목이 터지라 외쳐서 지금 네가 박
혀 있는 골방에서라도 먹고살게 해 준 거
라고. 머리를 양 갈래로 땋고, 문학회에 왔
던 그 소녀들을 지금도 기다리고 있니? 사
무치게 그 시절이 그리워서 지금 그러고

있는 거니? 사무쳐?

이층집 어린 아들   내일은 파리를 더 많이 잡아 올게요. 빨간
목소리   대문 집 애도, 녹슨 대문 집 애도, 도와준
다고 했어요.

그때 윙윙거리는 파리 소리.
이층집 아들은, 한쪽 구석에 있는 잠자리채를 만진다.

사이.

이층집 어린 아들은 골방에서 나온다.
이층집 어머니는, 다짜고짜 이층집 어린 아들의 뺨을 후려친다.

이층집 어머니   누가 너보고 하고 싶은 말, 끝까지 다하고
살라고 했니? 하고 싶은 말 다하고 살면,
네 아버지처럼 된다고, 말 끝까지 하라고
했어? 안 했어? 정의? 그딴 건 없어. 너 죽
고 싶어? 응? 참아야 한다고. 이 세상은 원
래 그래, 변하지 않는다고.
너도 네 아버지처럼 살고 싶어?
이층집 어린 아들   오늘은 그만 깜빡할….

이층집 어머니는, "꽈리, 꽈리, 꽈리"를 외치며 나간다.

사이.

이층집 아들은, 이층집 어린 아들을 무심히 바라본다.

이층집 아들	그래서 엄마가 말한 것처럼, 그냥 나는 꾹 참고 노동만 했을 뿐인데. 아빠처럼 되지 않으려고. 더 열심히 일했을 뿐인데. 아무 말도 하지 않고, 하고 싶은 말도 하지 않고. 묵묵히. 목이 말라도 일만 했는데. 물 한 모금 마시러 나왔다면, 어쩌면 살 수 있었을지도 모르는데.
이층집 어린 아들	어차피 참아도, 참지 않아도. 노동하는 사람은 다 같아. 그렇다는 것을, 우리는 다 보고 자랐잖아.

사이.

이층집 아들	변하지 않으니깐, 세상은. 원래 그래, 세상은.

이층집 어린 아들은, 이층집 아들의 얼굴을 어루만진다.

이층집 아들	세상은, 부조리한 구조 때문에 지금 우리가 이렇게 타 버린 얼굴로 마주하고 있다고 말은 하지만, 실은 가정 환경 때문에, 좋은 세상을 만날 수 없었기 때문이야. 결국은 가정 환경 때문에, 지금 우리가 이런 모습인 거지.
이층집 어린 아들	사회 부조리 때문에 그런 게 아니고? 아빠가 그랬잖아, 분명, 부조리 탓이라고.

이층집 아들   아직도 모르겠어? 이 몰골을 보고서도?

이층집 어린 아들은,
그을음이 가득한 이층집 아들의 얼굴을 다시 어루만진다.

이층집 어린 아들 많이 뜨거웠지? 숨 막혔지?
이층집 아들   숨 쉬고 살려고, 숨이 막히도록 참았는데.
이층집 어린 아들 결국, 숨이 막히고 말았네.

오랜 침묵.
사이.

이층집 어린 아들 그럼 빨간 대문 집 애도, 녹슨 대문 집 애
              도 가정 환경 때문에, 세상을 떠나게 된 거
              야? 부모들은 우리들의 이력서 같은 거였
              다고?
이층집 아들   그동안 우리가 아빠에게 잘못 배운 거지.
              (사이) 세상이 그렇다잖아. 우리들의 내력
              이 노동뿐이어서, 그 노동을 계속 되풀이
              해야만 했으니까. 고된 노동의 역사는, 우
              리들의 가정 환경 탓이었어. 가정 환경은
              우리들이 사회에서 받을 수 있는 진단서
              같은 거였어.
이층집 어린 아들 잘못이 없는데도? 열심히 일만 했을 뿐
              인데?
이층집 아들   다들 알면서 드러내 놓고 말만 하지 않
              을 뿐이지. 그래 놓고선 계란으로 바위 치

듯, 사회 부조리 때문이라고 부르짖어. 우
린 그저 부모의 노동 환경을 그대로 물려
받은, 부모의 노동을 되풀이하는 상속자들
일 뿐.

11. 반쪽짜리 대문 집

방에 달린 창문은 활짝 열려 있다.

천장에는 눈에 띄는 녹슨 못.

그리고 지퍼가 고장 난, 낡은 비키니 옷장.

반쪽짜리 대문 집 어머니는, 맨바닥에 누워 있다.

사이.

한동안 이어지는 휑한 바람 소리.

반쪽짜리   저 바람 소리.
대문 집 어머니

사이.

반쪽짜리   우리 엄마 머리 풀고 치마 터는 바람 부네.
대문 집 어머니   우리 아빠 옥수수밭 속에서,
                    숨 쉬던 땡볕 같던 한숨 부네.
                    우리 엄마 삶은 옥수수 들고 장에 나갈 때

불던, 그 땡볕 같은 바람 같네. 우리 아빠
낫 들고 옥수숫대 치던, 그 한숨 같은 바
람 부네.

반쪽짜리 대문 집 어머니는, 벌떡 일어나 있는 힘껏 창문을 닫는다.
그때, 고쟁이 차림으로 반쪽짜리 대문 집 딸은 호미를 든 채,
방 안으로 들어온다.

반쪽짜리 대문 집 어머니	우리 아빠 낫 들고 옥수숫대 치던 그 순간, 그 바람 같은….
반쪽짜리 대문 집 딸	(정신 나간 웃음소리와 함께) 옥수수밭에 바람이 어디 있어? 옥수수밭은 그저 땡볕이지. 바람이 들어올 구멍이 없어. 숨 쉴 구멍이.
반쪽짜리 대문 집 어머니	누가 보면 미친년이라고 하겠어.

반쪽짜리 대문 집 딸은, 실성한 듯 껄껄대며 웃다가
멍하니 천장을 바라보며 눕는다.

반쪽짜리 대문 집 딸	내일은 계장님 손에 호미를 쥐여 주어야 할 것 같아. 이왕이면 내 몸에서 감자를 캐려면 차라리 호미로 내 몸을. 둘 중에 누구 하나는 죽어야 살지.
반쪽짜리 대문 집 어머니	아서라.
반쪽짜리 대문 집 딸	내 몸속에 감자라도 몇 알 넣어 둘까 봐.

반쪽짜리 대문 집 어머니	아서라.
반쪽짜리 대문 집 딸	이제는 더 이상 참을 수가 없어.
반쪽짜리 대문 집 어머니	참으면 굶어 죽지는 않아.

사이.

반쪽짜리 대문 집 어머니	어느 거 하나 나아지지 않아. 어디서도 시원한 바람이 불지 않아.
반쪽짜리 대문 집 딸	굶거나 죽거나, 둘 중 하나네.
반쪽짜리 대문 집 어머니	참는 거 밖에는 방법이 없어. 참지 않으면 죽는 세상이야. 방법이 없어.
반쪽짜리 대문 집 딸	그게 방법이었지.

반쪽짜리 대문 집 딸, 일어난다.

반쪽짜리 대문 집 딸	왜 창문은 이렇게 꽁꽁 닫아 놓고서는.

반쪽짜리 대문 집 딸은 창문을 연다.

반쪽짜리 대문 집 어머니	우리 엄마 서글퍼서 머리 풀고 치마 터는 바람, 그 바람 불어서 닫았지.

반쪽짜리 대문 집 딸	또, 그 타령.
반쪽짜리 대문 집 어머니	낫 들고 옥수수밭 들어간 우리 아빠. 소매 끝으로 불던 새까만 때 같던, 그 바람 생각나서 달았지.
반쪽짜리 대문 집 딸	이제는 정말 참고 싶지 않아.
반쪽짜리 대문 집 어머니	바람 불던 밤. 낫 들고 옥수수밭으로 들어 간 아버지가 그러셨지. 우리는 열심히 일했 고 옥수수를 심었지, 라고.
반쪽짜리 대문 집 딸	우리는 열심히 일했고 옥수수를 심었지, 그다음 말은 여태껏 단 한 번도 들어 보질 못했네.
반쪽짜리 대문 집 어머니	우리는 열심히 일했고 옥수수를 심었지, 그게 전부였으니깐. 우리의 생활은 더 이 상 나아지지 않았으니깐. 그다음이 없었으 니깐. 지금 우리처럼.

12. 반쪽짜리 대문 집

구로공단 반세기 행사 측 관계자는, 방안에 들어선다.

행사 측 관계자 전화해도 받지를 않으셔서. 이렇게 직접
찾아올 수밖에 없었습니다. 양해 부탁드립
니다.

사이.

행사 측 관계자는 방 안에 있는 비키니 옷장을 본다.

행사 측 관계자 지금까지 이런 비키니 옷장이 있다는 게
신기하네요. 공장에서 일하던 여공들이
살았던 방을 전시 공간으로 꾸미는데, 이
런 것을 구할 수가 없어서. 새 비키니 옷장
을 사서 일부러 낡은 것처럼 보이게 하려
고 고생했었는데, 그 일도 업체에 돈을 주
고 맡겼었는데. 진즉에 이렇게 방문해 봤으
면 좋았을 것을, 참 아쉽습니다.

반쪽짜리 대문 집 어머니는, 자리에서 벌떡 일어나 창문을 연다.
문 열리는 소리 동시에, 바람 소리.

사이.

행사 측 관계자는, 방안을 두리번거리다
천장에 박혀 있는 큰 못을 바라본다.

행사 측 관계자 천장에 녹슨 못이 다 박혀 있네요.
반쪽짜리   여공들이 살았던 방을 전시한다고 들었는
대문 집 어머니 데, 이런 못은 못 봤나 보죠?
행사 측 관계자 못 본 것 같은데. 어디다 쓰는 못인데요?
          꽤장히 단단하게 보이는데요?

반쪽짜리 대문 집 어머니는, 다시 창문을 닫는다.
그러고는 행사 측 관계자를 본다.

사이.

반쪽짜리   늙은 여공의 모습을 보니 어때요?
대문 집 어머니

행사 측 관계자 네?
반쪽짜리   우리는 항상 열심히 일했고,
대문 집 어머니 옷을 만들었지.
행사 측 관계자 그러니 행사에 참석하셔서
          자리를 빛내 주셨으면.

반쪽짜리 **대문 집 어머니**	우리 아이들도 열심히 일했고, 공장에 나갔지.

사이.

반쪽짜리 **대문 집 어머니**	우리 아버지도 열심히 일했고, 옥수수를 심었지.

오랜 침묵.

반쪽짜리 **대문 집 어머니**	그런데 그것뿐.

사이.

반쪽짜리 **대문 집 어머니**	그것뿐. 열심히 일한 우리들은, 누군가의 밥상이 엎어지지 않도록 그 밥상 다리 역 할만 했을 뿐.

반쪽짜리 대문 집 어머니는, 천장 위에 박힌 못을 바라본다.

반쪽짜리 **대문 집 어머니**	그것뿐. 이곳 아이들도 누군가의 밥상이 엎 어지지 않도록 지탱해주는 역할만 했을 뿐.

사이.

반쪽짜리 **대문 집 어머니**	내 아버지는, 지금 나의 현실이 되었고. 나

는 또, 내 자식들의 현실이 되었지.

사이.

행사 측 관계자	(반쪽짜리 어머니의 말에, 조금은 지친 듯) 그러니 행사에 참석하셔서 자리를 빛내 주셨으면.
반쪽짜리 대문 집 어머니	우리 아버지가 옥수수밭에서 쓰던, 낫 들고 갈까요?
행사 측 관계자	네? (무슨 말인지 몰라, 조금은 주저하다가. 사이. 알아들었는지) 커팅식에 필요한 가위는 주최 측에서 준비합니다.
반쪽짜리 대문 집 어머니	내 아버지가 한밤중에 옥수숫대를 쳐서 없애 버린 것처럼, 나도 낫을 들고 갈까 봐.

반쪽짜리 대문 집 어머니는 서글프게 웃는다.

행사 측 관계자	(혼잣말처럼) 행사에 오셔서 가위질 한번 하고 가는 게, 뭐가 그렇게 힘들다고 주저리주저리. 유난은.

행사 측 관계자는 나간다.

반쪽짜리 대문 집 어머니	평생 일을 해도, 사십 년 전이나 오늘은 떼어 내려고 해도 잘 떼어지지 않는, 딱 붙어 있는 나무젓가락처럼 왜 그렇게 똑같을까?

13. 병실

반쪽짜리 대문 집 어머니는,
흰 천을 덮어 놓은 침대를 멍하니 내려다본다.
병실 창문으로, 바람이 들어와 커튼 펄럭인다.

병실에 틀어 놓은 희미한 뉴스 소리.

　구로공단 반세기를 맞이하여, 곳곳에서 이를 기념하는 행사가
진행되고 있는데요.
　행사뿐만 아니라, 그 시절 유행했던 말이나 물건들도 되짚
어 보는 시간도 마련되어 있습니다. 라보때, 라는 말이 있었습
니다….

반쪽짜리 대문 집 어머니는
병실에 놓인 텔레비전 쪽으로 눈길을 주며.

반쪽짜리　　　라보때. 그래 나도 그 라보때 중의 한 명이
대문 집 어머니　　었지. 라면으로 보통 끼니를 때우던, 그런
　　　　　　　　애들. 공장 애들. 우리 애도 학교 갔다 오

면, 라면 끓여 먹는 게 일이었는데. 그리고 다 커서는 사발면으로 끼니를 때우고, 노동하다 가 버린 우리 애들.

반쪽짜리 대문 집 어머니는 텔레비전을 끈다.

반쪽짜리   반세기나 지났다면서. 변한 게 없는데?
대문 집 어머니

반쪽짜리 대문 집 어머니는, 침대를 내려다본다.

반쪽짜리   변하지 않는 것을 기념한다는 것일까?
대문 집 어머니

사이.

반쪽짜리   나아지지 않잖아.
대문 집 어머니

사이.

바람에 펄럭이는 커튼을 바라보며.

반쪽짜리   요즘은 부쩍.
대문 집 어머니

사이.

반쪽짜리 대문 집 어머니	그날 밤 아버지 말이 떠오르네.

사이.

반쪽짜리 대문 집 어머니	우리는 열심히 일했고 옥수수를 심었지. 그런데 내 아이들은 아주 오래된 구덩이 속, 고인 물에만 얼굴을 비추고 있을 뿐이야. 달라지지가 않아.

사이.

반쪽짜리 대문 집 어머니	그 길로 아버지는 낫을 들고 옥수수밭으로 가, 옥수숫대를 밤새도록 다 쳐 버렸지. 그리고 새벽에 잠을 자는 자식을 보며, 이곳을 떠나! 구덩이 속, 고인 물에 빠진 얼굴이 되고 싶지 않으려면 이곳을 떠나!

반쪽짜리 대문 집 어머니는 자리에서 일어나 병실 창문을 닫는다.

반쪽짜리 대문 집 어머니	지퍼가 고장 난 비키니 옷장에서, 툭 하고 떨어져 나온 것 같은 우리 아이들은, 다 어디로 갔을까?

환자는 병실로 들어온다.
그러고는 반쪽짜리 대문 집 어머니, 등 뒤에 선다.

환자	애기 엄마. 내가 몇 번을 말해. 그저 애들은 부모의 삶을 다시 한번 보여 주는 재연 배우에 불과하다고. 세상 탓은 그만, 해야지. 지겹지도 않아? 또, 그 타령.

사이.

휑한 바람 소리.

사이.

반쪽짜리 대문 집 어머니	정말 내 아이는, 어렸을 적에 흰 도화지에 물감을 떨어뜨려 놓고, 빨대로 후후 불면 번지는 물감처럼. 내 아이는 내 환경을 불어넣어 번져 놓게 한, 딱 그만큼일까요?
환자	빨대로 입김을 불어 넣어 봤자지, 그 번짐이 어디까지겠어? 힘 없는 입김으로 분, 그 바람이 어디까지겠어? 그냥 그 자리일 뿐, 거기서 번져 봤자지.
반쪽짜리 대문 집 어머니	오늘따라 또 제정신이네요?
환자	하필이면 오늘따라, 왜 또 제정신인지. (사이) 나도 괴로워요.
반쪽짜리 대문 집 어머니	우리 아이는, 내 몸에서 뻗어 나온 잔뿌리 같아요.

14. 막다른 골목

해가 져서 어둑어둑한 무렵.

녹슨 대문 집과 빨간 대문 집은 나란히 붙어 있고.

그 맞은편에 이층집과 반쪽짜리 대문 집.

그 막다른 골목 끝에 자리 잡은 '관' 같은 짙은 나무 문.

빨간 대문 집 아들과 녹슨 대문 집 아들, 그리고 이층집 아들은
짙은 나무 문 앞에 서 있다.

빨간 대문 집 아들, 짙은 나무 문을 밀고 들어간다.

녹슨 대문 집 아들, 짙은 나무 문을 밀고 들어간다.

사이.

이층집 아들도 짙은 나무 문을 밀고 들어간다.

암전.

15. 커팅식

구로공단 반세기 기념식

귀빈들은,
화기애애한 분위기 속에서 가위를 들고, 커팅식 행사 중.

그 순간, '쾅' 소리와 함께 암전.
다시 서서히 조명 들어오면.

그 앞에 빨간 대문 집 아들, 녹슨 대문 집 아들, 이층집 아들의 관이
차례대로 놓인다.

암전.
서서히 막.

극동아시아 요리 연구

김정윤

작가의 말

　초에서 초로 불이 옮겨 가는 순간을 떠올리며 이야기를 지었습니다. 그것은 나의 몸이 그에게로 완전히 기우는 순간이자 나의 테두리가 허물어지는 순간이며, 더는 나의 심지 따위는 중요치 않게 되는 순간입니다. 옮겨붙어 되살아나는 감각이 한 번쯤 우리의 안에서 일렁이기를, 바로 그때 우리가 이곳에 함께 있기를 바랍니다.

사람

심진원

그 외 진원의 삶과 기억 속에 있거나, 있지 않은 사람들

음성

목소리

그 외 진원의 삶과 기억 속에 있거나, 있지 않은 음성들

음향

막이 오르기 전, 스피커를 통해 출력되는 복잡다단하고 다층적인 소음. 도자기 그릇과 스테인리스 커틀러리가 부딪치며 나는 소리, 인위적이고 명료한 게임 효과음, 멀리서 들려오는 파도 소리의 여유 있는 중첩. 그 사이로 들려오는 노랫말 *"We'll meet again, don't know where, don't know when…."*

객석

식사를 막 마친 이들과 거른 이들의 진입. 그들 각자의 입안에 생생하게 혹은 희미하게 남아 있는 맛에 대한 기억. 쉽게 복기 되는 감각과 어쩌면 영원히 복기 될 수 없을 감각이 공존하며 만들어내는 불균질한 밀도, 그 공간성.

네모난 프레임 안에 무대가 펼쳐져 있다. 무대 뒤쪽 벽면은 흰색 타일로 되어 있는데, 그 모습은 부엌 같으면서도, 게임 속의 비현실적인 공간 같기도 하다.

무대 위에는 두 개의 의자가 널찍이 간격을 두고 나란하게 놓여 있다. 모두 식탁 의자처럼 보이나, 디자인은 서로 다르다.

의자의 옆에는 조명이 놓여 있다. 한쪽 의자 옆에는 작은 협탁이 있고, 그 위에 작은 스탠드가 놓여 있다. 다른 쪽 의자 옆에는 헤드를 자유롭게 조절할 수 있는 기다란 스탠드가 놓여 있다. 그리고 의자와 조명이 차지하는 모든 공간을 채우는 커다랗고 동그란 깔개가 무대 바닥에 깔려 있다.

무대 위로 두 배우가 등장한다. 각각 진원과 목소리를 맡는다. 진원 배우는 진원 그리고 약간의 승주를, 목소리 배우는 진원을 포함한 모든 목소리를 연기하기로 한다. 진원 배우, 협탁 옆 의자에, 목소리 배우, 기다란 스탠드 옆 의자에 편히 앉는다.

무대가 어두워지고, 이내 파도 소리가 들려온다.

목소리, 어둠 속에서 운을 뗀다.

목소리　　이 이야기는 '심진원'이라는 남자에게 일어난

　　　　　　믿기 힘든 사건들에 대한 기록이자,

　　　　　　게임 〈사와 영의 세계〉의

　　　　　　플레이 과정에 대한 기록이다.

　　　　　　〈사와 영의 세계〉는 2032년 9월,

　　　　　　1인 게임 프로덕션에서 출시된

　　　　　　모션 인식 콘솔 게임으로

　　　　　　2034년 판매가 중단된 후

　　　　　　현재 구매 가능한 경로는 없다.

띵 – 메일 알림음 울린다.

무대 약간 밝아진다.

목소리, 자리에서 일어선다. 자신 쪽 스탠드를 켠다.

찰리　　　*심진원 연구가님께.*

　　　　　　안녕하세요, 처음 뵙겠습니다.

　　　　　　제 이름은 찰리 버클리입니다.

　　　　　　저는 얼마 전 타계하신 데키 선생님의 친구였습

　　　　　　니다. 선생님이 투병을 시작하신 후로

　　　　　　꽤 오랜 시간 선생님을 만나 뵙지 못했었지만요.

　　　　　　선생님의 장례식은 작은 숲에서 조촐하게 치러

　　　　　　졌는데요, 그중 특이한 의식이 하나 있었습니다.

　　　　　　장례식에 참석한 모든 사람이 하나의 음식을 나

　　　　　　누어 먹은 것이죠.

당시 슬픔에 빠져 있던 저는 의문을 가지지 못했
지만 이후에 발표된 선생님의 자서전에서
뒤늦게나마 음식에 얽힌 진실을 알 수 있었습니다.
바로 그 음식이 선생님께서 고향인 티베트를 떠
나오기 전 마지막으로 먹었던 요리를 똑같이 복
원한 것이었다는 사실이었죠.
그 사실을 알게 된 순간, 저는 그것이 저에게도
꼭 필요한 과정이리라는 확신이 들었고,
연구가님을 찾아뵙고자 망설임 없이
한국행 비행기의 티켓을 끊었습니다.
제가 다시 찾고자 하는 음식은,
지금으로부터 4년 전, 극동아시아의 소도시에서
먹은 요리입니다.
자세한 이야기는 직접 만나 뵙고 전해 드리면 좋
을 듯한데요, 제가 이곳의 지리에 익숙하지 않기
도 하고, 지금 다리를 다친 상태라,
실례가 아니라면 연구가님을
제가 머무는 곳으로 초대해도 괜찮을까요?
한국에 있는 동안 제가 머물 숙소의 주소를 아
래에 첨부합니다.
그럼 연락 주세요. 감사합니다.
찰리 버클리 드림.

진원, 자신 쪽 스탠드를 켠다.
무대 밝아진다.

진원   (주변 둘러보며) 숙소는 어떻게 구하신 거예요?

찰리	(의자에 앉으며) 친구 집이에요.
	기자인데, 지금은 취재 때문에 멀리 떠나 있거든요.
	그래서 제가 대신 몇 달간 이쪽에서 머물기로 했
	어요. 다리도 다친 마당에 너무 다행이었죠.
	짐 들고 호텔 옮겨 다니는 거 보통 일 아니잖아요.
진원	(불쑥) 사진작가신 거죠?
찰리	네?
진원	메일 하단에 홈페이지 주소가 있어서 한번 들어가
	봤었거든요. 사진들이 아카이빙 되어 있던데요.
찰리	전부 오래전의 사진들이에요.
	아, 거기 선생님 사진도 있지 않았나요?
진원	아, 네. 그랬던 것 같아요.
찰리	티베트에서 선생님을 처음 뵙던 날 찍은 사진이
	에요. 복원 작업을 하고 계셨거든요.
	오래된 식물원의 외벽에 그려진 그림이었죠.
	먼저 말을 걸고 싶었는데, 너무 열중하고 계셔서
	몇 시간을 꼬박 기다려야 했어요. 선생님이 붓을
	내려놓으신 후에야 말을 걸 수 있었죠.
진원	원래도 미술품 복원에 관심이 있으셨던 거예요?
찰리	아니요. 전혀 몰랐어요.
	그래서 선생님을 처음 봤을 때도,
	그게 복원 작업이라곤 생각하지 못했어요.
	전에 없던 그림을 그려 내고 있는 줄 알았죠.
	연구가님도 처음부터 음식 복원 작업을 해 오셨
	던 건 아니신 거죠?
	연구가님 칼럼에서 이런 내용을 읽은 것 같아서요.
진원	제 칼럼을 읽으셨어요?

찰리   다는 아니고, 제일 최근 것 몇 개만요.

진원   처음엔 말 그대로 요리를 연구했었어요.

세계 각 지역의 향토 음식 같은 것들요.

연구하는 요리의 원형을 알아내기 위해 연구하고 조사하다 보니 나중엔 자연스럽게 원형을 복원하는 과정으로 이어졌던 것 같아요.

그러다 제 작업에 관심을 가지는 분들이 생겼고, 조금씩 의뢰를 받게 되었어요.

그게 이어져서 지금까지 온 거죠.

찰리   그렇군요.

진원   그럼, 이제 의뢰 주신 건에 대해서

이야기를 좀 들어 볼 수 있을까요?

찰리   네, 그럼요.

우선, 4년 전이었어요.

러시아 중심부를 방문했다가, 기차를 타고 동쪽 끝으로 향했어요. 그러다 동쪽 끝의 소도시에 도착했죠. 기차에서 내렸을 땐 이른 시간이었고, 전 너무 배가 고팠어요. 그래서 뭐라도 먹어야겠다고 생각하면서 골목을 헤매다 작은 식당을 발견했어요. 간판은 바래 있었고, 뭐라고 적혀 있는지 눈에 잘 들어오진 않았지만, 포크와 나이프 그림이 그려져 있는 걸 보고 식당이겠거니 했죠. 홀에는 불이 꺼져 있었고, 멀리 주방 쪽에만 불이 들어와 있었어요. 본격적으로 영업을 시작하긴 전이었던 것 같았지만, 다행히 문을 힘주어 밀자 쉽게 열렸죠. 그러자, 주방에서 나오던 아주머니가 절 보고는 깜짝 놀라더군요.

하지만 친절하게도, 아직 영업 전이니 나가 달라
는 부탁은 하지 않았어요.

대신 아직 재료 준비가 되지 않아서, 제대로 된
메뉴는 어려울 수 있다고. 바로 줄 수 있는 건,
자기가 아침에 먹으려고 준비하고 있던 음식 정
도라고, 서툴지만 분명한 영어로 말했죠.

전 너무 배가 고팠기 때문에 고개를 끄덕였구요.
그렇게 작은 테이블에 앉아 기다리고 있는데,
얼마 지나지 않아 아주머니가 접시 두 개를 들고
는 돌아왔어요. 그리곤 제 맞은편에 앉았죠.

그때서야 알았어요. 아, 아침을 같이 먹자는 이야
기였구나. 그것도, 서로의 무릎이 스칠 만큼 좁은
테이블에서. 그렇게 우린 함께 아침을 먹었죠.

진원   복원을 의뢰하려고 하시는 음식이 바로 그 아침
식사인 거고요?

찰리   맞아요.

진원   요리의 이름은 알고 계신 걸까요?

찰리   아니요. 이름은 듣지 못했어요.
하지만 아주머니가 제 앞에 접시를 내려놓으면서
이게 그 지역의 전통 요리라고 짧게 설명해 주셨
었죠.

진원   그렇군요.

찰리   대신, 사진을 찍어 둔 게 있어요.

진원   …요리 사진이 아니라, 식당 내부 사진이네요?

찰리   아. 네. 가게를 나오다 생각이 나서 급히 찍은 거
였거든요. 여기 작게 보이는 게 요리가 담겨 있던
그릇이에요. 옆에서 찍은 거라 내용물은 보이지

않지만, 보이시는 대로, 접시가 좀 깊이가 있었어요. 실제로 국물이 꽤 있었고, 아, 국물은 붉은빛이었고요. 위에는 풀이 올려져 있었는데, 구체적으론 기억이 나지 않아요.

진원 흰색 크림 같은 건 없었나요?

찰리 크림이요?

진원 그쪽 지역 음식이면 사워크림 같은 걸 썼을 확률이 높거든요.

찰리 어…. 뭔가 흰색을 본 것도 같긴 한데, 치즈였던 것 같기도 하고.

진원 신맛이 느껴졌다면 사워크림이 맞을 기예요. 특유의 그 시큼함이 있거든요.

찰리 신맛은 느껴지지 않았어요.

진원 그럼 전체적으로 짠맛이 강했나요?

찰리 아니요. 짠맛도 느끼지 못했어요.

진원 그럼요?

찰리 어떤 맛도 느끼지 못했어요.

진원 네?

찰리 기차에서 스무 시간을 내리 잠만 자다 막 일어난 참이었어요. 피로도가 엄청나서, 일시적으로 후각과 미각이 마비됐던 것 같아요. 그전에도 몇 번 그런 적이 있었거든요.

진원 (황당함에 말을 잃는다)

찰리 접시를 다 비울 때까지도 미각은 돌아오지 않았어요. 물론, 아주머니껜 맛있게 잘 먹었다고 했죠.

진원 아….

찰리 시간이 꽤 흘렀지만, 그 요리를 꼭 다시 찾고 싶어요. 가능할까요?

진원   ···요리를 찾을 수는 있을 거예요. 어떤 식으로든요. 하지만 한 가지 염려되는 건, 제가 어떤 요리를 내놓든, 찰리 씨는 애초에 원본의 맛을 기억하지 못하고 있기 때문에, 아니, 더 정확히 말하자면, 그 맛을 느껴 본 적조차 없기 때문에, 제 요리가 정답인지 아닌지 알 수 없을 거란 거예요. 그리고 그건 저도 마찬가지일 거고요. 그리고 그렇게 영원히,

목소리, 자신 쪽 스탠드를 끈다.
무대 서서히 어두워진다.
목소리의 목소리, 미묘하게 바뀐다.

목소리   진원, 너한텐 그런 버릇이 있잖아.
       거절의 의사를 밝힐 때, 상대방의 눈을 보지 못하지.

진원   그렇게 영원히, 끝맺을 수 없는 건···.

목소리   찰리의 눈을 피해 시선을 돌리다 보면,
       찰리의 어깨 너머로 무언가가 보일 거야.
       동그란 원목 테이블 위에 올려진 노트북 화면,
       그리고 그 안에서 재생되고 있는, 바다.

진원   영원히 끝맺을 수 없는 건···.

목소리   그걸 발견한 순간, 뒤늦게 파도 소리가 들려오기 시작할 거야.

파도 소리 들려온다.

진원   그런 건 이젠 더는….

목소리, 진원에게 다가가 진원 쪽 스탠드를 끈다.
진원 뒤에 서서 대사 이어 간다.

목소리   넌 오래전부터, 승주에 대해 말하고 싶어 했어.
진원   (몽롱하게) 내가 그랬던가?
목소리   몸을 가누지 못할 만큼 술에 취했던 밤에
            벽 앞으로 의자를 끌고 와 앉았던 거 기억해?
            넌 벽에 대고 어떻게든 승주에 대해 이야기해 보
            려 애썼었지.
진원   (옆으로 돌아앉는다)
            나는 스물아홉의 여름에 승주를 만났다.
목소리   하지만 어떻게 운을 떼어야 네 안에 있는,
            승주에 관한 모든 것을 쏟아 낼 수 있을지
            갈피를 잡지 못했어. 어려운 일이잖아.
            이걸 뭐, 시간순으로 해야 하는 건지
            중요도 순으로 해야 하는 건지….
진원   승주는 게임 개발자였다.
            하지만 사람들에게 사랑받는 게임을 만들지는
            못했다. 그건 아마도 승주가….
목소리   승주에 대해 이야기를 늘어놓다 말문이 막힐 때
            면, 이야기는 언제나 하나의 순간으로 돌아왔어.
진원   이탈리아에서 돌아왔던 날 새벽,
            날 등지고 앉아 있던 승주가 입을 열었다.
            "나 그동안 가끔, 뭔갈 잊고 있는 거 같은 느낌을

받았었거든? 그게 아주 사소한 건지, 아님 중대
한 건지조차도 잘 모르겠지만, 아무튼 그런…,
뭐랄까. 상실감 같기도 하고 그리움 같기도 한 그
런 거. 근데 나 진짜 이제야 좀 알 것 같은데,
그 모든 감정이 결국엔 그때 거기로 이어지는 게
아닐까 싶어. 내가 그 순간을 기억하고 있었다면,
그 순간의 느낌을 기억하고 있었다면,
내가 지금까지 느껴 온, 이런, 아주 중요한 뭔갈
잊고 있는 것만 같은 이런 감정을
느끼지 않았을 수도 있을 것 같단 거야.
이 모든 게 그때부터 시작된 걸 수도 있다고…"

무대 어두워진다.
파도 소리 잦아든다.
진원, 다시 앞을 보고 앉는다.

목소리, 진원 품에 게임 박스 안긴다.
진원의 얼굴 앞에서 박수 두 번 치곤 진원 쪽 스탠드를 켠다.

진원   (박수 소리에 깨어난다) 헉!
            (품 안에 든 것을 인지한다. 들어서 바라본다.)

목소리, 자신의 의자 앞으로 가 선다.

띵- 메일 알림음 울린다.
무대 약간 밝아진다.
목소리, 자신 쪽 스탠드를 켠다.

찰리　　안녕하세요, 연구가님. 찰리 버클리입니다.

　　　　어제는 잘 들어가셨나요?

　　　　곤란한 부탁을 드린 것 같아 마음이 편치 않습니다. 어려우실 것 같다면 언제든 편하게 말씀 주세요.

　　　　추신, 게임은 정말 이번 의뢰와는 무관한 순수한 선물입니다.

　　　　데키 선생님의 오랜 소원을 이뤄 주신 것에 대한 제 나름의 보답이라고 생각해 주시면 되세요.

　　　　게임에 취미가 있으실지는 모르겠지만,

　　　　그렇게 막 끼디로운 게임은 아니거든요.

　　　　그냥 박스에 든 장갑을 양손에 끼고,

　　　　게임이 시키는 대로 사각형과 원을 그리면 돼요.

　　　　처음엔 좀 당황스럽지만, 할수록 묘한 매력 같은 게 느껴지더라구요.

　　　　하면서 팔을 계속 움직여서 그런가,

　　　　팔뚝 살도 좀 빠진 것 같구요.

　　　　시간 나실 때 플레이해 보시고 후기 들려주세요.

　　　　그럼 즐거운 시간 되세요!

　　　　찰리 버클리 드림.

무대 밝아진다.

진원, 박스를 무릎 위에 올려 둔다. 그 안에서 장갑을 꺼내 살핀다.

목소리, 자신 쪽 스탠드의 헤드를 조정해 진원을 비춘다.

목소리　　진원, 승주의 미지막 게임을 손에 넣는다.

진원　　　마지막?

진원, 장갑을 다시 박스에 넣는다.

목소리　뭐, 현재로서는 그렇지. 남들이 하는 이야기도 그
　　　　렇고. 그리고 너도, 그렇게 생각하고 있잖아.

진원　　내가 어떻게 생각하고 있는데?

목소리, 스탠드의 헤드를 원상태로 돌려놓는다.
의자에 앉으며 대사 이어 간다.

목소리　마지막으로 승주의 소식을 들었던 때를 떠올려 봐.
　　　　눈 내리는 겨울이었고, 넌 네 차를 타고 의뢰인을
　　　　만나러 가는 길이었고, 근데 모르는 번호로 전화
　　　　가 왔고, 넌 그걸 받았고, 웬 나이 든 남자가 '심진
　　　　원 씨 되십니까?' 하고 물었고, 넌….

진원　　네, 제가 심진원입니다.

목소리　라고 답했고, 그 남자는 조금 뜸을 들이다가,
　　　　본인이 현승주의 아빠 되는 사람이라고 밝혔고,
　　　　다시 더 오래 뜸을 들이다가, 승주가,

진원　　실종됐다고 말했지.

목소리　그래. 차가 막 터널로 접어드는 순간이었어.
　　　　차창 너머로 작은 눈송이들이 마구 달려들었지.
　　　　그리곤 손쓸 새도 없이 캄캄해졌고.
　　　　타이밍이 아주 절묘했달까.

진원　　전화가 끊기고 나서,
　　　　멈췄던 라디오가 다시 재생되기 시작했어.

[음악] We'll meet again – The Ink Spots

무대 서서히 어두워진다.

진원   라디오 프로그램이 막 끝나고,
              중간 음악이 시작되던 참이었는데.

목소리   맞아. 타이밍이 아주 절묘했지.
              가사도 떠올릴 수 있을걸?

진원   We'll meet again, don't know where, don't know when. But I know we'll meet again some sunny day….

목소리   그래. 가사마저도 아주 절묘했어.

진원   내가 어떻게 스쳐 지나갔던 노래의 가사를
              아직까지 기억하고 있는 거지?

목소리   간단해.
              어떤 기억들은 영원히 훼손되지 않는 법이거든.

음악 잦아든다.

목소리   아무튼, 그때 전화를 받고 무슨 생각을 했어?

진원   승주, 아버님 목소릴 닮은 거였구나.

목소리   그다음은?

진원   이렇게 보니까, 눈발이 생각보다 거세네.

목소리   그런 거 말고.

진원   그런 게 아니면 뭐?

목소리   좀 더 승주에 관한 거.

진원   승주에 관한 거?

목소리	승주가, 다시 돌아올 수 있을 거라고 생각했어? 언젠간 다시 만날 수 있을 거라고?
진원	…아니.
목소리	그럼?
진원	다신 그 애를 볼 수 없을 거라고 생각했지. 누구든, 다신 그 애를 볼 수 없을 거라고.
목소리	그래. 그거였어. 그게 마지막이었지. 좀 어려운 질문이겠지만, 승주는 그게 자기의 마지막 게임이 될 거란 걸 알고 있었을까?
진원	자기가 실종되리란 걸 알고 있었을 수도 있다는 거야?
목소리	글쎄, 예감일 수도, 의도일 수도 있겠지만.
진원	전혀 모르겠어.
목소리	알고 싶진 않아?
진원	어떻게 알 수 있는데?
목소리	게임을 해 보는 건 어때?
진원	무슨 관련이 있는데?
목소리	승주는 언제나 게임 속에 본인 기억을 심어 뒀었잖아.
진원	그랬지.
목소리	한번은 네가 승주한테 물어본 적도 있었지. 왜 자꾸 본인 기억 속에 있는 것들을 게임 안에 집어넣는 거냐고. 그때 승주가 뭐라고 답했었더라?
진원	"재밌잖아. 내 기억을 다시 볼 수도 있고, 다시 경험할 수도 있다는 게. 그리고 이렇게 하면 기억을 더 잘 기억할 수 있게 되거든."
목소리	그래. 이 게임도 예외 아닐 거야.

이 안에도 승주의 기억이 있겠지.

진원   그걸 찾는다고 해서 뭐가 달라질까?

목소리   달라진다기보단. 뭔갈 알게 될지도 모르지.

         힌트 같은 걸 얻을 수도 있어.

         너도 궁금하잖아. 승주가 왜,

진원   왜,

같이   그 추운 땅으로 떠났던 건지.

진원 쪽 스탠드 꺼진다.

동시에 목소리, 자신 쪽 스탠드를 끈다.

무대 어두워진다.

띵- 메일 알림음 울린다.

무대 약간 밝아진다.

목소리, 자리에서 일어선다. 자신 쪽 스탠드를 켠다.

찰리   안녕하세요, 연구가님. 찰리 버클리입니다.

         보내 주신 메일 잘 읽었습니다.

         먼저, 너무나 감사드립니다.

         사실 연구가님을 만나 뵌 후로

         저도 제 선에서 할 수 있는 대로 그 음식을 찾아보
         려 했었어요.

         하지만 예상대로 정말 쉽지 않은 일이었죠.

         제대로 기억하고 있는 게 아무것도 없으니까요.

         사실 가장 도움이 될 수 있는 건,

         그때 그 식당을 다시 찾아가 보는 것일 텐데,

         그럴 수 없는 현실이 무력하게 느껴지기도 했습

니다. 그런데 연구가님께서 보내 주신 앞으로의
연구 계획을 찬찬히 읽고 나니
모든 무력감이 걷히는 듯했어요.
그렇게 희망찬 감정을 느꼈던 게 대체 얼마 만인
지 모르겠어요.
너무 신이 나서, 집을 내어준 친구에게
바로 영상 통화를 걸어 한참을 떠들었답니다.
제가 할 수 있는 게 많지 않을 수도 있겠지만,
저도 최선을 다해 볼게요.
다시 한번, 기꺼이 제 의뢰를 받아 주셔서 감사드
립니다.
찰리 버클리 드림
추신, 게임은 플레이 중이신가요?

[음악] 높고 맑은 음이 반복되는 리드미컬한 음악

무대 밝아진다.
진원, 자신 쪽 스탠드를 켠다.
숨 크게 들이쉰 뒤 앉은 채로 빙글빙글 몸 돌린다.
목소리, 자리에 앉아 진원과 반대 방향으로 몸을 돌린다.

목소리 진원, 찰리의 의뢰를 끌어안고 분투를 시작한다.
    찰리의 의뢰는 기존의 것들과는 분명히 차별되
    는 부분이 있었지만,
    진원은 우선 자신이 그간 걸어온
    복원 작업의 정도를 추구해 보고자 한다.
    먼저 극동아시아 지방의 향토 요리에 대한 정보

	를 모으고,
	그것들이 어떻게 변형되고 융합될 수 있는지
	여러 가능성을 들여다본다.
진원	이 경우엔 가능성의 바운더리를 좀 더 넓게 잡아야 할 것 같아. 러시아와 동아시아 요리의 영향을 두루 받은 지역이라, 변형도 융합도 더 섬세하게 일어날 수 있거든.
목소리	그리고 이 과정에서 필요한 건,
진원	무엇보다도 상상력이지.
목소리	진원은 지금 경험과 직관을 아우르는 상상력을 활용해 의뢰인의 감각되지 못한 기억을 다시 불러와야 한다.
진원	근데, 감각되지 못한 기억이란 표현이 맞나? 기억되지 못한 감각이 더 맞는 것도 같아. 아닌가? 그 반대가 맞는 건가.
목소리	기억과 감각을 번갈아 읊조리던 진원은 수년 전, 한 매거진에서 인터뷰를 진행했던 경험을 떠올린다.

[음악] 교양 프로그램에 어울리는 칸초네풍 살롱 음악

무대 따뜻한 빛으로 밝아진다.
진원과 목소리, 몸을 약간 돌려 비스듬하게 마주 본다.

인터뷰어	네, 마지막 질문드리고 이만 마무리하려고 합니다. 요리 복원에 대해서 잘 알지 못하고 계시던 분들도, 이번 인터뷰 영상을 보시고 나서는 관심을 가지게 되실 것 같아요.

그런 의미에서 심진원 연구가님을 찾아올 미래의 의뢰인분들께 마지막으로 한마디 부탁드리겠습니다.

진원 네, 제가 제 칼럼에서도 한 번 다루었던 이야기인데요. 우선 많은 분께서 저한테 의뢰를 하시기 전에 많이들 주저하고 고민하셨다는 이야기를 들었어요.

그 이유가 이제, 찾고자 하는 음식에 대해서 본인이 충분한 기억을 가지고 있지 않다고 생각했기 때문이라고 하시더라고요.

실제로 의뢰인분들께서 복원을 요청하신 음식에 대해 깊은 애정과 그리움을 가지고 계신 것과는 또 다르게, 복원을 원하는, 원본이 되는 음식의 맛을 정확하게 기억하고 있는 경우는 거의 없어요. 맛에 대한 기억 자체가 워낙 연약하기도 하고, 원래 맛이라는 게 묘사하고 표현하기가 굉장히 까다롭거든요.

그래서 의뢰인분들 입장에서는, 본인이 내는 수수께끼의 답을 자신조차 정확히 알지 못한다고 생각하셔서 더 의뢰 자체를 망설이게 되시는 거죠.

그런데 매번 신기한 건, 거의 흔적조차 남아 있지 않은 것만 같았던 기억들이, 음식을 먹는 순간, 거짓말처럼 되살아난다는 거예요.

분명 이전까진 답을 잊었다고 믿고 있었는데, 사실은 그게 아니었던 거죠.

그래서 제가 해 드리고 싶은 얘긴 그거예요.

무엇도 온전히 기억하고 있을 수는 없어요.

하지만, 그 음식을 다시 먹고, 그 감각을 다시 느끼고 나면, 이게 그때 그 음식이고 그 감각이라는 걸 거짓말처럼 느끼게 되실 거예요.

믿을 수 없을 만큼 선명한 기억들이 무수히 밀려오는 그 순간을

여러분께서 꼭, 경험해 보셨으면 좋겠습니다.

인터뷰어 네, 좋네요.

마지막에 좀 약간, 딱 한 문장으로 훅 들어오게, 보시는 분들을 확 끌어당길 수 있는 그런 거 한 번 짧게 해 볼까요?

진원 그런 게 어떤 걸까요?

인터뷰어 약간 홈쇼핑처럼. 지금 바로 전화 주세요! 약간 이런 느낌으로.

마지막에 살짝 웃으면서.

진원 아, 네.

그럼 좀 약간.

믿을 수 없을 만큼 선명한 기억들이 무수히 밀려오는 그 순간을

여러분께서 꼭, 경험해 보셨으면 좋겠습니다.

망설이지 마세요.

인터뷰어 (웃으라고 손짓)

진원 (어색한 미소. 볼품없이 떨리는 입꼬리) 하.

음악 멎는다.

목소리 찰리는 좀 망설이는 편이 나왔을 텐데.

진원	(어색한 미소 그대로) 그러니까.
목소리	(찰리 흉내 내며) 추신, 게임은 플레이 중이신가요?

진원, 진저리 치며 머리 감싸 쥔다.
진원과 목소리, 다시 앞을 보고 앉아 몸을 움직인다.

[음악] 높고 맑은 음이 반복되는 리드미컬한 음악

무대 원래의 밝기를 되찾는다.

목소리	승주의 마지막 게임은 찰리의 의뢰 못지않게 진원을 괴롭힌다. 진원은 게임을 모니터에 연결하고도 정작 플레이를 시작하지 못한 채, 파도가 출렁이는 시작 화면에 멈춰 며칠을 보내고 있다.
진원	파도 소리를 백색 소음 삼는 거랄까.
목소리	진원, 별안간 파도 소리에서 느껴지는 묘한 변화를 인식한다.
진원	파도 소리가 좀 거세진 것 같기도 하고.
목소리	진원, 가까이에서 화면을 들여다본다.
진원	어….
목소리	그리곤, 자신이 게임을 방치한 며칠 사이에, 게임 속 화면이 육지에서 더 멀어져 있는 것을 확인한다.
진원	그런가?

목소리	그래. 저기, 저 건너편 집들.
	처음엔 엄지손톱만 하게 보였는데,
	이젠 거의 보이지도 않잖아.
진원	파도는 거세지고. 색도 더 짙어지고.
	이대로 냅뒀다간….
목소리	진원, 육지로부터 완전히 떨어져 나오는 것을 상
	상하며 불안감을 느낀다.

음악 멎는다.

진원	잠깐만, 내가 왜 이 지점에서 불안감을 느끼는
	거야?
목소리	그게 승주가 의도한 거니까.
진원	승주의 의도?
목소리	게임을 방치하지만 말고 플레이를 시작하라고 유
	도하는 거잖아. 어딘가 으스스한 분위기로 플레
	이어를 압박하는 거지.
진원	그래. 뭐, 유도가 없으면 플레이어들은 어쩔 줄
	몰라 하면서 게임을 방치하거나, 상식 바깥의 행
	동을 해서 문제를 일으킨다고 그랬지.
목소리	문제라면 어떤 거?
진원	그니까. 버그 같은 거.
목소리	진원, 승주를 떠올린다.

목소리, 자신 쪽 스탠드의 헤드를 조정해 진원을 비춘다.
무대 서서히 어두워진다.

진원	승주가 처음 게임 개발자로 일할 때, 회사에서 주로 했던 일이 그거였어. 게임에서 생기는 버그를 처리하는 거. 메인 개발팀에서 일하다 좌천되듯이 그 일을 떠맡게 된 거였지만 승주는 돌이켜 보면 그때가 그래도 가치 있었던 시절이라고 했지. 플레이를 어떻게 유도하고 제한해야 할지, 어떤 식으로 상호작용을 구성해야 할지 배울 수 있었다고. 뭐, 결국엔 그 일을 끝으로 회사를 나오긴 했지만.
목소리	승주가 왜 회사를 나온 거라고 생각해?
진원	승주가 궁극적으로 원했던 건 자기 걸 만드는 거였으니까.
목소리	그런 거 말고. 조금 더 운명에 관한 거.
진원	운명?
목소리	봐봐, 승주는 회사를 나오고 나서 퇴직금으로 유럽 여행을 떠났었잖아.
진원	그랬댔지.
목소리	그리고 그 여행에서 널 만났고 말이야.
진원	승주가 회사를 관둔 게, 결과적으론 날 만나기 위해서였단 거야?
목소리	그렇게 유도된 거라고 생각해 볼 수도 있단 거지.
진원	그거라면 좀 부담스럽네. 그 회사 괜찮았는데.
목소리	그 여행 아직도 생생하지? 여러모로 다이나믹한 여행이었잖아.
진원	그랬지. 갑자기 산불이 나는 바람에

세워 뒀던 계획을 다 바꿔야 했으니까.

목소리　그것도 뭐, 나름의 다이나믹이지만,

더한 게 있었잖아.

진원　누나한테 연락이 왔었지. 몇 년 만에.

목소리　넌 그때 숙소 바로 앞에 있는 카페에서

커피를 마시고 있었고 말이야.

사람 되게 귀찮게 하는 커피였잖아.

처음 삼 분의 이만큼은 설탕이 묻은 오른쪽으로

마시고, 나중에는 그 반대쪽으로 마셔야 하는.

진원　맞아. 난 초반의 단맛을 견디면서,

그 삼 분의 이를 정확히 맞추려고 애쓰고 있었어.

목소리　그러고 있는데 갑자기 누나한테 전화가 왔던 거고.

진원　신기해.

오래전에 누나 번호를 지웠는데도,

누나 전화인 걸 바로 알아보겠더라.

목소리　그때 누나가 했던 말 기억해?

진원　누나는 나한테, 자기가 아이를 낳았다고 했어.

그러면서, 자길 용서해 달라고 했어.

목소리　그렇게 눈물의 화해가 시작되었지.

진원　신기한 일이었어.

누나한테 내 속 얘길 하는 일은 영영 없을 줄 알

았는데, 누나가 용서해 달라고 하는 걸 들으니까

무슨 버튼을 누른 것처럼 눈물이 터져 나왔어.

난 펑펑 울면서 모든 이야기를 했지.

처음 누나한테 배신감을 느꼈던 때부터 시작해서,

내가 그동안 어떤 심정으로 살아오고 있었는지

까지 목소리도 낮추지 못하고 한참을 떠들어 댔

어. 이 카페에 내 말을 알아들을 수 있는 사람이
없어서 정말 다행이라고 생각하면서.

목소리 근데, 사실은 아니었던 거잖아.

진원 그랬지.

목소리 승주가 갑자기 어디에서 튀어나와서 말을 건 거
더라?

진원 내가 전화를 끊기 전에, 누나한테 그런 얘길 했
거든. 이제 노을 지는 걸 보러 언덕으로 올라갈
참이라고. 그러고 카페를 나서는데, 웬 남자가
날 따라 나와서 한국말로 말을 거는 거야.

목소리 "언덕 가시는 거면 이 근처에서 물이라도 한 병
사 가세요. 오르막이 경사는 그렇게 안 심한데
꽤 길거든요. 그늘도 없고. 가는 길에 물 파는 데
도 없어서, 여기서 미리 사 들고 가는 게 나을 거
예요."

진원 "아. 네."

목소리 너 그때 엄청 놀랐었잖아.

진원 그랬지.
카페에 있는 사람들 당연히 전부 외국인이라고
생각했었거든.
대충 둘러봤을 땐 진짜 다 그렇게 보였단 말이야.
근데 누가 와서 버젓이 한국말로 말을 걸어오니까,
너무 당황스러웠어.
그럼 내가 아까 누나랑 통화하면서 했던 말도
저 사람은 다 듣고 있었던 건가 싶어서.
뭐라고 대꾸도 못 하고 걸음을 옮겼지.
근데 생각할수록 불쾌한 거야. 뭐랄까,

	자기가 내 말을 다 알아들었다는 걸 티 내고 싶어서 굳이 와서 말을 건 걸까 싶은 그런….
목소리	승주 걔가 그런 앤 아닌데.
진원	그때야 걔가 어떤 사람인지 몰랐으니까. 아무튼, 그리고 좀 이따가 언덕에 막 오르려는데 그 말이 딱 생각이 나는 거야. 그래서 별생각 없이 물을 한 병 샀는데, 본격적으로 언덕을 오르기 시작한 후에 깨달았지.
목소리	정말 인류애로 건넨 조언이었다는 걸.
진원	맞아. 오르막은 정말 꽤 길었고, 미실 기 피 는 기게는 정상에니 있었이. 물이랑 슬러시를 어처구니없이 비싼 가격으로 팔고 있었는데도 사람들은 다 너도나도 달려들어서 그걸 사 댔었지. 결국 그 언덕에서 편하게 노을을 지켜본 건 나 하나였어.
목소리	그 노을 정말 예뻤는데. 그치?
진원	응. 그랬지. 허공에 팔레트가 통째로 펼쳐진 것처럼, 오묘했어.
목소리	그때 조금이라도 예상했어?
진원	뭘?
목소리	이틀 후엔, 아까 카페에서 만난 그 이상한 남자랑 같이 노을을 보고 있게 될 거란 걸.
진원	푸하. 그럴 리가. 걔랑 또 같은 시간에 같은 장소에서 마주칠 거라곤 전혀 상상도 못 했어. 그러니까 걔가 날 불렀을 때 그렇게 놀랐지.

목소리	승주가 어떻게 알은체를 했더라?
진원	뒤에서 내 등을 툭툭 치면서,
목소리	네가 승주를 해 봐. 내가 너를 해 볼게.
진원	"저기, 안녕하세요."
목소리	"아악!!!"
진원	내 비명이 그 정도였어?
목소리	어. 벤치 옆에서 엎드려 자고 있던 개도 그 소리에 놀라서 깼었잖아. 그러고도 한참을 허공에 대고 짖었던 거 기억 안 나? 월월월.
진원	…셰퍼드였지.
목소리	정확해. 암튼 넌, 그렇게 승주랑 같이 언덕을 올랐고, 정상에 도착해선 인류애 넘쳤던 조언에 대한 감사의 표시로 개한테 싸구려 슬러시를 사 줬잖아.
진원	맞아. 난 오렌지 맛, 갠 파인애플 맛이었는데, 개가 섞어 먹자 그래서 조금씩 섞었었어. 위에는 파인애플 맛, 먹을수록 오렌지 맛.
목소리	헛바닥도 노란색이었다가 주황색이 됐었지.
진원	맞아. 그랬지. 아, 그거. 개가 자기 게임에도 그대로 넣었었어.
목소리	어떤 거였는지 기억해?
진원	뭐, 이상한 추리 게임이었는데, 결정적인 단서가 헛바닥 색에 있었어. 피해자랑 범인이 사건 발생 직전에 같은 음료수를 마셔서, 범인의 헛바닥 색을 확인하는 게 관건이었지.

목소리	난이도 좀 미친 것 같아.
진원	답 없지.
	'닫혀 있는 걸 열리게 하는' 스킬을 써야만 알 수 있는 거였는데, 누가 그걸 사람 입 열어 보는 데에 쓸 생각을 하겠냐고. 다들 캐비닛이나 칸칸이 열어 보고 말았지.
목소리	그 설정을 그렇게 무리해서라도 넣고 싶었나 봐.
진원	그게 걔 특기잖아. 자기 기억 속에 있는 걸 그대로 게임에 집어넣는 거.
목소리	그러고 보니까, 승주가 처음으로 너한테 그 얘길 했던 것두 그때 같이 노을 보던 때였네.
진원	맞아. 슬러시를 거의 다 마셔 갈 즈음이었어.
목소리	승주가 본인이 게임 개발자라는 얘길 하면서 자기가 게임을 만드는 방식에 대해 얘길 했었지.
진원	안 물어봤는데.
목소리	그러니까.
진원	뭐랬더라. 자기 기억에 약간의 상상을 덧입힌다고 말했어. 그래서 내가 지금 이 순간도 게임에 넣을 거냐고 물었더니,
	이게 의미 있는 순간이 된다면,
	자기가 원치 않아도 떠올리게 될 거라고 했지.
목소리	지금 생각해 보면 그 말들 정말,
진원	정말, 작정하고 나 꼬시려고 했던 거지.
목소리	그치. 걔 원래 그렇게 철학 있는 애 아니잖아.
진원	원래 같았음 안 넘어갔을 텐데 그때 상황이 좀 그랬어. 누나 전화 받고 난 후로 난 엄청, 뭐랄까, 충만해져 있었고, 하늘도 말도 안 되게 예뻤으니까.

목소리	아니, 그런 거 말고.
	다른 이유가 있잖아.
진원	다른 거?
목소리	조금 더 근원에 관한 거.
진원	다른 이유는 잘 모르겠는데.
목소리	떠올릴 방법이 있어.
	다시 처음으로 돌아가 보자.
	승주와 처음으로 만났던 카페 말이야.
	승주는 창가 자리에, 넌 안쪽 자리에 앉아 있었지.
	그때 누나의 전화를 받고,
	네가 누나한테 했던 말들을 떠올려 봐.
진원	떠올리고 싶지 않아.
목소리	이미 떠올렸는걸.
진원	그래. 그래서 괴로워.
	누나를 용서한 건 맞는데,
	아니, 용서에 가까워진 건 맞는데,
	그렇다고 내가 겪었던 일들이 더는 괴롭지 않은 건 아닌가 봐.
목소리	자, 그럼 다시 생각해 봐.
	처음부터 승주한테 마음을 열 수 있었던 근원적인 이유.
진원	왜 이걸 떠올리라고 하는 거야?
	그게 이제 와서 무슨 의미가 있다고?
목소리	내가 강요하고 있는 게 아니야.
	이건 네 특기잖아. 내가 '왜' 그랬을까, 생각하는 거.
진원	그건 승주 특기야. 내 특기가 아니라.

목소리　승주와 네가 공유하고 있던 유일한 특기지.

진원　하….

승주가, 승주가 내 통화를 들었다는 게,

이상하게 날 편하게 했어.

내 진실을 알고 있는 사람 같았거든.

내가 군이 애써서 날 이해시킬 필요가 없는 사람인 것 같았어. 의도한 건 아니었지만,

내가 남들에게 털어놓기 가장 힘들어했던 어떤 부분을, 운 좋게 첫 단계부터 잘 건너뛰었다고 생각했던 것 같아.

승주 앞에선 어떤 설명 없이두

맘껏 취약할 수 있다는 게 편했고, 좋았어.

목소리　그리고 운명적이라고 느껴졌었지.

진원　그래. 그땐 진짜 모든 상황이 그랬어.

목소리　진원, 박스에서 장갑을 꺼낸다.

진원　모든 게, 무언가에 의해 의도된 것처럼.

목소리　진원, 왼손에 장갑을 낀다.

진원　어떤 한 점으로 유도되고 있는 것처럼.

목소리　오른손에도 장갑을 낀다.

진동음 울린다.

진원　(손에서 진동 느끼곤 놀란다) 으어!

목소리　진원의 손, 〈사와 영의 세계〉에 인식된다.

진원　내가 이걸 언제….

목소리　지체 없이 게임이 시작된다.

[음악] 바로크의 질서 위로 서정적 선율이 흐르는 음악

무대 위로 빛 일렁인다.

진원   이거 뭘 어떻게 해야 되는 거야?
                찰리가 뭐라고 그랬더라?
                팔뚝 살밖에 기억이 안 나.

목소리   (일어서서 찰리 따라하며)
                그냥 박스에 든 장갑을 양손에 끼고,
                게임이 시키는 대로 사각형과 원을 그리면 돼요.

진원   그래. 장갑은 꼈고.
                남은 건 이제, 게임이 시키는 대로.

목소리   게임이 시키는 대로. 좋은 자세야.

진원, 눈앞에 시선 고정한 채 일어선다.

진원   어…, 일단은,
                뭐 튜토리얼 같은 건가 봐.

목소리   게임이 시키는 대로,

진원   그래, 게임이 시키는 대로.

목소리   진원, 양손을 써서 세로로 길쭉한 직사각형을 그린다.

진원   (작게 그린다) …이렇게?

목소리   진원, 뒤이어 가로로 길쭉한 직사각형을 그린다.

진원   (그린다)

목소리   진원, 양손으로 자신의 얼굴만 한 원을 그린다.

진원   (엉성하게) 어, 이건 좀.

목소리	진원, 다시 양손으로
	원이라 부를 수 있을 수준의 원을 그린다.
진원	(정성스레) 이렇게?
목소리	진원, 마지막으로 아주 중요한 스킬을 익힌다.
진원	뭔데?
목소리	방금까지 그려 낸 것들을 흔적도 없이 사라지게 하
	고, 새로운 이야기가 시작되게 할 단 하나의 방법.
진원	그게 뭔데?
목소리	진원, 박수 두 번 친다.

진원, 박수 두 번 친다.

진원 쪽 스탠드 꺼진다.

동시에 목소리, 자신 쪽 스탠드를 끈다.

진원, 의자에 앉는다.

띵- 메일 알림음 울린다.

무대 약간 밝아진다.

목소리, 자신 쪽 스탠드를 켠다.

찰리	안녕하세요, 연구가님. 찰리 버클리입니다.
	먼저, 정성스러운 답장에 감사드립니다.
	보내 주신 극동아시아 지방의 향토 음식 사진들
	모두 잘 들여다보았습니다.
	하지만 안타깝게도, 제 기억 속 요리와
	완전히 일치하는 것은 없는 듯했습니다.
	아마 말씀해 주신 것처럼 변형되고 합쳐지지 않
	았을까 싶어요.

보내 주신 사진 중 제 기억과 가장 비슷한 건
5번과 17번인 것 같습니다.
5번은 전체적인 색감이 유사했던 것 같고요,
17번은 육안으로 확인되는 재료 구성이 유사한
것 같습니다.
다만, 5번보다는 조금 더 국물이 적고, 기름기가
덜했던 것 같고, 17번보다는 국물 색이 더 진하고
걸쭉했던 것 같습니다.
아, 메일을 쓰며 사진들을 다시 보니,
23번과도 유사한 지점들이 있는 것 같네요.
5번, 17번, 23번이 합쳐진 느낌이라고 해야 할 것
같습니다.
애써 주시어 감사드리며,
제 답변이 도움이 되길 바랍니다.
찰리 버클리 드림.
추신, 쓸모없는 선물이 될까 걱정했었는데
게임을 잘 플레이 중이시라니 다행입니다.
덕분에 저도 그 게임을 한창 플레이하던 때를 떠
올려 보았어요.
돌이켜 보니 벌써 꽤 되었는데요.
각 단계의 마지막 라운드에서,
매번 어떤 감각을 느꼈던 기억이 납니다.
정확히 어떤 감각들이었는지는 기억이 나지 않
지만, 놀라운 경험이었던 것 같아요.
눈물이 났던 것 같기도 하고요.
첫 단계를 마치고 나선 한참을 멍하니 앉아 있었
답니다.

그때 그 느낌을 다시 느낄 수 있다면 얼마나 좋을
까요?

무대 밝아진다.
진원, 허공에 대고 열심히 도형을 그리고 있다.
목소리, 진원에게 다가가 진원 쪽 스탠드 켜 준다.
진원 뒤에 서서 대사 이어 간다.

목소리　　진원, 찰리의 의뢰를 해결하는 것과,
　　　　　　승주의 게임을 플레이하는 것 사이에서
　　　　　　나름의 밸런스를 만들어 낸다.
진원　　　워크, 플레이, 밸런스랄까.
목소리　　물론, 아직 두 과업 모두 아주 흐릿하지만, 어찌
　　　　　　됐든 나름의 진전을 만들어 내고 있는 셈이다.
진원　　　사실, 평소 같았음 찰리의 의뢰 때문에
　　　　　　엄청 스트레스 받았어야 하는 게 맞는데,
　　　　　　승주 게임이 주는 스트레스가 너무 커서 찰리의
　　　　　　의뢰 정돈 아무것도 아니게 느껴지는 것 같아.
목소리　　뭐가 그렇게 스트레슨데?
진원　　　이 게임이 대체 뭔질 모르겠어.
　　　　　　뭘 의도하고 있는 건지도.

목소리, 자신의 의자 쪽으로 다가가며 대사 이어 간다.

목소리　　진원, 뭔질 모르겠다는 사람치곤 제법 성실하게
　　　　　　플레이를 이어 온다.
　　　　　　그러는 동안 진원은 게임이 시키는 대로

	수십 개의 사각형과 원을 그려 왔다.
	가능한 한 커다란 크기의 원도 그렸고,
진원	(그린다) 와악!
목소리	가능한 한 작은 크기의 사각형도 그렸다.
진원	(그린다) 쫍.
목소리	이 지지한 과정을 거치며
	진원이 깨달은 한 가지의 진리가 있다면,
	그건 바로 이 모든 몸부림의 관건이
	정확도나 속도에 있진 않다는 거다.
진원	그럼 이게 대체 뭐냐는 거야.
목소리	진원, 1단계의 32번째 사각형을 그리던 때에
	의문을 풀 실마리를 떠올린다.

목소리, 자신 쪽 스탠드의 헤드를 조정해 진원을 비춘다.
진원, 자리에서 일어선다.

진원	(사각형을 그리다가)
	잠깐만.
	나, 이거 뭔지 알 것 같아.
목소리	정말?
진원	어. 기억났어.
	이거, 체조야.
목소리	체조?
진원	승주의 집 근처에서 혼자 체조를 하던 아저씨가
	있었어. 매일 같은 장소에서 체조를 했지.
	근데 지금 보니까, 그 아저씨 체조랑 이거랑
	움직이는 게 비슷한 것 같아.

그 아저씨도 이렇게

(따라 하면서) 허공에 대고 사각형도 그리고, 원

도 그리고 그랬거든.

아, 그리고, 체조하는 동안 등려군이라고,

〈첨밀밀〉 부른 가수 있지.

그 사람 노래를 계속 틀어 놨었어.

그래서 승주랑 난 그 사람을 첨밀밀 아저씨라고

불렀지.

목소리　그래.

그 아저씨 비가 오든 눈이 오든 자릴 지켰잖아.

진원　동네에 그 아저씰 모르는 사람이 없었어.

방송국에서 취재도 몇 번 오고 했었는데,

결국에 뭐 제대로 다뤄진 건 없었지.

대체 이 체조에 무슨 의미가 있냐, 왜 하는 거냐

물어도 한 번도 대답을 안 했대.

목소리　근데, 승주가 결국 체조의 비밀을 알아냈다고 했

잖아. 첨밀밀 아저씨랑 얘길 했다고.

진원　맞아, 그랬지.

말없이 옆에서 같이 체조를 며칠 해 줬더니 먼저

말을 걸어왔다고.

목소리　그래서 그때 알게 된 그 비밀이라는 게 뭐였는지

기억나?

진원　그 체조에 신묘한 힘이 있다고 했어.

목소리　구체적으로 어떤 거?

진원　뭐. 기억력을 좋아지게 해 준다는 식이었던 것 같

아. 치매 예방이랑은 결이 좀 달랐던 것 같은데….

목소리　그걸 믿었어?

진원	그럴 리가.
목소리	그래, 그리고 애초에 그맘때쯤엔
	승주 애길 그렇게 귀담아듣지도 않았잖아.
진원	뭐, 그랬지.
	한참 바빠지기 시작한 때였으니까.

진원, 의자에 앉는다.
목소리, 스탠드의 헤드를 원상태로 돌려놓는다. 의자에 앉는다.

목소리	그러고 보면, 너랑 승주는 타이밍이 참 안 맞았어.
	같이 잘됐던 때가 없었던 것 같아.
	네가 잘되면 승주가 삐끗했고,
	승주가 삐끗할 땐 네 일이 잘 풀렸지.
진원	그랬지. 그게 문제였던 것 같아.
	뭔가, 서로 앞에서 계속 연기를 해야 됐어.
	슬픈 와중에 기쁜 척을 해야 했고,
	기쁜 와중에 슬픈 척을 해야 했던 거지.
목소리	기쁜 척이랑 슬픈 척 중에 어떤 게 더 괴로웠어?
진원	처음엔 기쁜 척이 훨씬 힘들었지.
	스스로가 너무 초라하게 느껴졌으니까.
	근데 나중엔 슬픈 척을 더 못 견디겠더라.
	나한텐 지금처럼 기쁘고 평화로울 때가 없을 것
	같은데 그 순간을 있는 그대로 누리질 못하니까
	괜히 억울했어.
목소리	그래서 떠났던 거지?
진원	뭐?
목소리	이탈리아 말이야.

솔직히 되지도 않는 핑계였잖아. 글이네, 공부네.

진원   그때 리프레시가 필요했던 건 사실이야.

목소리   승주랑 같이 갈 수도 있었던 건데.

리프레시가 필요했던 건 사실 너보단 승주였잖아.

걔 그때 하루에 잠을 두 시간도 못 자고 있었는데.

진원   안 그래도 말했었어.

같이 가고 싶으면 같이 가도 된다고.

근데 걔가 그랬지.

한참 작업 중인 게 있어서 흐름 끊기는 게 싫다고.

하던 거 다 마치고, 다음에 같이 가자고.

목소리   넌 그때 인도했고 말이야.

진원   …다시 게임이나 하는 게 차라리 속이 편하겠어.

목소리   그래. 게임이 시키는 대로.

진원   하….

(사각형을 그린다)

목소리   진원, 어느새 1단계의 마지막 라운드에 다다른다.

마지막 라운드 알림음 울린다.

무대 조명 극적으로 바뀐다.

진원   뭐야?

진원, 자리에서 일어선다.

목소리   진원, 화면에 나타나는 글자들을 따라 읽는다.

진원   눈앞에, 두 눈을 모두 가릴 만한 크기의 사각형
을 그리세요.

　　　　　　(그린다)

　　　　　　그 안은 이제 암흑의 상태가 됩니다.

　　　　　　…이게 무슨 소리야?

목소리　　계속해 봐. 게임이 시키는 대로.

진원　　…그다음, 사각형 안에 작게 원을 그려 보세요.

　　　　　　(그린다)

　　　　　　이제 그 구멍 안으로,

　　　　　　당신의 기억 속에 있는 가장 밝은 빛이

　　　　　　새어 들어오기 시작합니다.

진원, 박수 두 번 친다.

무대 원래의 밝기를 되찾는다.

진원, 의자에 앉는다.

진원　　앤 무슨 게임을 이딴 식으로 만든 거야?

목소리　　새삼스럽게.

진원　　장갑 두 짝 쥐 놓고 대체 뭘 어쩌라는 거야?

목소리　　열불 내지 마.

　　　　　　걔 이상한 거 몰랐던 것도 아니잖아.

　　　　　　애초에 괜히 개발팀에서 쫓겨났겠어?

진원　　그래. 맞아. 걔 취향엔 유구한 역사가 있었지.

목소리　　제일 경악스러웠던 게 뭐였어?

진원　　애들 하는 게임인데, 무슨 탑을 올라가는 거였어.

　　　　　　게임 자첸 진짜 단순했거든?

　　　　　　근데 올라가다가 떨어지는 걸 무슨,

　　　　　　30초 동안 떨어지게 한 거야. 떨어지는 30초 동

　　　　　　안 캐릭터는 내내 비명을 질렀고.

목소리	진짜 돈 벌기 싫었던 거지 그건.
진원	더 미친 건, 그 비명을 본인이 녹음했다니까?
	아아아악!
	이걸 30초 동안 안 끊기고 혼자서 그러고 있었던 거야, 차마 회사에선 못하고, 지 방구석에서.
목소리	대체 그게 무슨 의도였대?
진원	모르지 나야.
	나 진짜 부엌에 있다가 놀라서 방으로 달려갔다니까. 문 열고 무슨 일이야? 하니까
	비명을 직접 녹음 중이었다는 거야.
	지금 같았으면 돌았냐고 뭐라 했을 텐데,
	그땐 사귄 지 얼마 안 됐을 때라 좀 조심스러웠어.
	내가 이해 못 하는 어떤 철학이 있는가 보다, 싶어서 대충 존중해 주는 척 조용히 문 닫아 줬지.
목소리	왜 그때 안 헤어졌어?
진원	그땐…,
	그땐 그냥 적당히 골 때리는 거라고 생각했어.
목소리	너 '그냥 적당히 골 때린다' 정도의 반응이 아니었잖아. 엄청 좋아했으면서.
진원	그래. 그땐 좋았어. 웃겼고.
목소리	너랑 승주 잘 맞았다니까.
진원	잘 맞으니까 사귀었지. 4년이나.
목소리	그래. 그러니까, 좋고 웃기고 잘 맞는 거 말고 널 불편하게 했던 걸 떠올려 봐.
진원	날 불편하게 했던 거?
목소리	승주의 게임 안에서 반복적으로 발견됐던 요소가 있잖아. 조금 더 페이소스에 관한 거.

진원　　　　어…, 걔가 만든 게임 중에 그런 게 많았어.
　　　　　　플레이어를 완전 외딴곳에 혼자 남겨 두는 거.

목소리　　제일 심각했던 게임이 있었잖아. 캐릭터가 혼자
　　　　　　우주에서 떠다니는 거였던 것 같은데.

진원　　　　맞아. 어떤 행성을 찾는 거였는데,
　　　　　　대단한 인내심을 필요로 했어.
　　　　　　플레이의 대부분은 어딘지도 모르는 곳으로 계속
　　　　　　나아가는 거였거든. 우주복 안에서 울리는 헉헉
　　　　　　거리는 숨소리만 들으면서 말이야.
　　　　　　걘 진짜 그런 표현에 특화됐던 것 같아.
　　　　　　정말 세상에 홀로 남겨져 있는 것 같은 이미지
　　　　　　있잖아. 내 숨소리 말곤 아무 소리도 들리지 않는
　　　　　　곳에서, 홀로 남겨진 채로 떠도는 거.

목소리　　그 게임의 엔딩을 기억해?

진원　　　　엔딩이면….

목소리　　너만 알고 있는 엔딩이 있잖아.

진원　　　　그랬지.

목소리　　그걸 제대로 떠올리려면,
　　　　　　어디서부터 시작해야 되지?

목소리, 자신 쪽 스탠드의 헤드를 조정해 진원을 비춘다.

진원　　　　혼자 이탈리아로 떠나던 날.
　　　　　　승주가 날 차로 공항까지 데려다줬어.
　　　　　　출국장 들어갈 때까지 같이 있어 준다는 걸 내
　　　　　　가 마다했지.
　　　　　　암튼, 공항에 도착해서 트렁크에서 캐리어를 꺼

내고 가려는데, 승주가 날 붙잡았어.

그리곤 겉옷 주머니에서 작은 동전 지갑 같은 걸 꺼내더니, 내 손에 쥐어 줬지.

가면 동전 쓸 일 있을 거라고.

자기가 전에 여행 갔다가 남겨 온 거라고.

목소리 그땐 그거조차 귀찮았잖아.

진원 맞아, 그랬어.

카드 쓰면 돼서 환전도 거의 안 했었는데, 웬 동전.

근데 그래도 받아 들었지.

혹시라도 필요할까 봐가 아니라,

그냥…, 그거까지 거절할 순 없었거든.

그땐 이미 너무 많은 걸 거절했었으니까.

목소리 그래. 나중엔 거의 습관이 됐었잖아.

승주를 거절하는 거.

진원 맞아. 그래서 고맙다고 하고 챙겼지.

목소리 근데 실제로 쓸 일이 거의 없었잖아.

진원 그랬지. 그러다, 저녁에 공원에서 버스킹을 좀 봤는데 기타 치던 남자가 은근히 눈치를 주는 거야, 돈 달라고.

그래서 미안하지만 지금 현금이 없다, 그랬더니, 카드 리더기를 꺼내더라고.

목소리 별수 없는 상황이었지.

진원 꼼짝없이 당했지.

암튼 그렇게 탈탈 털리고 나서야 승주가 줬던 동전 지갑 생각이 났어. 그래서 숙소에 돌아와서 동전 지갑을 찾았는데, 열어 보니까 동전들 사이에 검은색 USB가 껴 있었어.

목소리	넌 그 USB를 노트북에 꽂았고 말이야.
진원	그 안에는 딱 두 개의 파일이 있었어.
	하나는 승주의 게임, 그 우주를 떠도는 그 게임 이었고, 다른 하나는 게임의 히든 엔딩을 보는 방법을 정리해 둔 공략법 파일이었어.
	승주가 만든 거였지.
목소리	게임을 좋아하지도 않으면서,
	어쩌다 플레이하게 된 거야?
진원	누가 봐도 날 위한 거였으니까.
	동전 지갑 안에 생뚱맞게 USB가 들어 있던 것도 그렇지만, 특히 그 공략법 말이야,
	전에도 그랬었거든.
	승주한테, 내가 왜 게임을 별로 좋아하지 않는지 얘기한 적 있었어. 별다른 이유가 아니라 게임은 결말을 미리 볼 수가 없단 거였지.
	왜, 책은 마지막 장을 펼치면 되고,
	영화도 뭐, 재생 바를 뒤로 끌어다 놓으면 되잖아.
	근데 게임은, 좋든 싫든 내가 끝까지 가야 되는 거잖아. 내가 끝까지 가서 내 두 눈으로 결말을 봐야 되는 거.
	난 그게 힘들어서 승주가 추천해 준 게임들도 중간에 하다 때려치우고 그랬었거든.
	그랬더니, 어느 날은 승주가 엄청 상세하게 내가 전에 하다 관뒀던 게임의 공략법을 정리해서 줬었어. 화면을 하나하나 캡처해서.
	그래서 그냥, 단번에 알 수 있었어.
	이 USB는 실수로 여기에 들어간 게 아니라는 거,

	그리고 이 게임과 공략법은 날 위한 거라는 거.
목소리	공략법 보면서 하니까 어땠어?
	비교도 안 되게 쉬웠지?
진원	응. 어떻게 해야 되는지, 그럼 어떻게 될지 다 알고 있으니까 아무렇지도 않았어.
	그냥 궁금함만 생겼지.
	대체 히든 엔딩이라는 게 뭘까.
	그게 뭐길래, 승주는 나한테 이걸 준 걸까.
	그 생각을 하면서, 공략법을 따라 우주를 떠돌았지. 그러다 어떤 행성을 본 거야.

[음악] 높고 맑은 음의, 공간감이 느껴지는 음악

무대 서서히 어두워진다.

목소리	아마, 너만이 봤을 행성이었지.
진원	맞아. 나만이 알 수 있는 행성.
	가까이 다가가서 줌을 당기니까,
	행성 위의 모습이 보였어.
	달리고, 헤엄치고, 책을 읽고, 요리하는 사람들.
	산불의 재가 흩날리는 걸 지켜보고,
	노을 아래에서 슬러시를 마시는 사람들.
	모두 나였어.
목소리	모두 너였지.
진원	행성 쪽으로 더 가까이 다가가니까,
	진동이 시작되면서 행성 전체가 눈부시게 빛나기 시작했어.

무대 서서히 밝아진다.

진원　　　곧 화면 전체가 밝은 빛으로 가득 채워졌고,

　　　　　　그리고 그건, 내가 느꼈던 가장 밝은 빛이었어.

목소리　　넌 그 빛을 느끼며 조용히 흐느꼈고.

진원　　　그전까진 길을 잃은 것 같았거든.

　　　　　　캄캄한 우주 속에서 말이야.

　　　　　　승주가 버거웠어. 아니, 승주와의 관계가 버거웠지.

　　　　　　말 그대로 한 치 앞도 보이지 않는 것 같았어.

　　　　　　근데 그때 빛을 느꼈어. 아주 밝은 빛을.

　　　　　　아주 따뜻한 빛을.

　　　　　　영원히 꺼지지 않을 것 같은, 그런 빛을 말이야.

목소리　　진원, 다시 눈앞에 사각형을 그린다.

　　　　　　그리곤 암흑의 상태가 된 그 안에 작게 원을 그

　　　　　　린다. 그 구멍 안으로, 진원이 기억하는 가장 밝

　　　　　　은 빛이 새어 들어오기 시작한다.

진원　　　….

목소리　　진원, 그 빛을 느낀다.

진원 쪽 스탠드, 꺼진다.

동시에 목소리, 자신 쪽 스탠드를 끈다.

무대 어두워진다.

띵- 메일 알림음 울린다.

무대 약간 밝아진다.

목소리, 자리에서 일어선다. 자신 쪽 스탠드를 켠다.

찰리 연구가님. 찰리입니다.

보내 주신 자료들 모두 잘 보았습니다.

고백하자면, 저는 요리에는 전혀 취미가 없는 사람이거든요.

그래서 식재료에 관해서도 아는 바가 거의 없다 보니, 재료로 쓰였을 법한 채소들의 목록을 보며 식물학을 공부하는 기분이 들었습니다.

아무튼, 보내 주신 재료 중에 제 기억과 확실하게 일치하는 건 월계수 잎과 딜, 고사리 정도인 것 같아요. 개인적으로 고사리가 특히 흥미로웠어요.

극동아시아의 그 춥고 척박한 땅에서

사람 키보다도 몇 배나 큰 고사리가 자라난다니.

정말 신비롭습니다.

지금도 고사리밭은 무사할까요?

추신, 게임은 계속 플레이 중이신가요?

마지막으로 게임을 플레이한 지 꽤 오랜 시간이 흘렀지만, 저는 아직도 가끔 사각형과 원을 그리며 시간을 보내요.

생각보다 많은 것들, 많은 순간들이

사각형과 원만으로도 설명되고 기억될 수 있다는 게 참 신기하지 않나요?

저는 그 사실이 그 자체로 아름다운 것 같다가도, 가끔은 아주 끔찍하게 느껴지기도 합니다.

연구가님은 어떠세요?

사와 영의 세계가 끔찍하던가요?

진원, 자신 쪽 스탠드를 켠다.

무대 밝아진다.

목소리, 자리에 앉는다.

목소리   이 반찬들은 다 뭐야? 네가 한 거야?

진원   아니, 엄마가 보내 줬어.

목소리   다른 사람도 아니고 너한테 반찬을 보내 주시다니.

진원   근데 뭐, 내가 밥 제대로 안 챙겨 먹는 게 맞긴 해.

목소리   그건 그렇지.

    너나 승주나, 냉동식품을 애용했잖아.

진원   응.

    근데, 엄마가 나 반찬 챙겨 주는 건 꼭 먹고사는 문제만은 아녔어. 약간 그런 거였지,

    '지켜보고 있다'는 암시.

    그래서 이젠 진짜 이 락앤락 통만 봐도 진이 쭉 빠지는 것 같아.

    네모나고, 동그랗고.

목소리   네모나고, 동그랗고?

진원   (진저리 치며) 어으!

목소리   진원, 다시 네모나고 동그란 게임을 시작한다.

진원, 허공에 대고 도형을 그리며 대사 이어 간다.

진원   엄마랑 승주가 이런 식으로 통할 줄은 몰랐는데.

목소리   어머님이 승주를 알긴 하셨던가?

진원   뭐. 알기야 알았지.

    승주랑 사귀고 얼마 안 돼서

	둘이 정면으로 마주친 적이 있긴 했으니까.
목소리	그래. 그때 너희 집에서.
진원	응, 그때. 승주가 뭐더라,
	베트남 쌀국수가 먹고 싶다면서
	핸드폰으로 주문을 했는데,
	금방 배달 완료됐다고 메시지가 왔나 봐.
	때마침 초인종이 울리길래 걔가 뛰쳐나갔더니,
	배달원이 아니라 반찬 싸 들고 온
	우리 엄마가 서 있었던 거야.
목소리	거의 뭐, 드라마 마지막 장면 같은 순간이었지.
진원	그치. 뒤에서 보고 있던 나도 굳었고,
	승주도 굳었고.
목소리	어머닌?
진원	전혀 안 굳었어.
	승주 걜 아무렇지도 않게 지나치고
	집으로 들어왔지.
목소리	그랬지. 그리곤 냉장고 안에 반찬을 차곡차곡 넣어 두셨고.
진원	그러는 동안 승주는 혼자 현관에
	무슨 신발장처럼 우두커니 서 있었어.
	그래서 내가 당황해서 엄마한테 막 뭐라고,
	이런저런 말을 했지.
	왜 말도 안 하고 왔냐,
	집에 나 없었으면 어쩌려고 그랬냐, 이런 거.
	엄마는 건성으로 대꾸하면서 집을 나섰고,
	난 엄마를 뒤따라서 나갔지.
목소리	승주는?

진원　　　인사하는 신발장이 됐지.

　　　　암튼 주차장까지 가는 동안에도 엄마는 우리 집
　　　　에 있던 그, 정체 모를 남자에 대한 언급을 일절
　　　　하지 않았어. 그냥 날씨가 많이 풀렸다,
　　　　요즘 벌이는 괜찮냐, 근데 넌 머리를 왜 안 자르냐,
　　　　이런 시답잖은 얘기나 하다가 차 타고 가 버렸지.

목소리　네가 집으로 돌아왔을 때, 승주는 어땠어?

진원　　　애가 뭔가, 기가 죽어서 멋쩍게 있길래,
　　　　뭔가 나한테 미안해서 저러는 것 같아서
　　　　그냥 괜찮아, 별일 아니야 했지.
　　　　근데 그랬더니 한다는 소리가,

목소리　"배달을 여기가 아니라 우리 집으로 시켰어."

진원　　　그렇게까지 바보 등신같이 말하진 않았지만,
　　　　아무튼 그러면서 어떡하지? 가서 가져올까?
　　　　이러길래 어이없어서 웃음이 났어. 뭘 가져와.
　　　　여기서 거기 왕복하면 쌀국수가 아니라 쌀떡이
　　　　돼 있겠다.
　　　　아무튼 그래서 그럼 저녁에 뭐 먹지 하다가,
　　　　귀찮아서 그냥 엄마가 가져온 반찬에다 먹었어.
　　　　승주는 먹는 내내 맛있다고 난리 떨었고.

목소리　넌 밥이 입으로 들어가는지 코로 들어가는지 몰
　　　　랐는데 말이야.

진원　　　그랬지.
　　　　엄마가 끝까지 아무 말도 안 한 게 너무 무서웠거
　　　　든. 분명 느꼈을 건데, 그냥 친구는 아니라는 거.
　　　　근데 끝까지 한마디를 안 했어.
　　　　아까 걘 이름이 뭐냐, 이런 식으로라도 물어볼

수 있었던 건데.

목소리 신발장 취급인 거지, 완전.

진원 그치. 아무튼, 그래서 그날 이후로
거의 승주 집에서 지내게 된 것 같아.
이런 일이 생기는 걸 미연에 방지하고 싶었다고
나 할까.

목소리 그러니까 엄밀히 말하자면,
승주랑 네가 같이 살게 된 건
너랑 승주의 관계 때문이 아니었던 거네.

진원 뭐, 따지자면 나랑 엄마의 관계 때문이었던 게 맞
긴 하지. 거기에서 도망치고 싶은 마음이었으니까.
그래서 원랜, 승주의 집이 내 집처럼 느껴지지도
않았어.
집이라기보다는 도피처에 가까웠던 것 같아.
근데 그때, 이탈리아에서 돌아왔을 때 말이야,
처음으로 그런 기분이 들었어.
나와 승주의 집, 우리의 집으로 돌아온 기분.

목소리 그래서, 3주 만에 돌아온 너의 집은 어땠어?

진원 그대로였지.
네모난 옷장도, 동그란 테이블도.
내 기억 속 원래 그 모습 그대로였어.

마지막 라운드 알림음 울린다.
무대 조명 극적으로 바뀐다.

목소리 진원, 어느덧 2단계의 마지막 라운드에 접어든다.

진원, 화면에 시선을 고정한 채 일어선다.
목소리, 따라서 일어선다.

목소리   진원, 화면에 나타나는 글자들을 읽으며 도형을
            그리기 시작한다.
진원   가로가 약간 긴 사각형을 그리세요.
            그 중심에 원을 그리세요.
            이제, 원이 돌아가며,
            당신의 기억 속에 있는 어떤 소리가 들려오기 시
            작합니다.
            그 소리에 집중해 보세요.

파도 소리 들려온다.

진원   헉!

파도 소리 위에 불안감을 고조시키는 반복음 깔린다.
목소리, 자신 쪽 스탠드의 헤드를 조정해 진원을 비춘다.

목소리   드디어 그 순간이야.
진원   (헉헉거리며) 뭐?
목소리   네가 승주에 대해 떠올릴 때면,
            언제나 돌아갔던 순간.
진원   그게 무슨….
목소리   너와 승주의 집에 있던 모든 것들 중에,
            유일하게 전과 달라져 있던 단 하나의 무언가를
            느끼는 순간.

진원	승주….
목소리	그래.
진원	나중엔 그런 생각을 했어.
	내가, 이탈리아에 가지 않았으면 상황이 달라졌을까?

파도 소리와 반복음 잦아든다.

목소리	그때 승주 표정 기억나?
진원	처음엔 그냥, 좀 피곤해 보인다고만 생각했어.
	잔소리하는 사람 없다고 또 밤새워 가며 작업했구나 싶었지.
목소리	근데, 승주가 얘길 꺼낸 거잖아. 새벽에.
진원	내가 여행 가 있던 사이에,
	본인 아빠한테 전화를 한 통 받았다고.
	뭐라셨는데? 내가 물었더니,
	승주가 덤덤하게 말했지.

목소리, 의자에 주저앉듯 앉는다.

목소리	"엄마가 죽었대."
진원	난 그대로 굳었고.
목소리	그때가, 승주 어머님 얘길 두 번째로 듣는 거였잖아.
진원	맞아. 만나고 나서 얼마 안 됐을 때도
	승주가 한 번 지나가듯이 얘기했었어.
	어릴 때 부모님이 이혼하셨고,

그 이후론 엄마를 한 번도 본 적 없다고.

그래서 나도 승주 어머님을 상상해 본 적도 없었어. 근데 갑자기 그런 소식을 듣게 되니까 좀 당황스러웠지.

목소리 근데 승주 그렇게 슬퍼 보이지 않았잖아.

진원 맞아. 날 등지고 앉아 있어서 표정은 볼 수 없었지만, 목소리는 분명히 덤덤했어.

목소리 애초에 아버님도 덤덤하게 소식을 전해 주셨다고 했었잖아. 너도 알고는 있어야 될 것 같아서 말해 주는 거다, 이런 식이었다고.

진원 근데 승주가 좀 이따 또 이런 얘길 하는 거야.

진원, 의자에 주저앉듯 앉는다.

진원 "근데 내가 놀란 게 뭐였는 줄 알아? 난 사실,
엄마가 이미 오래전에 죽은 줄 알고 있었어.
중학생 때, 거실에서 낮잠을 자다 깼는데,
방에서 아빠가 뭐라 뭐라고 통화하는 소릴 들었거든. 내용은 잘 들리진 않았지만, 뭔가 심각한 분위기였어. 조금 이따가 아빠가 전화를 끊고 나와서 베란다에서 한참 동안 담배를 피웠어.
난 자는 척하면서 그 뒷모습을 보고 있는데,
이유는 모르겠지만 왠지
아, 엄마가 죽었나 보다. 하는 생각을 했었어.
아빠가 나한테 무슨 말을 했던 건 아니었지만,
아빤 원래 나한테 엄마 얘길 일절 안 했으니까,
그냥 죽었단 것도 얘기 안 하려나 보다, 싶었지."

목소리	승주한테 그 얘기 들었을 때 어땠어?
진원	그땐 정말 당황스럽기만 했어. 그래서 말을 돌리려고 장례식은 갔다 왔느냐고 물었더니, 승주는 또, 아무렇지도 않게 답했지.
목소리	"못 갔어. 멀기도 했고. 아니, 우리 집 베란다였어도 망설였겠지만."
진원	덧붙인 말은 농담 투였지.
목소리	뒤이어서 승주가 작게 읊조렸던 말도 기억해?
진원	"왜 거길 갔나 모르겠어. 왜 거기에서 죽었는지."
목소리	그리고 그 말을 시작으로, 승주는 너에게 엄마에 대한 모든 기억을 들려줬지.
진원	맞아. 처음이었어. 근데 모든 이야기가 시간순으로 정갈하게 정리되어 있었어. 그래서 나는 승주가 그 이야기들을 마음속으로 수없이 되뇌어 왔단 걸 느낄 수 있었어. 그 안에서 무언가 연결고리를 찾으려 했을 거란 것도.
목소리	엄마에 대한 승주의 마지막 기억이 뭐였지?
진원	여행. 다섯 살 때, 엄마, 아빠, 그리고 아빠의 친척 식구들이랑 같이 일본으로 여행을 갔었대. 그리고 그게 마지막 여행이 됐다고 했지. 사고가 생기는 바람에.
목소리	네가 놀라서 사고? 라고 되물었었잖아.
진원	맞아. 승주는 또 덤덤하게 답했어. "응. 엄마 과실로." 내가 어디 다쳤던 거냐고 물으니까, 승주는 모르겠다고 했어. 기억하지 못한다고.

아니, 그 여행 자체가 자기 기억엔 거의 남아 있
지 않다고. 사고가 났던 것도, 그 일로 부모님이
이혼하게 된 것도, 나중에 어른들이 이야기하는
걸 듣고 알게 됐다고 했어.

목소리 그러면서 그 이야기가 나온 거잖아.
네가 승주에 대해 떠올릴 때면,
어김없이 돌아갔던 하나의 순간.

진원 맞아.

목소리 승주가 정확히 뭐라고 했었더라?

진원 "그게 구체적으로 어떤 사고였는지, 나한테 어떤
일이 일어났던 건지 한 번도 궁금해한 적 없었거
든? 근데 그 소식을 듣고 나서 처음으로 그게 궁
금해졌어. 어떻게 그동안은 그걸 알아보려 하지
않았던 건지 스스로 놀라웠지.
근데 그러다, 문득 그런 생각이 들었어.
나 그동안 가끔, 뭔갈 잊고 있는 거 같은 느낌을
받았었거든? 그게 아주 사소한 건지, 아님 중대
한 건지조차도 잘 모르겠지만,
아무튼 그런⋯, 뭐랄까.
상실감 같기도 하고 그리움 같기도 한 그런 거.
근데 나 진짜 이제야 좀 알 것 같은데, 그 모든
감정이, 결국엔 그때 거기로 이어지는 게 아닐까
싶어. 내가 그 순간을 기억하고 있었다면,
그 순간의 느낌을 기억하고 있었다면,
내가 지금까지 느껴 온, 이런, 아주 중요한 뭔갈
잊고 있는 것만 같은 이런 감정을
느끼지 않았을 수도 있을 것 같단 거야.

이 모든 게 그때부터 시작된 걸 수도 있다고…"

목소리 그날 어떻게 잠들었는지 기억나?

진원 모르겠어. 그냥 그렇게 얘기하다가 스르륵 잠들
었던 것 같아.

나도, 승주도.

목소리 그날 후로 승주는 다신 그 얘길 꺼내지 않았지?

진원 응. 그날 밤을 완전히 잊은 것 같았어.

엄마가 돌아가셨다는 것까지도.

목소리 왜 그걸 의아해하지 않았던 거야?

진원 그때 승주가 일로 바빠지기 시작했었거든.

그래서 승수 스스로 그 일을 신경 쓰지 않기로

우선 결론 내린 거라고 생각했어.

목소리 그렇게 믿고 있었는데,

승주가 전이랑 달라졌단 걸 확신한 게 언제였어?

진원 자잘한 일들은 많았어.

일단 잠을 정말 많이 잤고. 말수도 줄었고.

근데 제일 체감이 됐던 건,

승주가 오래 썼던 메모 어플이 있었어.

거의 10년을 썼는데,

그 어플이 서비스를 종료한다고 한 거야.

그러면서, 어플에 저장된 메모들을 백업할 수 있
게 해 주겠다고

어플 회사에서 안내를 받았다고 했어.

난 그냥 그런가 보다 했는데,

승주가 엄청 불안해하기 시작했어.

그러면서 자기가 어플에 기록해 둔 것들을

하나하나 노트북에 옮기기 시작했지.

방대한 양이었어. 생각해 봐, 십 년을 넘게 끄적였는데. 처음엔 게임 아이디어라서 집착하는 건가 생각했지만, 정도가 지나친 것 같았어.

목소리 네가 몇 번 진정시키려 했었잖아.

진원 그랬지.

네가 그렇게 안 해도, 그쪽에서 다 백업해 줄 거라고. 근데 내 말을 듣지 않았어.

며칠 밤을 새워 가며, 메모 내용을 하나하나 손으로 쳐서 본인 노트북에 옮겼지.

그 내용을 노트북이 아니라 자기 머릿속에 옮기려는 것처럼.

목소리 덕분에 노트북은 하루 종일 켜 있었고,

바탕화면은 새로 만든 폴더들로 빼곡했잖아.

진원 응. 연도별로 폴더를 만들고,

그 안에 월별로 다시 폴더를 만들어 뒀더라.

승주가 노트북을 켜두고 외출한 사이에,

빼곡한 바탕화면을 보고 당황했던 기억이 나.

목소리 그중에서도 유난히 네 눈에 띄었던 폴더가 있었잖아.

진원 맞아.

목소리 제목이 뭐였지?

진원 …최면 치료 기록.

목소리 폴더 안엔 뭐가 있었어?

진원 승주의 최면 치료 과정을 녹음한 거였어.

네 개의 파일이 있었고, 파일 제목엔 날짜가 쓰여 있었는데, 기간은 내가 이탈리아에서 돌아온 직후부터 최근까지였어.

목소리	넌 그걸 다 들었고 말이야.
진원	그래. 처음엔 토씨 하나 안 빼놓고 듣느라 시간이 걸렸지만, 듣다 보니 요령이 생겨서 나중엔 적당히 빠르게 넘겨 가며 들었지.
	덕분에 금방 들을 수 있었고.
목소리	내용을 기억해?
진원	그 여행에 대한 거였어.
	승주가 엄마와 마지막으로 함께 떠났던 여행.
	그날들에 대한 기억을 되짚어 보는 거였지.
	근데, 여행 과정 자체에 대한 기억은 정말 묘사에 가까웠고, 승주의 목소리나 호흡이 감정적으로 변하는 건 조금 더, 엄마에 관한 기억들을 떠올릴 때였어. 엄마는 술에 취해 내내 잠을 잤고, 잠깐 깨어 있을 땐 아빠와 큰 소리로 싸웠다고.
	그리고, 그런 얘기가 있었어.
	엄마가 계속 끊임없이, 작은 수첩에 뭔갈 써 내려 갔고, 그걸 잊지 않으려는 거처럼
	거기에 써 둔 걸 계속 혼자 읽고 있었다고.
목소리	그 얘길 듣고 어땠어?
진원	그 모습이 꼭, 승주 같다고 생각했어.
	그걸 느끼고 나니까 더 멈출 수 없었어.
	모조리 들어야겠다고 생각했지.
	나도 그날의 기억이 궁금해졌거든.
목소리	그중에서 가장 생생하다고 느꼈던 기억은 어느 부분이었어?
진원	엄마랑 둘이 바다에서 놀던 때.
	승주는 작은 튜브에 타 있었고,

엄마는 그런 승주의 손을 잡고 물속을 천천히 걸어 나갔다고 했지. 물기 묻은 엄마의 손, 파도를 따라 작게 출렁이는 튜브,

팔과 등, 머리 위로 쏟아지던 햇살, 파도 소리….

모두 정말 생생한 기억이었어. 그날 그 바다에 와 있는 것만 같은 착각이 들 정도로.

목소리   생생하고도 아름다운 기억이었지.

진원   맞아. 승주와 엄마는 손을 마주 잡고 같은 파도를 느끼며 한참 동안 서로를 바라보고 있었다고 했어. 그런데….

목소리   그런데.

진원   엄마가, 승주의 손을 놨다고 했어.

승주는 곧 튜브에 탄 채로 육지에서 멀어져 갔고.

엄만 그 자리에 그대로 서서 멀어져 가는 자길 지켜보고 있었다고.

엄마를 부르고 싶었는데 목소리가 나오질 않았고,

그렇게 혼자 한참을 바다 위에서 떠돌다가

우연히 지나가던 요트에 발견돼서 돌아왔다고.

돌아왔을 때 모두 달려들어 승주를 껴안고 울었는데, 엄마 혼자 멀찍이 서서 승주를 바라보고 있었다고 했어. 그리곤 다시 고개를 박고, 뭔갈 기록하는 데에 열중했다고.

그리고, 그렇게 여행은 끝났고,

그 후로 다신 엄마를 볼 수 없었다고.

목소리   그래. 그리고 승주가 튜브 위에서

내내 쥐고 있었던 게 있었다고 했잖아.

진원   맞아. 작은 게임기였어.

나중에 요트에서 내리고, 다시 가족들을 만날 때까지도, 그걸 계속 손에 쥐고 있었다고.

목소리 그다음엔 어떤 이야기였어?

진원 그냥, 계속 반복이었어.

승주는 그걸 떠올리고 싶어 하는 것 같았어.

자기 손을 놓기 전에 엄마가 어땠는지 말이야.

어떤 표정이었는지, 마지막으로 어떤 말을 했는지, 하는 거. 근데 쉽지 않은 눈치였지.

말소리는 파도 소리에 묻혔었고,

표정이나 입 모양은 햇살에 눈이 부셔서 제대로 보지 못했나 봐.

그래도 승주는 계속 시도했어.

그날을, 그 순간을 파헤치려는 것처럼.

그러면서, 영원히 깰 수 없는 게임을 하는 기분이라고 했지.

목소리 그걸 다 듣는 동안 어떤 감정이 들었어?

진원 떨렸어. 그렇게 떨어 본 게 대체 얼마 만이었는지 모를 만큼.

목소리 그리고 또?

진원 두려웠고.

목소리 두려움은 아주 잠깐이었잖아.

그런 거 말고, 더 집요하게 들었던 감정이 있었어.

조금 더, 너에 관한 거.

진원 그게 뭐였는데?

목소리 기시감.

진원 기시감?

목소리 그래. 그래서 그렇게 떨면서도, 두려워하면서도,

	동시에 거리낌 없을 수 있었지. 익숙했으니까.
진원	그래. 익숙함도 있었어.
목소리	그 익숙함이 어디에서 온 거라고 생각해?
진원	승주가 내 통화를 들었던 것과 비슷하다고 생각했어. 왜 우린 항상 서로를 엿들어야 하는 걸까 생각했지. 다른 것도 아니고, 서로의 가장 깊은 상처를 말이야. 왜 그런 법칙 같은 게 있는 것처럼, 뭔가 반복되는 걸까. 무슨 법칙 같은 게 있고, 내 삶이 그걸 기억하고 있는 것 같았어.
	그래서 내가 원치 않아도, 내가 선택하려 하지 않아도, 그게 계속 반복되는 것처럼. 왜 그래야만 하는 걸까.
목소리	글쎄. 그거 말고 더 비슷한 게 있지 않아?
진원	모르겠는데.
목소리	너 고등학생 때,
	누나가 너한테 한 짓이랑 비슷하잖아.
진원	뭐?

목소리, 자리에서 일어선다.

스탠드의 헤드를 진원을 향해 둥글게 움직인다.

무대 서서히 어두워진다.

진원의 얼굴 위로 조명이 어지럽게 일렁인다.

목소리	너와 누나가 멀어졌던 그 사건.
	누나가 네 일기를 펼쳐 본 것과 닮았지.
진원	그건…
목소리	너도 승주처럼 방심했었잖아.

아무 데나 뒀었지, 네 일기장을.
누난 기어코 그걸 읽었고.

진원   누나랑 내 경우는 달라.
누나는 단순히 호기심이었지만,
나는 승주를 이해하고 싶었고 돕고 싶었어.

목소리   누나가 보는 앞에서 일기장을 갈가리 찢어 버렸
지만 그 내용은 여전히 네 안에 있잖아.
한 번도 잊은 적 없지?

진원   승주를 포기하고 싶지 않았어.
그러려면 승주가 감추고 있는 것들을 알아야
했고,

목소리, 자신 쪽 스탠드 바로 아래에 가서 선다.

목소리   '봉사 캠프에서 만난 형을 좋아하게 됐다.
형도 내가 좋다고 했다.
우린 창고 뒤에서 입을 맞췄고.
그 순간은 마치 시간이 멈춘 듯했다.'

진원   ….

목소리   '나는 형을 사랑한다. 나는 이 남자를 사랑한다.
더는 의심할 수조차 없다.
이 순간을 언제까지고 기억할 것이다.'

진원   (사이)
걔, 지금은 결혼했더라.

무대 원래의 밝기를 되찾는다.
목소리, 스탠드의 헤드를 원상태로 돌려놓는다. 의자에 앉는다.

목소리	그래. 한참 어린 여자랑 결혼해서 동창들 사이에서 말 꽤나 나왔었지.
진원	인생이 괜찮게 풀렸더라고.
	대학도 좋은 데 가고 직장도 좋은 데 가고.
	나랑 그러고 지낼 때만 해도 걔 방황 중이었거든.
	맨날 학교 빠지고, 성적 죽죽 떨어지고.
	지금 생각해 보면 걔한텐 내가 액땜 같은 거였을지도 몰라.
	아니다. 혼자 액땜한 거였음 다행이지.
	나한테 액운 다 들러 붙이고 혼자 털어 낸 거지.
목소리	넌 많은 걸 잃었는데 말이야.
진원	그래. 누나가 내 일기 내용을 엄마한테 일러바쳤고, 엄만 날 전학 보내고 내 이름을 바꿨지.
목소리	지금 생각해 봐도 이름 바꾼 건 진짜 오버였어.
	네가 남자 좋아하는 거랑 네 이름이랑 대체 무슨 상관이 있다고.
진원	몰라. 스님이 그랬대.
	앞 글잔 괜찮은데 뒷글자에 문제가 있다고.
	뒷글자만 바꾸면 애가 다시 정상이 될 거라고.
	근데 더 웃긴 건, 내 원래 이름도 그 스님이 지어 준 거였어. 참될 진에 참될 동. 심진동.
목소리	참된 게 두 번 들어가서 애가 돌아 버렸단 건가?
진원	몰라. 심진동~성애자. 이렇게 들렸나 보지.
	암튼 그렇게 심진원이 됐지. 참될 진에 으뜸 원.
목소리	으뜸이라니. 참 남성적이야.
진원	딱 그걸 노렸던 거지. 엄마도 웃겨.

평소엔 할렐루야 찾으면서 결정적일 땐 스님 말에 껌뻑 죽잖아.

목소리 그래도 긍정적으로 생각해 보면,

진동보단 진원이 낫지 않아?

진원 그치. 진동일 땐 놀림 많이 받았거든.

영어 이름은 바이브레이터냐. 이러면서.

목소리 그에 비하면 진원은 세련된 축이야?

진원 맞아. 근데, 그래도 슬펐어.

왜 내 걸 남들이 맘대로 바꾸려 드는지.

왜 난 내 걸 못 지켰는지.

그게 아무리 촌스럽고 쪽팔린 거라도 지켰어야 했는데.

방바닥에 드러누워서 거품이라도 물었어야 했어.

날 그냥 바이브레이터로 살게 해 줘요!

근데 현실은 그냥 순순히 다 뺏겼어.

너 이제 심진원이야, 네, 너 이제 헤테로야, 네.

시발, 다 잃었지.

목소리 모든 게 그 일기장에서 시작된 거라니.

판도라의 일기장이네.

진원 그래서 누나를 증오했어.

내 인생을 망쳤다고 생각했으니까.

어떻게 인간이 그렇게 비인간적인 행위를 할 수 있냐고 따졌지. 근데, 그래, 맞아.

그렇게 비인간적인 행위를 나도 승주한테 똑같이 한 거야.

목소리 후회해?

진원 뭐?

목소리	누나는 자기가 한 행동을 정말 후회하는 것 같았잖아.
진원	그랬지. 시간을 돌리고 싶다고 했어.
	시간을 돌린다면 내 일기장을 몰래 들춰 보지도 않았을 거고, 그 내용을 엄마한테 일러바치지도 않았을 거라고 울면서 말했지.
목소리	넌 어때?
	너도 만약 시간을 돌릴 수 있다면,
	그 녹음본을 듣지 않을 거야?
진원	그 일이 없었다면 우린 어떻게 끝났을까?
	좀 더 평범했을까? 아님, 아예 끝나지 않았을까?
목소리	그거야 모르지. 그래도 하나 알 수 있는 건,
진원	적어도 승주가,
같이	그 추운 땅으로 떠나진 않았겠지.

띵- 메일 알림음 울린다.

진원	….
목소리	왜 그래? 찰리가 보낸 거 아니야?
진원	아니야.
목소리	그럼?
진원	승주 아버님.
목소리	어?
진원	잠깐 뵙자고 하시는데.

진원과 목소리 쪽 스탠드 꺼진다.
진원, 자리에서 일어서 무대 끝으로 간다.

전과는 다른 지극히 현실적인 조명이 들어온다.

확연히 어색해진 공기가 느껴진다.

진원, 앉아 있는 승주 父에게 다가간다.

진원   저….

승주 父   아, 혹시, 심진원….

진원   네. 처음 뵙겠습니다, 아버님.

승주 父   안녕하세요. 저, 편히 앉으세요.

진원   네, 감사합니다.

진원, 의지에 가서 앉는다.

진원   이렇게 실제로 뵙는 건 또 처음이네요.

            그때 전화 통화만 잠깐 하고.

승주 父   아, 예….

진원   근데 말씀 편하게 하셔도 되세요.

승주 父   아, 아닙니다.

            승주가 연구가님 명함을 가지고 있더라구요.

            거기에 메일 주소가 있길래,

            저번처럼 전화로 하려다가 그냥….

진원   아, 네….

승주 父   그냥, 네….

진원   ….

승주 父   앉으시죠.

진원   아, 네.

승주 父   ….

진원   ….

승주 父	….
진원	그….
승주 父	제가 오늘 뵙자고 한 건요.
진원	아, 네.
승주 父	좀 여쭤보고 싶은 게 있어서요.
	승주, 관련해서.
진원	…네.
승주 父	이건 정말 연구가님만 답해 주실 수 있는 거라서요.
진원	…네.
승주 父	승주가,
	(사이)
	어떤 요리를 복원하려고 했던가요?
진원	네?
승주 父	승주가 어떤 걸 의뢰했는지 궁금합니다.
진원	아. 아, 그니까.
	승주, 승주 씨가 저한테,
	뭔가를 의뢰했다고 알고 계신 거죠?
승주 父	네. 아닌가요?
진원	아. 아뇨. 맞습니다.
승주 父	어떤 거였나요?
진원	그게….
승주 父	제가 그 애에 대해 아는 게 많이 없어서요.
	뭘 좋아했는지, 누구랑 친했는지,
	괜찮은 아가씨 만나서 연애는 잘했는지….
진원	그러셨구나….
승주 父	근데 이제는 좀, 알고 싶더라구요. 이제 와서.

진원   네….

승주 父   어떤 음식이었나요?

진원   …어릴 때,

         가족 여행에서 먹은 음식이요.

승주 父   가족 여행이면.

진원   일본 어디라고 했던 것 같은데.

         어머님, 아버님이랑, 뭐, 친척분들이랑 같이 갔었
         다고.

승주 父   네….

진원   그때 먹었던 음식이라고 했어요.

         그걸 다시 먹어 보고 싶다고.

승주 父   그걸 먹고 나서, 그 애 반응이 어땠나요?

진원   복원은 성공하지 못했습니다.

승주 父   너무 오래전 일이라,

         승주가 잘 기억을 못 했나 보군요.

진원   아뇨. 정말 또렷하고 섬세한 기억이었습니다.

         문제는 저였어요. 제가 부족했습니다.

         그때는 제가 지금보다 훨씬 더,

         기억을 다루는 데에 능숙하지 못했거든요.

승주 父   그랬군요.

진원   이런 답변도 도움이 될 수 있을지 모르겠네요.

승주 父   아뇨, 충분합니다.

         사실, 처음 전화드렸을 땐,

         선생님이 어떤 일을 하시는지도 잘 몰랐습니다.

         그냥 승주 집에서 명함을 발견해서,

         무작정 전화를 건 거였거든요.

         그땐 정말, 지푸라기라도 잡고 싶은 심정이어서,

승주를 알고 있을 모든 사람한테 닥치는 대로 다 연락을 했던 것 같아요.

그러다 나중에 몇 년 지나고 나서야, 선생님께서 어떤 일을 하시는 분인지 알게 됐어요. 승주가 선생님 칼럼이랑 인터뷰 같은 걸 보관해 두었더라고요.

진원   …그랬군요.

승주 父   그걸 찬찬히 읽고 나니까 처음에 그렇게 무작정 연락드렸던 게 너무 죄송하더라고요.

모르고 계셔도 됐을 소식을 제가 괜히 전해 드린 것 같아서요. 근데 처음 전화드렸을 때만 해도, 정말 미칠 듯이 궁금했었거든요. 그땐 정말 뭐 하나라도 더 알고 싶었고 이해하고 싶었어요.

승주가 왜,

진원   왜, 그 추운 땅으로 떠났는지….

승주 父   추운 땅이요?

진원   아. 아뇨. 아뇨.

제가, 잠깐 착각했던 것 같습니다.

최근에 작업 중인 건이랑 헷갈린 것 같아요.

승주 父   아이고, 바쁘신 와중에 제가 또 귀찮게 했군요.

진원   아닙니다. 제가 드릴 수 있는 도움이 없어서 죄송할 따름이에요.

승주 父   괜찮습니다.

애초에 뭐 단서 같은 걸 얻으려고 연락드린 게 아니었어요. 그냥 정말 궁금했습니다.

그 애가 뭘 되찾고 싶어 했는지요.

진원   혹시라도. 제가 뭔가 알게 되면요.

그땐 제가 먼저 연락을 드릴게요.

승주 父 괜찮습니다, 선생님. 이걸로도 충분합니다.
이젠 다 그만뒀기도 하고요.

진원 네?

승주 父 더는 찾지 않습니다.
그랬기 때문에 그런 질문을 드렸던 거예요.
이젠 그 애가 어디로 사라졌는지 더는 궁금하지
않아요. 그냥, 그 애가 어떤 사람이었는지 알고
싶을 뿐입니다.

진원 아….

승주 父 시간이 좀 걸리긴 했지만,
이젠 정말 받아들였거든요.
다신 그 애를 볼 수 없을 거라는 거.
누구든, 다신 그 애를 볼 수 없을 거라는 거요.

[음악] We'll meet again – The Ink Spots

무대 서서히 어두워진다.

진원 차가 막 터널로 접어드는 순간이었어.
차창 너머로 작은 눈송이들이 마구 달려들었지.
그리곤 손쓸 새도 없이 캄캄해졌고. 타이밍이 아
주 절묘했달까.
전화가 끊기고 나서, 멈췄던 라디오가 다시 재생
되기 시작했어. 라디오 프로그램이 막 끝나고, 중
간 음악이 시작되던 참이었는데.
타이밍이 아주 절묘했지. 가사도 떠올릴 수 있

을걸?

그래. 가사마저도 아주 절묘했어.

내가 어떻게 스쳐 지나갔던 노래의 가사를

아직까지 기억하고 있는 거지?

간단해. 어떤 기억들은 영원히 훼손되지 않는 법

이거든.

목소리, 자리에서 일어나 자신 쪽 스탠드를 켠다.

헤드를 조정해 진원을 비춘다.

목소리   그리고 어딜 갔었지?

진원   백화점.

의뢰인을 만나기 전에 백화점에 구두 수선을 맡

기려고 했거든.

3층에 있는 수선 업체에 구두를 맡기고,

다시 에스컬레이터를 타고 위층으로 올라갔어.

그리고 또다시 위층으로, 더 위층으로,

그렇게 맨 꼭대기 층까지 갔다가, 다시 한 층, 한

층 에스컬레이터를 타고 내려왔지. 그리고 에스

컬레이터를 타고 다시 한 층, 한 층 올라갔어.

아무 목적도 의식도 없는 행동이었어.

그냥 기다란 에스컬레이터에 몸을 맡긴 채,

오르고 내리는 걸 몇 번이고 반복했어.

그러다, 맨 꼭대기 층에 여섯 번째로 도착했을

때야 정신이 들었어.

목소리   뭐 때문이었지?

진원   안내 방송이 나왔거든.

미아를 찾고 있다고. 다섯 살짜리 남자애.
키는 1m 조금 넘고, 녹색 티셔츠에 갈색 바지를
입고 있다고 했지. 난 그게 꼭 승주 얘기 같았어.
그래서 정신이 들었고 말이야.

목소리   어떻게 스쳐 지나갔던 안내 방송을
아직까지 기억하고 있는 거지?

진원   간단해.
어떤 기억들은 영원히 훼손되지 않는 법이거든.

목소리, 진원을 비추던 스탠드를 끈다.
헤드를 원상태로 돌려놓는다.
음악 잦아든다.

띵- 메일 알림음 울린다.
무대 약간 밝아진다.
목소리, 자신 쪽 스탠드를 켠다.

찰리   *진원. 찰리예요.*
매번 작업 진행 내용을 꼼꼼하게 공유해 주어서
고마워요.
진원의 지난 칼럼들을 읽으며 의뢰들이 완성되어
가는 과정이 참 신기하다고 생각했었는데,
제 퍼즐도 조금씩 맞춰져 가고 있는 것 같아
정말 기쁘고 설렌답니다.
음식의 점도와 식감에 대해 물었죠.
제가 기억하기에, 스푼으로 떴을 때
국물이 엄청 무겁게 떨어지진 않았던 것 같아요.

하지만 분명 어느 정도의 끈적함은 있었죠.

식감은, 글쎄요, 이건 훨씬 더 부정확한 기억이
지만, 전체적으로 부드러웠던 것 같아요.

안에 든 고기도 질기지 않고 흐물흐물했죠.

정체 모를 풀들은 그나마 질긴 축에 들었지만,

엉킨 걸 풀어내서 먹으면 또 부드럽게 느껴졌
어요. 한마디로, 아침에 따뜻하게 데워 먹기 딱
좋은 요리였던 거죠. 빈속인 채 길을 잃었던 제게
도 딱 좋은 요리였던 거고요.

그럼, 앞으로도 잘 부탁할게요, 진원.

추신, 게임을 꾸준히 하고 있다니 괜히 뿌듯한 마
음이 드네요.

혹시 지금까지 게임을 하면서

그 안에서 어떤 의미나 상징을 발견한 게 있나요?

저는 게임을 하는 동안 이 두 가지 질문이 계속 떠
올랐거든요.

하나, 기억을 갖는다는 건 어떤 것일까?

둘, 우리의 영혼을 이루고 있는 건 무엇일까?

진원, 자신 쪽 스탠드를 켠다.

무대 밝아진다.

목소리, 의자에 앉는다.

목소리　　약속은 어땠어?

진원　　뭐랄까….

목소리　　지쳐 보이네.

진원　　나 약간, 아버님이 만나자고 하셨을 때,

아, 드디어 올 것이 왔구나 싶었어.

아침 드라마 주인공이 된 것 같았어.

내가 며느리인 거야.

근데 내가 남자 며느리인 거야.

목소리 아침 드라마에 남자 며느리?

진원 그니까…, 몰라, 약간.

돈 봉투, 아니면 뭐, 이렇게 얼굴에 물 끼얹는 거? 그런 그림?

왜 순진한 우리 아들 꼬드겨서, 게이 만들었냐.

아, 아버님 그게 아니라.

누가 네 아버님이야! 약긴 이런 거.

목소리 굉장히 구체적인 상상이네.

진원 근데, 전혀 아니었어.

애초에 모르고 계시더라고.

나랑 승주가, 만났던 거.

그러니까, 사랑했던 거.

그냥, 승주가 내 명함을 가지고 있었대.

처음 전화하셨을 때도 그냥 그 명함 보고 전화하신 거였고,

나중에 나 하는 일 알게 되시고 나서는,

승주가 나한테 뭘 의뢰한 줄 아셨대.

그래서, 걔가 뭘 의뢰했는지 궁금해서 만나자고 하셨단 거야.

목소리 남자 며느리는커녕.

진원 어쩐지, 너무 깍듯하시더라고.

내가 초반에 몇 번 말했었거든,

말씀 편하게 하셔도 된다고.

	난, 남자 며느리니까.
	근데 계속 꼬박꼬박, 막 경어체를 쓰시면서.
목소리	(과장되게 따라 하며) 심진원 연구가님.
진원	그래, 그렇게.
목소리	엄청 긴장했었잖아, 너.
	가기 전에 옷도 몇 번씩 갈아입고.
진원	그랬지. 머리도 다듬었어.
	괜히 잘 보이고 싶었거든.
	근데 괜히 힘 뺐던 거지, 뭐. 우습네.
목소리	그래서. 어떻게 대처했어?
	승주가 하지도 않은 의뢰를 지어냈어?
진원	그랬지.
목소리	뭘 의뢰했다고 했어?
진원	엄마랑 마지막으로 갔던 여행에서 먹었던 음식.
목소리	당황한 것치곤 잘 지어냈는데?
진원	작정하고 지어낸 느낌도 아니었어.
	그냥 머릿속에 떠올랐어.
	너무 그럴듯한 대답이라,
	아버님도 바로 수긍하셨지.
	약간 그럴 줄 알았다는 반응이었어,
	그럴 줄 알았는데 그냥 한 번 확인해 보고 싶었다는 반응.
	근데, 더는 승주 찾지 않으신대.
목소리	정말?
진원	응. 포기하셨나 봐. 그럴 만하지.
	이미 시간이 꽤 지났잖아.
목소리	게임 얘긴 했어?

진원	게임?
목소리	응. 승주의 마지막 게임을 하고 있다고 말이야.
진원	안 했지, 그런 얘긴.
목소리	그 얘길 했다면 아버님 반응 어떠셨을 것 같아?
진원	글쎄.
	모르긴 몰라도,
	내가 그 게임에서 뭘 찾으려고 한다고는 생각 못 하셨을 거야.
	나랑 승주가 어떤 관계였는지 모르셨기도 하고,
	무엇보다, 승주가 어떤 앤지 잘 모르셨을 거거든.
	승주가 어떤 식으로 게임을 만들었는지 말이야.
목소리	그랬지. 그냥 승주가 그쪽 일 하는 거 자체를 안 좋아하셨잖아.
진원	응. 승주 말로는 그랬지.
	근데 처음엔, 그냥 게임 산업 자체를 좀 부정적으로 보시나 싶었는데,
	승주 녹음본을 듣고 나선 생각이 바뀌었었어.
목소리	어떻게?
진원	승주가 혼자 튜브를 타고 바다를 떠돌았을 때, 게임기를 쥐고 있었다고 했잖아.
	그러니까 아버님 입장에선,
	승주가 게임에 집착하는 게 다 그 사건에서 촉발된 거라고 생각하셨을 수도 있겠다 싶었어.
	그러니까 부정적인 입장이실 수밖에 없었던 거지.
	모든 게 그 무의식 속의 트라우마 때문이라고 생각한다면 말이야.
목소리	너도 그렇게 생각해?

	모든 게 그 무의식 속의 트라우마 때문일 거라고?
진원	그 모든 게 다 뭔데?
목소리	승주가 게임에 집착하게 된 거,
	게임 개발자가 된 거,
	게임 안에서 계속 혼자 떠도는 이미지를 만들게
	된 거,
	그리고,
같이	그 추운 땅으로 떠나게 된 거.
진원	잠깐만.

목소리, 자신 쪽 스탠드를 끄려다 멈춘다.

진원	이거 아니야.
	이거 아니었어.
목소리	뭐가?
진원	승주, 추운 땅으로 떠난 거 아니었다고.
목소리	무슨 말이야?
진원	그냥 애초에 아무 관계가 없었어.
	그냥 내 머릿속에서 엉킨 거야.
	승주랑 찰리의 의뢰가 뒤엉킨 거라고.
목소리	그래?
진원	그래. 그렇다니까.
	맞아, 거기서부터 엉킨 거야.
	그래서 이렇게 복잡해진 거야.
	관련 없는 두 이야기를 무의식중에 엮은 게 문제
	였어.
목소리	글쎄, 내 생각엔….

진원	이젠 하나에 집중할 때야.
	다른 하날 잠깐 중단하더라도. 그게 맞아.
	안 그러면 자꾸 무의식적으로 그 사이에서 연결 고릴 찾게 되니까.
목소리	지금까지 둘 다 잘해 왔잖아.
	다시 생각해 봐.
진원	둘 중에서 고르자면 게임을 멈추는 게 맞아.
	찰리의 의뢰는 이제 거의 막바지기도 하니까.
목소리	미안하지만, 이렇게 하면 둘 중 어떤 이야기도 진행될 수가 없어.
	두 이야기가 같이 가야 엔딩을 볼 수 있단 말이야.
진원	아니, 이 게임을 해야 될 이유도 이젠 모르겠어.
	내가 애초에 이 게임을 왜 시작했지? 어쩌다가?
목소리	진원아.
진원	넌 누구야?
	대체 이 목소리가 어디서 들려오는 거냐고.
목소리	….
진원	넌 내가 아닌데.
	그렇다고, 승주도 아니고.
	그럼 넌,

목소리, 일어서서 박수 두 번 친다.
진원 쪽 스탠드 꺼진다.
동시에 목소리, 자신 쪽 스탠드를 끈다.
무대 어두워진다.

띵- 메일 알림음 울린다.

무대 약간 밝아진다.

목소리, 자신 쪽 스탠드를 켠다.

찰리　　　*진원. 찰리예요.*

　　　　　　매번 작업 진행 내용을 꼼꼼하게 공유해 주어서
　　　　　　고마워요.

　　　　　　진원의 지난 칼럼들을 읽으며 다른 의뢰들이 완성
　　　　　　되어 가는 과정이 참 신기하다고 생각했었는데,

　　　　　　제 퍼즐도 조금씩 맞춰져 가고 있는 것 같아

　　　　　　정말 기쁘고 설렌답니다.

　　　　　　음식의 점도와 식감에 대해 물었죠.

　　　　　　제가 기억하기에, 스푼으로 떴을 때

　　　　　　국물이 엄청 무겁게 떨어지진 않았던 것 같아요.

　　　　　　하지만 분명 어느 정도의 끈적함은 있었죠.

　　　　　　식감은, 글쎄요, 이건 훨씬 더 부정확한 기억이
　　　　　　지만, 전체적으로 부드러웠던 것 같아요.

　　　　　　안에 든 고기도 질기지 않고 흐물흐물했죠.

　　　　　　정체 모를 풀들은 그나마 질긴 축에 들었지만,

　　　　　　엉킨 걸 풀어내서 먹으면 또 부드럽게 느껴졌어
　　　　　　요. 한 마디로, 아침에 따뜻하게 데워 먹기 딱 좋
　　　　　　은 요리였던 거죠. 빈속인 채 길을 잃었던 제게도
　　　　　　딱 좋은 요리였던 거고요.

　　　　　　그럼, 앞으로도 잘 부탁할게요, 진원.

　　　　　　추신, 게임을 꾸준히 하고 있다니 괜히 뿌듯한 마
　　　　　　음이 드네요.

　　　　　　혹시 지금까지 게임을 하면서

　　　　　　그 안에서 어떤 의미나 상징을 발견한 게 있나요?

저는 게임을 하는 동안 이 두 가지 질문이 계속 떠
올랐거든요.
하나, 기억을 갖는다는 건 어떤 것일까?
둘, 우리의 영혼을 이루고 있는 건 무엇일까?

진원 쪽 스탠드, 켜진다.
무대 밝아진다.
목소리, 의자에 앉는다.

목소리   약속은 어땠어?

진원   뭐랄까.

목소리   지쳐 보이네.

진원   나 약간, 아버님이 만나자고 하셨을 때,
아. 드디어 올 것이 왔구나 싶었어.
아침 드라마 주인공이 된 것 같았어.
내가 며느리 거야.
근데 내가 남자 며느리 거야.

목소리   물 싸대기 맞을 각오를 했었구나.

진원   그랬지. 근데 실제론,
나랑 승주의 관계를 모르고 계시더라고.

목소리   그래?

진원   응. 그냥, 요리 복원가와 의뢰인 관계로 알고 계셨
대. 날 보자고 한 것도, 승주가 어떤 음식을 복원
하려고 했었는지 그게 궁금해서 그러셨던 거고.

목소리   표정 관리 잘했어?

진원   한 5년 전만 됐어도 대차게 말아먹었을 텐데,
다행히 내가 그동안 의뢰인들 상대하면서 많이

찌들었거든.

목소리　복원 실력이 아니라 서비스 실력이 늘었구나.

진원　별 희한한 사람들도 많았으니까.

목소리　그에 비하면 찰리는 어떤 편이야?

진원　뭐, 적극적이고, 호의적이고.

　　　　말이 좀 많은 편인 것 같긴 한데,

　　　　이렇게 의뢰 자체가 흐릿한 경우에는

　　　　차라리 말이라도 많은 게 낫더라고.

　　　　무의식중에 툭툭 던지는 말들이

　　　　나한텐 다 단서가 될 수 있으니까.

목소리　그래서, 말 많은 의뢰는 어떻게 되어 가고 있어?

진원　굳이 따지자면, 이젠 정말 마무리 단계에 가까워
　　　　진 것 같아. 이미 몇 번 해 먹어 봤는데, 대충 아
　　　　다리는 맞는달까.

　　　　그러니까, 상황적인 맥락 말이야.

　　　　극동아시아의 소도시에서 작은 식당을 하는 중
　　　　년 여성이 초겨울 아침에 식당 오픈을 앞두고

　　　　혼자 간편하게, 하지만 든든하게 챙겨 먹을 만한
　　　　요리라는 맥락.

목소리　그게 찰리가 찾던 그 요리가 맞을까?

진원　어느 정도 가까워진 건 맞겠지만, 정답이라고 장
　　　　담할 수야 없겠지.

　　　　이번만이 아니라 매번 그랬어.

　　　　정답은 의뢰인 본인만 알고 있는 거니까.

목소리　괜히 찌든 게 아니네.

　　　　그래도 처음에 일 시작하면서는 나름 설렘이 있
　　　　었잖아.

진원   그치. 처음엔 일하면서 진짜 재밌었어.
        무형의 퍼즐이 내 손에 의해 맞춰져 가는 걸 보며
        카타르시스를 느꼈지.
        근데 그러다 처음으로 복원한 요리를 내놓던 날,
        요리를 맛본 의뢰인이 고개를 젓는 걸 보고 나
        서야 실감할 수 있었던 것 같아.
        복원하는 건 내 일이 맞지만,
        복원을 끝내는 건 내 일이 아니라는 거.
        이 작업이 어떻게 끝날지,
        난 마지막의 마지막까지 예측할 수 없다는 거.
목소리   세임이 이렇게 끝날지는 생각해 본 적 있어?
진원   생각해 본 적 없는 것 같은데.
목소리   어디까지 진행된 것 같다는 느낌은 있고?
진원   내가 진짜 어디까지 했더라?
        잠시만. 일단 다시, 켜 보고.
        왜 이렇게 오랜만에 하는 것 같지.

진원, 자리에서 일어선다. 허공에 대고 도형을 그리며 대화 이어 간다.

진원   생각해 보면, 승주의 게임은 대부분이 그랬던 것
        도 같아. 어디까지 왔는지, 어떻게 끝날지 모두
        알아채기 어려웠어. 이해할 수 없었거든.
목소리   그 점이 좋았잖아.
        승주가 넌 이해하지 못할 게임을 만들어 내는 사
        람이라는 게.
진원   처음엔 그랬지.
        나한테 승주는 솔직하고 꾸밈없는 사람이었거든.

나랑은 달랐어.

제일 큰 차이가, 걔나 나나 서로 일하는 거에 대해 잘 모르잖아.

근데 걘 내가 요리 관련해서 얘기하는 거 듣다가 자기가 모르는 게 있으면 바로 그게 뭐야? 하고 물어보는 애였어.

목소리　넌 승주 얘기 중에 모르는 게 있어도 그냥 가만히 있었어?

진원　응. 근데 꼭 자존심 때문만은 아니었고,

걔가 아는 걸 나도 알고 있는 것처럼 보이고 싶었어.

목소리　그게 자존심 아니야?

진원　자존심이랑은 좀 다른 것 같아.

걔가 모르는 걸 난 알고 있다고 으스대고 싶진 않았거든.

아무튼, 걘 내 앞에서 뭘 감추질 않는 애였는데,

그런데도 내가 이해하지 못할 부분이 남아 있다는 게 좋았던 거지.

목소리　일종의 연구 대상처럼 느껴졌을 테니까.

진원　그런데, 걔가 최면 치료를 받고 있었단 걸 알게 된 후로는 말이야. 그러니까, 나한텐 그 사실을 숨기고 있었단 걸 알게 된 후로는

모든 게 다 거짓 같아졌어.

걘 내 앞에선 아무렇지 않은 척했거든.

메모를 하나하나 옮기면서도,

그 이상한 체조를 밤낮없이 따라 하면서도

걘 그게 별게 아닌 척했어.

그러다 걔가 예전에 게임 제작 지원 사업에 신청
했던 게 선정돼서 지원금을 좀 받았거든.

그걸 축하하면서 같이 저녁을 먹다 말고 걔가 그
러는 거야.

목소리 "요즘엔 모든 일이 다 잘 풀리는 것 같아.

진원아. 넌 요즘 좀 어때?"

진원 그 말을 듣는데 헛웃음이 나왔어.

목소리 그리고 확신했지. 쟨 내 앞에서 다 가짜구나.

진원 난 내가 감추고 있는 쪽이라고 생각했는데, 반대
였던 거야. 걘 처음부터 내 상처를 알고 있었고,
그래, 나로 행성 하나를 만들 만큼 날 꿰뚫고 있
었어. 근데 정작 본인에 관한 가장 깊은 건 나누
려고 하지 않았던 거야.

근데 그것도 모르고, 쟤가 만든 게임 말고는
쟤에 관한 모든 걸 알고 있다고 믿었던 스스로가
너무 우스웠어.

그래서 요즘 어떠냐는 승주의 물음에

"난 요즘 사는 게 그냥 웃겨." 이렇게 답했지.

목소리 그때 진짜 하고 싶었던 말은 뭐였어?

진원 나도 다 알고 있다고 말해 주고 싶었어.

넌 감추고 속였지만 난 네가 괜찮지 않다는 걸
안다고. 네가 날 처음 봤을 때부터 알았던 걸, 알
게 됐던 걸, 나도 이젠 안다고.

목소리 그런데 참았던 거고.

진원 응. 걔가 내 말을 듣고

"다행이다." 하면서 내 손을 잡았거든.

목소리 그 손을 차마 뿌리칠 수 없었구나.

진원 맞아. 날 유일하게 이해하고 있는 사람의 손이었으니까. 난 그 사람을 영영 이해하지 못하겠지만.

마지막 라운드 알림음 울린다.

무대 조명 극적으로 바뀐다.

목소리 진원, 다시 마지막 라운드에 접어든다.

진원 그리고 이 게임까지 해 보니까 확실히 알겠어.

앤 정말 한 번도 내가 자길 이해하게 둔 적 없다는 거.

목소리 진원, 화면에 나타난 글자를 읽는다.

진원 …가로로 약간 긴 사각형을 그리세요.

그리고 그 안에 원을 눕혀서 그리세요.

이제 그 안에서 원이 돌아가기 시작합니다.

원이 돌아가기를 멈추면, 소리가 들려올 겁니다.

그 소리를 멈추게 하고 싶다면….

삐 – 삐 – 삐 – 알림음 울린다.

무대 서서히 어두워진다.

진원, 뒤로 물러선다.

진원 어떻게 해야 되는 거야?

목소리 알잖아. 게임이 시키는 대로 하면 된다는 거.

진원 (화면에 써 있는 걸 읽으며)

…소리를 멈추게 하고 싶다면,

당신의 기억 속에 있는 문을 여세요.

목소리 그래. 그냥 문을 열면 돼.

진원   이게 뭔데?

목소리   승주 집에 있던 전자레인지잖아. 기억 안 나?

진원   …원랜 이쯤 되면 알아서 소리가 멈췄는데.

목소리   이번엔 그냥 넘어가지 않을 건가 봐. 네가 직접
         열어야 해.

진원   어떻게 여는 건지 모르겠어.

목소리   떠올리게 해 줄게.

목소리, 자리에서 일어선다.

스탠드의 헤드를 진원을 향해 둥글게 움직인다.

무대 서서히 어두워진다.

진원의 얼굴 위로 조명이 어지럽게 일렁인다.

목소리   마지막으로 승주의 집 전자레인지를 열었던 순
         간으로 같이 돌아가 보자.

         너는 너고, 내가 승주가 되는 거야. 어때?

진원   떠올리고 싶지 않아.

목소리   넌 나 때문에 신경이 예민해져 있었잖아.

         뭐 때문이었더라?

         뭐, 여러 가지 이유가 있었겠지만 아마 제일 결정
         적이었던 건, 내가 기억에 관한 게임을 만들고 싶
         다고 한 거였을 거야.

         네가 그 기억이라는 말 자체에 완전히 질려 있었
         단 것도 모르고,

         난 첨밀밀 아저씨부터 시작해서 기억에 관한 온
         갖 얘길 다했지.

         넌 그런 내 말을 무시하면서,

전자레인지 안에 얼린 밥을 집어넣곤 문을 닫
았어.
그리고 전자레인지 버튼을 누르면서 중얼거렸지.

알림음 멈춘다.
진원과 목소리 쪽 스탠드 꺼진다.
무대 밝아진다.

진원	너 이제 진짜 너희 엄마 같네.
승주	무슨 소리야, 그게?
진원	….
승주	엄마 얘길 네가 어떻게 알고.
진원	네가 전에 얘기했었잖아.
	나 이탈리아에서 돌아왔던 날.
승주	아니. 나 그런 얘긴 한 적 없어.
진원	했어, 너.
승주	제대로 기억도 못 하고 있던 일을 너한테 말했다고?
진원	….
승주	너 설마.
진원	….
승주	너 들었구나.
진원	아니야.
승주	아니면 뭔데?
진원	승주야.
승주	왜 그랬어?
진원	그냥. 알고 싶었어. 알아야 될 것 같았어.

네가 달라졌으니까.

승주　그래서, 나 보면서 그런 생각 했던 거야?

아, 쟤 또 지 엄마처럼 구네.

누가 정신병자 핏줄 아니랄까 봐, 씨발.

진원　그런 뜻으로 한 말 아닌 거 알잖아.

승주　그럼 그게 뭐였는데?

진원　너 지금 그러는 게 일시적인 게 아니라 유전적인

거면, 제대로 된 치료가 꼭 필요한 거니까.

승주　그게 그 얘기잖아.

진원　아니. 그러니까. 네가 최면이 아니라

제대로 된 상담이든 치료든 좀 받았으면 했어.

그 뜻이었어.

승주　하.

진원　네가 걱정돼서 그랬어.

네가 다시 괜찮아질 수 있게 도와주고 싶었고

승주　네가 날 돕는다고? 어떻게?

너 그런 거 할 줄 모르잖아.

망치는 거면 몰라도.

진원　내가 뭘 망쳤는데?

승주　진심으로 묻는 거야?

진원　승주야, 내가 너한테 대체 뭘 했는데?

뭘 어떻게 망쳐 놨는데.

내가 언제 너한테 뭐 잘하랬어?

내 비위 맞춰 달랬냐고.

그냥, 제발 내가 이해할 수 있게만 좀 해 달라고.

내가 이해할 수 있는 행동을 좀 해 달라고 한 거

잖아.

승주	네가 나한테 한 짓은? 그건 이해받을 수 있는 행동이라고 생각하는 거야?
진원	숨긴 건 너야, 승주야.
	달라진 것도 너고.
승주	넌 진짜 나만 달라졌다고 생각하는구나.
진원	아니, 그래. 나도 달라진 부분이 있겠지.
	근데 정도의 차이란 게 있잖아.
	난 네가 이젠 진짜 되돌릴 수 없는 수준까지 간 것 같아서 그게 무섭고 걱정됐던 거라고.
승주	너도 그랬어.
	너도 되돌릴 수 없는 수준이었어.
	내가 그나마 돌려놨던 거지.
진원	뭐?
승주	내가 그때 그 게임을 USB에 담으면서.
	공항에서, 너한테 그 동전 지갑을 주면서
	어떤 심정이었을 것 같아?
진원	….
승주	왜 내가 굳이 그 방식을 선택했을진 생각 안 해봤어?
	그냥 서프라이즈 선물 같은 건 줄 알았던 거야?
	넌 기억 못 할 수도, 아니,
	아예 인지조차 못 했을 수도 있겠지만
	그때 넌 내가 하는 건 그냥 다 싫다고 했었어.
	넌 족족 나를 거절했고, 난 그런 널 되돌리고 싶어서 내 방식으로 발버둥 쳤던 거야.
	네가 이건 거절하지 못하겠지, 이거라면 거절하지 않겠지.

최소한 미안해서라도 밀어내지 않겠지.

진원   승주야.

승주   난 내가 그래 봤기 때문에
지금 네 말이 더 안 믿긴다는 거야, 진원아.
네가 진짜 날 되돌리고 싶었고 우리를 되돌리고
싶었던 거면 너 나한테 이렇게 할 수 없었어.

진원   …그래. 내가 잘못했어. 다 내가 잘못했어, 승주야.
근데 진짜 나쁜 의도는 아니었어.
널 공격하려고 했던 것도 아니고.
그러니까 진정하고,
이러는 건 이제 여기서 끝내자, 승주야. 어?

승주   그거 내가 하고 싶은 말이야.
적당히 하고 끝내고 싶었던 건 네가 아니라 나였
다고 대체 얼마나 더 상처받고 망가져야 끝이 오
는 거야?
뭘 더 어떻게 해야 이 짓이 끝나는 거냐고.

진원   승주야, 진정해.

승주   진원아. 너나 나나 대체 뭐 때문에 뭘 바라고 뭘
기대하고 지금까지, 여기까지 이걸 끌고 온 거니.
제일 끔찍하다고, 최악이라고 생각했던 행동을
아무렇지도 않게 하면서.
그래, 지금처럼, 이런 꼴이나 보이면서, 어떻게 이
럴 수가 있냐고.
너랑 내 사이에 뭐 얼마나 대단한 게 남았다고.

진원   승주야, 제발 좀!

승주   진짜 더는 못 하겠어. 난 못 하겠어.
끝내는 게 맞아. 여기까지인 게 맞아.

이제 더는 없는 게 맞아.

이젠 진짜 되돌릴 수 없어, 진원아. 애쓰지 마.

어떻게 해도 전으론 돌아갈 수 없어.

이게 끝이야, 진원아.

삐― 삐― 삐― 알림음 울린다. 점점 잦아든다.

무대 원래의 밝기를 되찾는다.

진원   승주가 말을 마치자마자,

전자레인지에서 소리가 들렸어.

그 소리가 꼭,

모든 상황이 끝났다고 알려 주는 것 같았지.

딱 2분 30초였어.

그 2분 30초짜리 대화로 모든 게 끝났던 거야.

믿을 수 없지.

목소리   왜 사과하지 않았어.

진원   '되돌릴 수 없어. 어떻게 해도,

전으론 돌아갈 수 없어.'

그 말이 계속 떠올랐거든.

맞는 말이었어. 우린 진짜 너무 달라져 있었어.

우리 각자로서도, 우리로서도.

어느 쪽으로 맞대든 겹치는 부분이 없었지.

그래서 그냥 그렇게 끝나게 둔 거였는데, 이상해.

끝난 게 아니었던 것 같아.

사실은 끝맺지 못했던 거야.

그리고 그렇게 영원히 끝맺을 수 없는 건,

이젠 더는….

목소리 진원, 들으면 힘이 날 만한 사실을 하나 알려 줄게.

진원 뭔데?

목소리 저기 봐. 이제 진짜 마지막 단계만 남아 있대.

진원 어?

목소리 드디어 이 게임의 끝을 볼 수 있는 거야.

무대 어두워진다.

띵- 메일 알림음 울린다.

무대 약간 밝아진다.

목소리, 자신 쪽 스탠드를 켠다.

찰리 *진원. 찰리예요.*

요리가 완성됐다니 정말 믿을 수만큼 벅차오르
네요. 진원이 제안한 일정 중에 저는 특별히 안 되
는 날은 없어요. 다만 가장 빠른 시일 내에 볼 수
있으면 좋을 것 같아서요,

다음 주 목요일은 어떤가요?

내가 진원의 작업실로 갈게요.

그동안 애써 줘서 고마워요, 진원.

긴 이야기가 매듭지어지는 기분이에요.

이런 감정은 정말 처음인 것 같군요.

그날 봐요.

목소리, 자신 쪽 스탠드를 끈다.

무대 어두워진다.

띵- 메일 알림음 울린다.
무대 약간 밝아진다.
목소리, 자신 쪽 스탠드를 켠다.

찰리   *진원, 찰리예요.*
      정말 미안하지만, 다음 주에 만날 수 없게 됐어요.
      급한 일이 생겨서 미국으로 다시 돌아가야 하거
      든요. 가능한 한 빠르게 다음 일정을 잡아서 알려
      줄게요.
      정말 미안해요.

목소리, 자신 쪽 스탠드를 끈다.
무대 어두워진다.

띵- 메일 알림음 울린다.
무대 약간 밝아진다.
목소리, 자신 쪽 스탠드를 켠다.

찰리   *진원. 미안해요. 답이 늦었네요.*
      다음 달 말 즈음엔 가능할 것 같아요.
      진원이 가능한 일정을 알려 주겠나요?

목소리, 자신 쪽 스탠드를 끈다.
무대 어두워진다.

띵- 메일 알림음 울린다.
무대 약간 밝아진다.

목소리, 자신 쪽 스탠드를 켠다.

찰리   *진원, 조금만 더 기다려 줘요.*
            정말 미안해요.

목소리, 자신 쪽 스탠드를 끈다.
무대 어두워진다.

띵- 메일 알림음 울린다.
무대 약간 밝아진다.
목소리, 자신 쪽 스탠드를 켠다.

찰리   *진원, 미안해요.*

목소리, 자신 쪽 스탠드를 끈다.
무대 어두워진다.

띵- 메일 알림음 울린다.
무대 약간 밝아진다.
목소리, 자신 쪽 스탠드를 켠다.

찰리   *진원, 저예요.*
            잘 지내죠? 오랜만이에요.
            내가 이렇게 메일을 보내는 건,
            미안하지만, 만날 일정을 잡기 위해서가 아니에요.
            그냥 한 가지 묻고 싶은 게 있어서요.
            진원에게 의뢰한 사람들이요.

그러니까,
어떤 요리를 다시 맛보려고 하는 사람들이요,
대부분은 그리움 때문인 거죠?
그 요리가 그립고,
그 요리를 먹던 순간이 그리워서인 거죠?
그럼, 나도 그때를 그리워하고 있는 걸까요?
내가 이제 와서 이런 걸 묻는 이유는요….
진원, 친구가 실종됐어요.
나에게 한국 집을 내주었던, 그 기자 친구요.
계속 전쟁 지역을 오가고 있었으니,
사실은 그렇게 놀랄 일도 아니죠.
난 이미 그런 헤어짐을 수도 없이 겪었구요.
그런데요, 진원.
나 다시 아무런 맛도 느끼지 못하고 있어요.
맛뿐만이 아니에요.
모든 면에서, 살아 있는 것 같지가 않아요.
내가 찾으려고 했던 기억이 뭐였는지도,
그걸 왜 찾으려고 했는지도 이젠 모르겠어요.
진원, 내 안에 무언가,
되살아날 수 있는 게 아직 남아 있을까요?

목소리, 자신 쪽 스탠드를 끈다.
무대 어두워진다.

띠딩- 메일 알림음 울린다.
무대 약간 밝아진다.
진원, 자신 쪽 스탠드를 켠다.

진원   찰리, 진원이에요.

당신의 말처럼,

대부분은 기억하고 싶어서 요리를 찾아요.

하지만 드물게, 잊고 싶어서 찾는 경우도 있죠.

근데 사실 난 그동안 만난 그 어떤 의뢰인에게도

그 요리를 왜 다시 찾으려고 하는지 이유를 묻지

않았어요. 대부분은 내가 묻지 않아도 자연스럽

게 이유를 털어놓았고, 어떤 사람들은 마지막까

지 구체적인 이유를 밝히진 않았지만,

내 피부로 와닿는 게 있었거든요.

그런데 당신의 이유는 도무지 알아챌 수 없었

어요. 처음엔, 그냥 그때 먹었던 그 요리가 무

엇이었을지 궁금해서 찾으려고 하는 걸거라고

생각했어요. 그런데 찰리 당신을 알게 될수록

단순한 호기심이 이유는 아닐 거란 생각이 들었

어요. 아마 일반적인 그리움도 아니겠죠.

뭐라고 정의할 수 없는 복잡한 감정일 거예요.

기억하고 싶기도 하고, 잊고 싶기도 한 그런 거요.

이렇게 까다로운 의뢰는 처음이라,

내가 만든 이 요리가 당신이 찾는 그 요리가 맞

는지 솔직히 전혀 모르겠어요.

하지만 당신의 메일을 읽으며 깨달은 건,

지금 내 안에는 당신의 그 요리를 찾고 싶다는 마

음보단 당신과 내가 한 번쯤 같은 요리를 먹고,

같은 맛을 느꼈으면 한다는 마음이 더 크다는 거

예요.

　　　　찰리 당신도 느꼈을지는 모르겠지만,
　　　　나는 우리가 꽤 닮았다고 생각했거든요.
　　　　내 안에 무언가, 되살아날 수 있는 걸 찾고 있는
　　　　것까지요.
　　　　그러니까 준비가 되면 언제든 말해 줘요.
　　　　마주 보고 앉아서 같은 요리를 먹어 봐요.
　　　　우린 분명 완벽히 같은 맛을 느낄 수 있을 거예요.

진원, 자신 쪽 스탠드를 끈다.
무대 어두워진다.

띵— 메일 알림음 울린다.
무대 약간 밝아진다.
목소리, 자신 쪽 스탠드를 켠다.

찰리　　　　진원, 나도 당신과 함께
　　　　　　　그 요리를 먹어 보고 싶어요.
　　　　　　　기다려 주겠나요?

목소리, 자신 쪽 스탠드를 끈다.
무대 어두워진다.

띵— 메일 알림음 울린다.
무대 약간 밝아진다.
목소리, 자신 쪽 스탠드를 켠다.

찰리　　　　진원. 메일을 보내고 나니 생각이 났어요.

우리, 이미 같은 음식을 먹은 적이 있어요.
아쉽게도 서로 마주 보고 앉아 있었던 건 아니었
지만요.
나 아직도 그 요리의 맛을 선명히 기억하고 있어요.
지금의 난 어떤 음식을 입에 넣든 아무 맛도 느낄
수 없는데, 그 요리의 맛만은 생생하게 느껴져요.
진원, 여기, 네모난 식탁, 동그란 접시 위에
그 요리를 올려 두고 갈게요.
우리가 같은 기억을 맛볼 수 있도록.

목소리, 사신 쪽 스탠드를 끈다.

진원, 자신 쪽 스탠드를 켠다.
무대 서서히 밝아진다.
진원, 옅게 미소 띤 채 허공을 내려다본다.
목소리, 자신 쪽 스탠드를 켠다.

목소리　　어떤 요리야?

진원　　　데키 선생님의 의뢰.

　　　　　　찰리는 아마, 그분의 장례식에서 먹었겠지.

목소리　　데키의 의뢰는 어땠어?

진원　　　무난했어.

　　　　　　본인도 어쨌든,

　　　　　　미술품이란 걸 복원하는 사람이잖아.

　　　　　　그래서 복원이라는 작업에 대한 이해도 있고,

　　　　　　애정도 있고.

　　　　　　그래서 수월하게 끝낼 수 있었지.

목소리	한입 해 봐, 진원.
진원	(허공을 가리키며) 이걸?
목소리	(게임 따라 하며) 사각형을 눕혀 그리세요.
	그리고, 그 위에 원을 눕혀 그리세요.
	이제 그 원 위에,
	당신의 기억 속 요리가 놓입니다.
	그 요리의 맛을 느껴 보세요.
진원	(손끝으로 허공을 찍어 먹는다)
목소리	어때?
진원	아무 맛도 느껴지지 않아.
목소리	아무 맛도?
진원	응. 아무 맛도 느낄 수 없었어.
	(기억이 떠오른다)
	승주의 실종 소식을, 들었던 날이었거든.

[음악] We'll meet again – The Ink Spots

목소리, 자신 쪽 스탠드를 끈다.
무대 서서히 어두워진다.

진원	안내 방송을 듣고 정신이 들었어.
	곧장 엘리베이터를 타고 내려와 백화점을 나섰지.
	그리곤 데키 선생님을 만나러 작업실로 향했어.
	그분의 의뢰가 마무리되는 날이었거든.
	곧 선생님이 도착하셨고, 난 기계적으로 요리를
	만들어 그의 앞에 내려놓았어.
	선생님은 말없이 몇 술을 뜨더니,

믿을 수 없다는 말을 반복했지.

고향을 떠나오기 전,

마지막으로 이 음식을 먹던 순간의 기억이

모두 되살아난다고, 정말 복원된다고.

그리곤 옆에 놓여 있던 포크를 건네며,

내게 요리를 권했어.

난 포크로 요리를 떼어 내 입에 넣었지.

그런데, 아무 맛도 느껴지질 않았어.

요리가 잘못됐을 린 없었지.

내가 잘못된 거였어.

아무것도 느낄 수 없는 상태였던 거야.

실은 미각만이 아니었어.

맞아. 슬픔도 없었어. 충격도 없었지.

승주의 소식을 들었을 때부터 그랬어.

모든 감각이 내 안에서 꺼져 버린 것처럼….

무대 약간 밝아진다.

목소리, 자신 쪽 스탠드를 켠다.

음악 잦아든다.

데키   최근엔 감각이며, 기억이며 하는 것들이

모두 무뎌져 가고 있었는데.

정말 오랜만에 내 안에서 무언갈 느꼈어요, 진원.

그렇게 오래된 기억이 이렇게나 선명하게 깨어날

수 있다니. 이 요리에 무슨 마법이라도 숨겨져

있는 것 같군요.

진원   어쩌면, 계속 이렇게 살아가게 될 수도 있겠단 생

각이 들었어, 영원히 감각이 돌아오지 않을 수도
있겠다고. 영영 이렇게 구멍이 난 채로 말이야.

데키   정말 고마워요, 진원.

감사의 의미로,

게임을 끝낼 수 있는 방법을 알려 줄게요.

진원과 목소리 쪽 스탠드 꺼진다.

무대 밝아진다.

진원   (정신이 든다) 뭐라고요?

데키   그러려면, 게임을 제대로 시작할 수 있는 방법부
터 알려 줘야겠군요.

이 요리를 나중에 내 장례식에 참석한 사람들이
함께 나눠 먹게 할게요.

그중 누군가가 이 요리를 통해

진원 당신에게 관심을 가지게 될 거예요.

그리고 진원을 찾아갈 거고,

진원이 진짜 게임을 시작할 수 있게 해 줄 거예요.

진원   당신이 나한테 이런 말을 했을 리가 없는데.

데키   '심진원'이라는 남자에게 일어난

믿기 힘든 사건들의 정점이라고 해 두죠.

아무튼, 이제 진짜 게임을 끝낼 수 있는 방법을
알려 줄게요. 마지막이라고 다를 건 없어요.

결국 사각형과 원이 전부예요.

기억을 복원하고, 감각하는 것. 그게 전부죠.

진원   그래요. 기억. 대답해 봐요.

난 이미 승주에 대한 내 모든 기억을 다 떠올렸

어요. 그런데도 게임이 끝나질 않는데,

여기서 내가 대체 뭘 더 어떻게 해야 되는 거예요?

데키 게임을 진행시키기 위해 필요한 건 승주에 대한 기억이 맞지만,

게임을 끝내기 위해선 승주의 기억이 필요해요.

승주가 떠올리지 못한 기억이요.

진원 본인도 찾지 못한 기억을 나 보고 찾으라고요?

데키 내가 요구하고 있는 게 아니에요.

게임이 시키는 것도 아니죠.

이건 진원이 원해 온 거예요.

난 내가 가진 기억으로 그걸 도와주려고 하는 거구요.

진원 당신이 가진 기억이란 게 뭔데요?

데키 내 첫 복원에 대한 기억이죠.

나도 처음부터 복원 일을 했던 건 아니었거든요.

원랜 내 작품을 그렸죠.

그러다 공방에 불이 나는 일이 생겼어요.

내가 그린 모든 그림이 불에 탔고,

공방은 완전한 폐허가 되었죠.

그런데 내 그림들이 모두 타 버렸다는 사실보다 슬펐던 건, 작고하신 첫 스승님께서 내게 남기고 간 그림도 함께 타 버렸다는 사실이었어요.

스승님이 고향 앞바다의 풍경을 떠올려 가며 그린 그림이었는데, 영영 스승님을 저버린 것만 같아서 믿을 수 없이 괴로웠죠.

그분이 세상을 떠나셨을 때보다도 더 괴로웠어요.

그런데 그러다 문득, 내가 아직 그 그림을 기억하

고 있다는 걸 떠올렸어요.

그건, 아직 방법이 남아 있다는 뜻이었죠.

진원   기억을 되짚어 그 그림을 복원하셨나요?

데키   맞아요. 그런데, 빈 캔버스에 그린 건 아니었어요.

내게 한 점의 그림이 남아 있었거든요.

공방에 불이 나던 날 아침,

들고 외출했던 그림이었어요.

어릴 적 보았던 호수를 그린 거였죠.

난 스승님의 그림에 대한 내 기억을 떠올려 가며

내 그림 위에 그분의 그림을 덧그리기 시작했어요.

내 그림은 훌륭한 바탕이 되어 주었고,

곧 내 기억 위에 그분의 기억이 덧그려져 되살아

났죠.

진원   그 대가로 당신 자신의 것을 잃었겠네요.

데키   내가 가진 게 완전히 훼손된 건 아니었어요.

우리는 비슷한 고통과 그리움을 가지고 있었고,

그래서 쉽게 겹쳐질 수 있었죠.

진원   당신이 되살려 낸 그림이 정말 그분의 기억 속 모
습과 같았을까요?

데키   알잖아요, 진원.

믿을 수 없을 만큼 선명한 기억들이

무수히 밀려오는 순간이 있다는 거.

마지막 라운드 알림음 울린다.

무대 조명 극적으로 바뀐다.

데키   이제 진짜 마지막 라운드예요, 진원.

진원	이 라운드가 끝나면, 게임도 끝나는 건가요?.
데키	맞아요. 이게 당신이 바라 왔던 게 맞나요?
진원	그럴 거예요.
	게임을 끝냈다는 건,
	그 게임을 이해했다는 뜻일 테니까요.

무대 앞쪽까지 나온 진원, 데키의 말을 따라 움직인다.

데키	당신의 몸이 들어갈 만큼 길고 커다란 사각형을
	그리세요. 그리고, 그 안을 가득 채울 크기의 원
	을 그리세요. 이제, 당신은 그 안으로 들어갑니다.
진원	꼭 도마 위에 올라간 것 같네요.
데키	그다음, 당신의 기억 속에 있는,
	다른 누군가의 기억을 떠올려 보세요.

진원, 눈을 감는다.

데키	이제 그 기억이 당신의 안에서,
	당신의 방식으로 되살아납니다.
	영원히 훼손되지 않을 기억을 느껴 보세요.

동그란 접시에 담긴 요리, 하늘에서 천천히 내려온다.
뜨거운 요리인지 김이 나고 있다.
무대 너머까지 냄새가 풍기는 것 같다.

진원, 뒤돌아서서 접시 쪽으로 다가간다.
요리를 한 입 떠먹는다.

그러자 파도 소리 들려온다.

무대 서서히 어두워진다.

띵- 메일 알림음 울린다.

목소리. 자리에서 일어선다. 자신 쪽 스탠드를 켠다.

찰리   *진원. 오랜만이에요.*

잘 지내고 있나요?

나는 지금, 그 도시에 와 있어요.

수년 전, 내가 길을 잃고 헤맸던 그 도시요.

이번엔 혼자는 아니고, 오래전부터 알고 지냈던

동료들과 함께하고 있답니다.

이곳에 도착해서 가장 먼저 한 일은

그때 그 식당을 찾는 거였어요.

하지만 역시, 폐허가 되어 있었죠.

나는 그 모습을 사진에 담았어요.

우리에겐 폐허를 기억해야 할 의무가 있으니까요.

내일은 고사리밭을 찾아 떠날 예정이에요. 아직

남아 있는 곳을 동료가 찾아냈다고 하더라고요.

(사이)

진원, 그리고 이곳에 다다라서야,

진원의 칼럼을 읽을 용기가 나더군요.

그전까진 내가 아직 준비가 되지 않았다고 느꼈

었거든요.

어제저녁, 난 그 글을 몇 번이고 다시 읽었어요.

어떤 이야기의 주인공이 된 것만 같은 기분을 느

끼면서요.

진원 당신이 완성 시켜 준 하나뿐인 이야기죠.
내 가장 깊은 곳에 와닿은 마지막 문단을 써 내려
가며 이만 말을 줄일게요.
'난 언제나 내게 허락된 최선의 방식으로 요리를
복원해 왔지만….'

찰리와 진원의 목소리 자연스럽게 겹쳐진다.
찰리 쪽 스탠드 서서히 꺼진다.

진원　　마지막 순간, 내가 할 수 있는 건
　　　　의뢰인의 처분을 기다리는 것뿐이었다.
　　　　나의 기억이 아니기에, 정답을 알 수 없기에,
　　　　끝을 낼 수 없기에.
　　　　그러나 이번에 처음으로,
　　　　요리를 입에 떠 넣는 순간,
　　　　그가 찾던 그 기억이 내 안에 되살아나는 것을
　　　　온몸으로 느꼈다.
　　　　그날의 바닷가,
　　　　그곳에서 함께 숨을 나눴던 단 한 명의 사람,
　　　　그리고 그런 그를 따라 천천히 마비되어 갔던
　　　　기억.
　　　　그 앞에서 한 영혼이 마주했을 불가해한 고독과
　　　　안식, 영원한 작별이자 사랑의 순간.
　　　　그리고 그 모든 노스탤지어가 붕괴되고 복원되
　　　　는 순간을 느꼈다.
　　　　그의 기억이 온전히 나의 기억이 된 것이다.
　　　　그리하여, 그와 나의 기나긴 극동아시아 요리 연

구는 가장 불가능한 형태로 막을 내리게 되었다.
네모난 테이블, 동그란 접시 위에 올려진
한 그릇의 요리와 함께.

무대 서서히 어두워진다.

찰리　　　*추신, 게임은 어떻게 끝났나요?*

[음악] 바로크의 질서 위로 서정적 선율이 흐르는 음악

암전.

심사 총평

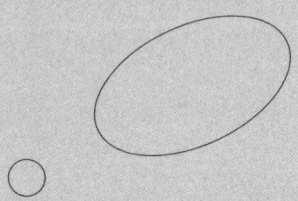

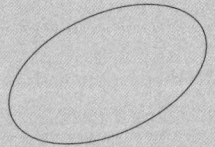

희곡은 세상에 대한 대답이자, 세상을 향한 질문입니다. 동일한 세상을 딛고 서 있어도, 작가마다의 질문과 대답은 다르게 드러납니다. 이번 '2025 국립극단 창작희곡공모'에 모인 작품들을 통해, 우리는 세상과 마주하는 동시대 작가들 저마다의 태도와 목소리를 확인할 수 있었습니다. 여성, 퀴어, 환경, 예술, 역사 등 지금 우리 곁에 놓인 주제들을 향한 성찰이 있었고, 전통적 구조를 치밀하게 따라가 보려는 작품도, 낯선 실험으로 희곡의 새로운 길을 모색한 작품도 있었습니다. 이번 공모는 그 다채로운 가능성들을 함께 마주할 수 있었던 소중한 자리였습니다.

올해 창작희곡공모에는 총 175편의 희곡이 접수되었으며, 국립극단 예술감독을 포함한 여섯 명의 심사 위원이 세 차례의 심사를 통해 작품을 검토하고 토론하였습니다. 그 결과 대상에는 〈**모노텔**〉이, 우수상에는 〈**옥수수밭 땡볕이지**〉와 〈**극동아시아 요리 연구**〉가 선정되었습니다.

〈모노텔〉은 매력적인 언어와 작가의 과감한 선택이 돋보이는 희곡입니다. 어느 모텔에 고립된 이들의 읊조림으로 시작하는 이 작품은 스팸 메시지, 진술 조서, 편지 등 다양한 글의 형식을 희곡의 장르 안으로 적극적으로 들여옵니다. 작가는 동시대의 극단적 고독을 〈모노텔〉만의 고유한 양식과 함축적 장면들을 통해 희곡 안에 적절히 녹여 냈습니다. 익숙한 틀을 벗어나면서도 쉽게 비약하지 않고, 드라마적 개연성을 놓치지 않는 점 역시 이 작품의 미덕일 것입니다. 낯선 모습의 희곡이었던 만큼 무대화에 대한 염려도 있었습니다. 하지만 오히려 그러한 염려가 무대화에 대한 기대를 높이기도 했습니다. 창작희곡공모가 새로운 희곡의 마중물이 되기를 바라는 마음, 작품이 지닌 문학적 성취, 무대적 가능성을 아울러 담아, 〈모노텔〉을 이번 공모의 대상 수상작으로 선정하였습니다.

〈옥수수밭 땡볕이지〉는 부조리한 구조 속에서 살아가는 노동자들의 이야기를 다룹니다. 희곡은 과거의 고통을 토로하는 데에 머무르지 않고, 그 고통이 세대를 건너 오늘의 현실에도 여전히 작동하고 있음을 환기합니다. 작가는 전승되는 폭력 앞에서 축배를 드는 이들의 앞에 '관'을 내려놓으며, 질긴 부조리에 저항하는 목소리를 만들어 냅니다. 이러한 시선과 잘 어우러지는 단단한 극적 구성, 안정적인 무대적 상상력을 확인하며, 〈옥수수밭 땡볕이지〉를 우수상 수상작으로 선정하였습니다.

〈극동아시아 요리 연구〉는 옛 연인의 기억을 복원해 가는 어느 요리 연구가의 이야기를 담고 있습니다. 작품은 타인에게 다가가는 여정이 또 다른 타인들을 경유하는 가운데 이뤄질 수 있음을 말하며, 이를 '게임'을 활용한 독창적 서사로 구현합니다. 특히 '게임'을 단순한 소재에만 머무르게 두지 않고 서사를 주도하는 형식으로 끌어들이며, 설정해 둔 SF 세계관을 방치하지 않고 적극적으로 활용해 냈습니다. 동시대적 소재를 참신한 설정과 연극적 형식으로 풀어낸 점을 주목하며, 〈극동아시아 요리 연구〉를 우수상 수상작으로 선정하였습니다.

이외에도 〈반틈 사이 문틈〉, 〈모의법정〉, 〈방구석 요새〉,

〈박신장〉, 〈한 여자〉, 〈그늘 속의 꽃〉 등이 최종 심사에서 함께 논의되었습니다.

　이번 공모는 하나의 정답을 찾는 자리가 아니라, 서로 다른 질문과 시도가 함께 모여 동시대 희곡의 지형을 드러낸 자리라는 점에 의의가 있을 것입니다. 일부 작품들은 서사적 밀도나 완성도의 측면에서 아쉬움이 남기도 했으나, 그것 또한 새로운 시도를 이어 가는 과정에서 작가가 마주할 수밖에 없는 필연적 흔적일 것입니다. 응모해 주신 모든 분들께 깊이 감사드리며, 이번 공모가 또 다른 희곡 쓰기의 출발점이 되기를 바랍니다.

심사위원

길해연, 박정희, 배해률, 안경모, 이준우, 조만수

국립극단 희곡선
2025 창작희곡공모 선정작

2026년 2월 26일 1판 1쇄 펴냄
2026년 3월 20일 1판 2쇄 펴냄

펴낸이	재단법인 국립극단
	박정희 단장 겸 예술감독
기획·진행	정용성 김윤형 김혜민 (국립극단 창작개발팀)
주소	서울시 중구 장충단로 59
웹사이트	www.ntck.or.kr
전화	02 3279 2280

펴낸곳	걷는사람
펴낸이	김성규
편집	조혜주 권은하
디자인	신혜연
주소	서울 마포구 월드컵로16길 51 서교자이빌 304호
전화	02 323 2602
팩스	02 323 2603
등록	2016년 11월 18일 제25100-2016-000083호
ISBN	979-11-7501-057-4 [04810]
	979-11-7501-007-9 [세트]